Sonya
ソーニャ文庫

# こじらせ伯爵の結婚戦略

外堀鳩子



イースト・プレス

contents

# 1章

その日、素敵なことが起こりそうな予感がしたの。
だから誰でも部屋に入れるように、窓もテラスも鍵《かぎ》を開けたままにしていたわ。
もしかしたら童話のように、妖精《ようせい》や夢の国の王子さまが来てくれるかもしれないから。
でもね、その予感ははずれてしまった。誰も来てくれなかったわ。鳥さえも。
少しだけ悲しかったけれど、また次の機会を待つことにしたの。
素敵なことが起きるって信じていれば、いつかきっと叶うと思うから。
するとね、次の日にすごくすごく綺麗な子を見つけたの。精霊《せいれい》みたいって思ったわ。
ううん、本当に精霊なのかもしれない。とにかくすごく素敵な子。
応接間にいたの。ヘンリーの友だちの横に、ちょこんと座っていたわ。
素敵な白いドレス。長い銀色の髪に、金色の目をした精霊。
どうしても仲良くなりたくて、勇気を出して声をかけたの。緊張して足が震えたわ。
『はじめまして精霊さん、わたしはラーラ。あなたのお名前は？』

『あぁ?』

どうしてかしら、声も、顔だってとても不機嫌そう。せいいっぱい笑顔を心がけたのに。

『だまれブス、おれのどこが精霊だ。その腐《くさ》ったような色の目は飾りか?』

×　×　×

「ひっ!」

「なんだ、びっくりするじゃないか」

王都に向かう馬車の中でまどろんでいたラーラは、紫色の目をかっと見開き、勢いよく飛び起きた。ひどい表情だったのか、向かい側に座る兄のヘンリーがぎょっとしている。

ドレスの中は汗でぐっしょりしていて気持ちが悪く、出かけている最中だというのに早く着替えてしまいたかった。

「暑くもないのに汗をかきすぎだ」という兄の声を無視して、手の甲で額の汗を拭《ぬぐ》ったラーラは、「嫌な夢を見てしまったわ」と小声で言った。

「嫌な夢?　またアデルじゃないだろうな」

ラーラは〝アデル〟と聞くなり、鼻にしわを寄せた。貴婦人は感情を表に出してはいけないと言われているけれど、アデルが絡《から》むと調子が狂う。

アデルというのは、ラーラにありとあらゆるいじわるをし尽くしてきた幼なじみで、彼女はたびたびアデルの夢に苦しめられる。先ほどの夢もそうだった。

ふるりと首を振り、頭の中のアデルを追い出したラーラは自分自身を抱きしめた。その妹をいかにもおかしそうに兄は眺めている。

「アデルもばかだなあ」

「……その名前を言わないで。聞きたくないわ」

「お前なあ、いい加減にしろ。いつまで経っても過去にこだわり続けるなんてしつこいぞ。第一、そんな女はもてないぜ」

皮肉げに笑うヘンリーは、ラーラから見ても容姿端麗で、おまけにアリング伯爵家嫡男でもあるため婦人たちに大変人気がある。まだまだ遊び足りず、恋人が五人もいるだらしない放蕩者《ほうとうもの》だとしても、ヘンリーと結婚したがる婦人は多かった。

もてる、もてないに関しては、ラーラは兄に何も言えない。もてたことがないからだ。

「なによ、ヘンリーはアデルにいじわるをされていないからそんなことが言えるのだわ」

「いじわるだなんて幼稚《ようち》な言葉を使うなよ。お前はまだまだガキだな。淑女《しゅくじょ》には程遠い」

「ガキではないわ。だって、わたしは十六歳だもの」

「ばかだな、年齢なんて関係あるか」

ラーラはふくれっ面で窓に目をやった。

先ほどまでは古ぼけた低い建物ばかりだったが、洗練されたレンガ造りの建物が見えはじめる。目的の中心街、バウケット・ストリートにだんだん近づいているのだとわかった。

いそいそとボンネットを黒色の髪にのせ、顎《あご》の下でりぼんを結《ゆ》っていると、ヘンリーが「上着をとってくれ」とこちらに手を差し向けた。

ヘンリーはさすがはもてるだけあって、巷《ちまた》では洒落者《しゃれもの》で通っている。そのため、服のしわを許さない男であった。もちろん靴も綺麗に磨《みが》かれぴかぴかだ。

ラーラは自身の横に吊されている上着をとり、兄に渡そうとした。が、そのとき上着のポケットからぽろっとカードが落ちる。

「なにかしら」

拾いあげれば、そのカードの有り様にラーラは目をまるくする。

〝ヘンリー、愛してる。いつもふたりは傍《そば》に……あなたのBより〟

手のひらサイズのカードには、すさまじい数のハートが書きこまれている。百を超えているかもしれない。ただならぬ様子に背すじがうすら寒くなり、ラーラは震えた。

「ヘンリーったら、このBって人からとんでもなく愛されているのね」

「Bだと！」と叫んだヘンリーは、ラーラからカードを引ったくり、見たとたん青ざめた。

「くそ、またか！」

彼はラーラと同じ黒い髪をくしゃくしゃとかきあげる。

「どうしたの？」

「最近、僕のポケットにこのBのカードがよく入れられているんだ」

「心当たりはないの？」

「あるもんか！　いつも勝手に入れられる。これで六枚目だぞ。何だっていうんだ！」

ラーラは首を傾げて考えこむが、兄の素行の悪さに思い至って眉をひそめた。

「ヘンリーは恋人を取っ替え引っ替えしているもの。多情は絶対によくないわ。全部自分が蒔《ま》いた種だから自業自得ね。ひとりずつ恋人に謝ったほうがいいのかも」

「ばか、僕だけが楽しんでいるわけじゃなく割り切った関係だ。それよりこれを見ろよ」

ヘンリーは、ラーラの手の上に先ほどのBのカードを置いた。見ていると、ハートマークがだんだんと呪詛《じゅそ》のように見えてきて、空《そら》おそろしくなってくる。

「見たくないわ、なんだか呪われそうだもの」

「裏返してみろ」

おそるおそるひっくり返すと、ラーラはたちまち仰天《ぎょうてん》した。そこには鮮やかな赤い口紅による大きなキスマークとともに〝LOVE&SEX〟という血文字が書かれていた。

「きゃっ！」

血文字なんてはじめて見た。思わずカードを取り落とす。

ヘンリーは、そのカードをぐりぐりと靴のかかとで踏んづけた。

「いまいましい、この僕に嫌がらせをするなどいい度胸だ！　もう許さないぞ！」

「いつからこんな嫌がらせを受けているの？」

「半年ほど前からだ。しかもＬＯＶＥ＆ＳＥＸだと？　……くそっ、ふざけたやつだ。エスカレートしやがって！」

ヘンリーが激昂するなか、ちょうどバウケット・ストリートにさしかかった馬車は、ほどなくしてアリング伯爵家が懇意《こんい》にしている服飾店の前で停車した。すると、片手で帽子を深く被った兄は、馬丁が開いた扉からラーラの手を取り降ろしてくれる。

「予定が変わった。僕はいまから探偵のもとに行く。お前は店主に生地をしっかり見定めてもらえ。彼女たちに任せておけば問題ないからな」

とたんに、ラーラの顔を不安がよぎる。

「そんな……わたしひとりで行くの？」

「お前はもう十六で、ガキじゃないんだろ？」

「そうだけれど、わたしひとりじゃ……本当は、お母さまにも選んでほしいのに……」

「やめておけ、母上は趣味が悪い。お前は知らないだろうが、母上のドレスはすべて店主の見立てだし、母上に選ばせたら最後、馬糞《ばふん》や枯れ草のような色になるぞ」

いままで母の趣味は最高だと思っていたラーラは、口をぽかんと開けてしまった。

「おい、僕が迎えに行くまで店から出るなよ。迷子になられては厄介《やっかい》だ」

そう言い置いたヘンリーは、肩をいからせて去っていった。

国でも有数の名門貴族、アリング伯爵令嬢ラーラには、重大な欠点があった。

彼女はかなりの人見知りで、極度のあがり症なのだ。それは社交が重要な貴族にとっては致命的なことである。ラーラは人前に出れば足がすくんで、必要以上に汗も出るし赤面もする。パニックにもなる。自分を保つのは非常に難しいのだ。

いま、彼女が気がねなく話せる相手は家族をおいて、長年従事する屋敷の召し使いたちのみだ。そんなことだから、友人と呼べる人はひとりもいない。愛犬ダミアンだけが友だちだった。

そんなラーラを誰しも孤独だと思うかもしれない。けれど、彼女は夢見がちな性格で、一日中空想に浸《ひた》ることもしばしばだ。よって、たとえひとりきりでも、ラーラはラーラなりに幸せだった。しかし、それはアリング伯爵邸を出てしまえば話が違ってくる。

ラーラは服飾店で、おろおろしたり立ち尽くしたり汗をかくのがせいいっぱいで、ろくにドレスを見られなかった。緊張しきって思う通りに話せないし、行動できない。ラーラはヘンリーや家族がいないと、とたんに『ばか』としか言えない娘と化してしまう。

とはいえ店主たちはプロである。三十分ほど時間が過ぎれば、気さくな店主たちの話術のおかげで、ラーラは少しずつ平静を取り戻しつつあった。

「ではラーラさま、お好きなお色を指差してみてくださいな」

だが、そう言われて震える指で差したのは、さして好きでもないこげ茶色とねずみ色。

まだ恐慌状態の彼女の身体は、見当違いのほうに動いた。

本当は、鮮やかな水色が好きなのに。同じく、桃色が好きなのに。

どうしてこんな色、と、しょんぼり落ちこむラーラに、店主は少し顔を引きつらせた。

「そちらのお色はずいぶんと……ええ、そうですわね、あと三十年ほどしましたらこちらでドレスをお仕立ていたしましょう。未来のために責任を持ってお預かりいたしますわ」

店主は姿見の前にラーラを誘導し、ラーラの胸もとにさまざまな生地を当てていく。

「ラーラさま、こうして生地を当てると肌の色がそれぞれ違って見えるのがおわかりですか？　ご自身の肌の色がくすまず、ぱっと映えるものを選ぶといいのですよ」

根気強い店主の丁寧なアドバイスのもと、選ばれたのは薄水色とクリーム色、檸檬《れもん》色、桜色の生地だった。ラーラの好きな色ばかりだ。その後、鏡の前で採寸《さいすん》がはじまった。

ラーラがこの服飾店にドレスを仕立てに来たのは、間もなくはじまる社交シーズンでデビューするからだ。本来ならば、兄ではなく母や伯母と服飾店に来るはずだったが、伯母は痛風がひどくて温泉地に静養へ、母は落馬の怪我で療養中の父に付き添っているため、兄が代わりを引き受けた。

しかし、ラーラはいまひとりきりだ。どうしていいのかまったくわからなかった。

ラーラは自分の容姿に自信がないため自然と視線が下がっていく。それというのも、いまから八年ほど前に、アデルにこう言われたからだった。

『お前の髪は悪魔色、お前の目は悪魔の血の色。呪われしお前はおれのような銀の髪と金の目を持つ神の祝福を受けし男の傍を離れちゃだめなんだ。加護がなくなるぞ』

言われたときは、心臓が潰《つぶ》れるほどに動揺した。

『そんな……加護がなくなるとどうなるの？』

『とんでもないことが起きる。だから絶対に離れるな。いつもおれにくっついていろ』

ラーラは過去を思い出しながら鏡の中の自分を確かめた。

重苦しい黒い髪、陰気で妖しげな紫の瞳。

(わたしの髪は悪魔色……目は悪魔の血の色。おまけに腐ったような色の目なのだわ)

同じ黒髪の〝悪魔の髪色〟ヘンリーからは、信じるなんてばかだと笑い飛ばされたけれど、一概にそんなばかなと否定しきれない部分があった。

ラーラは特別、運に見放されているようなところがある。ようはついていないのだ。

昔の話になるが、庭で唐突に、あるはずのない穴ぼこに落ちたことがあったし、ハーブティに蝿《はえ》が入りこむこともたくさんあった。また、乗ろうとしたブランコの綱がいきなり切れてしりもちをついたときもある。極《きわ》めつきは鴨《かも》の肉を食べたときに、肉に残った鉄砲の玉を誤ってかじり、歯が欠けてしまったことだ。

(あのときは乳歯だったからよかったものの、あれが永久歯だったら……)

ぞくっと寒気が走り、ラーラは腕をさすった。

(昨日だってボンネットのりぼんが片方取れたし、お気に入りのカップも突然割れたわ)

悪魔色――。だんだん怖くなったけれど、しかしだからと言って〝神の祝福を受けし男〟のアデルに会いたいとは思わなかった。

アデルにひどい仕打ちをされるくらいなら、不幸の方がずっといい。

考えごとをしている間に採寸は終わり、ヘンリーも用事を済ませて服飾店にやってきた。兄に相談しながらデザインを決め、あとは仕上がりを待つのみになる。

店主に丁重に見送られ、店を出たラーラは兄に切り出した。

「ねえヘンリー、いい探偵は見つかった?」

兄が傍にいれば心は落ち着き、あがり症はすっかりなりをひそめていた。

「刑事上がりに頼んだよ。証拠のカードも渡したことだし、じき結果が出るだろう」

「そう、よかったわ。すごく不気味だったから」

もじもじとボンネットのりぼんをいじくるラーラに、兄は呆れたのか嘆息《たんそく》した。

「内気の極みめ。それはそうとお前、社交シーズンの意味がわかっているのか?」

ラーラは横目で兄を見ながら、「当然よ」と胸を張った。

「結婚相手を見つけるのでしょう？」

「……なぜ父上がお前に王都入りを許可したのかわからない。お前のような極度のあがり症には夜会など地獄のようなものだ。場違いすぎる。なにせ社交するための場だからな」

「でも、伯母さまが来てくれるし、それに、ヘンリーも傍にいてくれるのでしょう？」

ヘンリーは、やれやれと息をつく。

「そのあがり症をどうにかしないことには話にならない。克服しなければ詰《つ》むぞ」

「伯母さまの話では、たくさんの人に会えば自然に慣れていくって」

「どうだかな、慣れるとは思えない。先が思いやられるぜ。それより忘れるなよ？　お前に許されている期間はこのシーズンだけだ。見つからなければわかっているな？」

しかめ面をしたラーラは、消え入りそうな声で言った。

「お父さまが決めた相手と結婚させられるのでしょう？　……いやだわ」

「そう嫌がることか？　相手は結婚市場でかなり上位の若き伯爵だ。しかもとんでもない美形ときてる」

「え？　ヘンリーはわたしの相手を知って――」

ラーラが言い終える前、二台の馬車がちょうどすれ違うときだ。兄妹は互いに見合って話をしていたため、誰かの叫び声に反応が遅れてしまった。

気づいたときには、すれ違った荷馬車から転がり落ちた巨大な酒樽《さかだる》が、坂をごろんごろんとこちらに向かって突進しているところであり、ふたりは万事休すの状態だった。

「きゃあっ！」

兄にしがみつき、目をつむったラーラは、しばらく経っても何の衝撃もないことを不思議に思い、ゆるゆると目を開けた。

そこには軍服を着た青年が立っていた。栗色の短い髪、少したれ目の凛々《りり》しい顔立ち。制服は海軍のものだった。軍人はたくましい腕で暴れる酒樽を見事受け止めてみせたのだ。

「大丈夫ですか？」

低く渋い声が耳を心地よくくすぐった。ラーラはうっとりと青年を見つめる。

まるでおとぎ話のようだと思った。お姫さまを救う王子さまみたいだ。

ぼうっと見惚《みと》れるラーラの傍で、ヘンリーは帽子を外して会釈《えしゃく》した。

「礼を言う、助かったよ。僕はアリング――」

「知っています。アリング伯爵家嫡男ヘンリーさんと、ご令嬢のラーラさんですね」

軍人は人懐《ひとなつ》こそうに笑ったが、頬《ほお》と耳を真っ赤に染めている。理由はわからないが照れているようだ。それがとてもかわいらしくて、ラーラの胸はきゅうと締めつけられた。

「失礼、君の名は？　僕たちを知っているということは、会ったことがあると思うのだが」

ヘンリーが問えば、軍人は背すじをぴんと伸ばした。

「私はボルダー男爵家の三男で、バートです」

「ああ、ボルダー男爵の。君の兄ボリスとは、紳士クラブで共に賭《か》けたことがある」

「はい、兄から聞いています」

「バート、改めて礼を言う。ありがとう」

ラーラはヘンリーと軍人が握手を交わすところをぽうっと眺めた。

「いまから妹とコーヒー・ハウスに行くのだが、君もどうだろう」

「すみません、ご一緒したいのは山々なのですが、任務中でして」

「そうか。ではまたの機会に」

軍人は帽子を爽《さわ》やかに持ち上げ、ヘンリーとラーラに礼をした。

「ぜひ。ではお二方、またお会いできる日を楽しみにしています」

彼が去ってもぼんやりしているラーラを、兄はひじで小突いた。

「おい……ふざけるなよ？　なんだその態度は。まさか恋をしたなんて言うんじゃないだろうな」

ラーラは蕩《とろ》けた目のまま兄を見る。

「きっと、恋だと思うわ。だって……胸がどきどきするから」

「はあ!?　いまのどこに恋に落ちる要素があったんだ」

兄は片手で両目を覆い、大きくため息をついた。

「やめろよおそろしい。大変なことになる」

「確かに大変な出来事ね。だって……運命に出会ってしまったんですもの」

ヘンリーは顔から手を外し、信じられないものでも見るようにラーラを窺《うかが》った。

「なにが運命だこのばか！　ここまで夢見がちな女だとはな。軍人はやめろ。絶対にだめだ。いいか、やつらはただの筋肉の塊《かたまり》だ。脳みそまで間違いなく筋肉だぞ。筋トレと筋肉美のことしか考えていないばかげた輩《やから》だ！　それにな、伯爵令嬢がたかが三男坊に」

「ヘンリー、あの方のお名前は？」

「は？　お前、聞いてなかったのかよ。バートだろ。……いやいやいや、待て。そうじゃなくて、お前にはもうヘビのような危険な男がついている。だからな――」

ラーラは兄の言葉を聞かずに胸でうっとりと手を組んだ。

「おい、ラーラ。僕の話を聞け！」

×　×　×

バークワース公爵家の玄関ホールにて。

五年に及ぶ留学を終えたばかりのアデルは、感慨深げにホールをぐるりと見回した。

そのとき、樫《かし》の扉につく真鍮《しんちゅう》のノッカーが二度軽快に鳴らされる。反応したのは、しわひとつない黒の衣装を着た老齢の家令だった。彼は来客に対して丁重に礼をする。

「これはヘンリーさま」

家令の言葉を聞いて、アデルは自室に向かいかけの足を止め、扉のほうへ歩いていった。

「ヘンリー、久しぶりだな」

アデルを見たとたん、ヘンリーは肩を跳ね上げるほど驚いた様子を見せた。すぐに「会えると思わなかった。いつ帰国したんだ？」と、彼特有の人懐こい笑みを浮かべたが。

「いま着いたばかりだ」

答えれば、こちらに歩み寄るヘンリーが手を広げたため、ふたりはぐっと抱き合った。

「アデル、変わらず美しいな」

「よせよ、うれしくない。それどころか腹が立つ」

ヘンリーの言う通り、アデルは十人中十人が振り返るだろう容姿をしている。その美しさは男性としても女性としても通用するものであった。

「ローレンスの結婚式以来だな。調子はどうだ？」

「悪くない。お前はローレンスに会いに来たのだろう？」

「ああそうだ」

ローレンスはアデルの兄であり、公爵家の嫡男だ。アデルは、ローレンスが結婚した当初、多くの婦人が落胆したとヘンリーから聞いている。そしてローレンス曰く、その婦人たちは、いまはヘンリーに鞍替えしたらしい。このヘンリーはローレンスとは違い、来る者拒まずの放蕩者だと聞いている。

「ところでヘンリー、僕のラーラは？」

「あいかわらずさ。重度のあがり症でひとりじゃ行動できない。先行きが不安だな」

「あがり症など問題ないさ。ラーラには僕だけでいい」

ラーラはアデルの幼なじみで、舐《な》め尽くしたいくらいにかわいい女の子だ。昔は、犬がなぜ人を舐めるのか理解できなかったが、いまは犬の気持ちがわかるし、完全に同意だ。

「ラーラは犬を飼っていたな。まだいるのか？　その、なんて言ったかな……」

「ダミアンだ。ラーラにしか懐かない狂暴なばか犬。あのワン公め、田舎で羊の群れに突っこみ、散り散りにしやがった。そのせいでつい先日まで先方と揉めていたのさ」

どうやらヘンリーがダミアンの尻ぬぐいをさせられていたらしい。おそらくラーラもヘンリーにしこたま怒られただろう。その際の、眉根を下げてしゅんとしているラーラを想像すると、せつなさがこみ上げる。

昔から、ラーラはなにかとやらかすドジな女の子で、アデルは彼女の世話をするのが好きだった。大人に叱られた後の泣き顔が、感心するほど打ちひしがれていてかわいいのだ。

「早くラーラに会いたい。五年も会えずじまいだったんだ」

アデルは留学中、毎回帰国の際にタイミングが合わず、大好きなラーラに会えずじまいだった。会いに行くたび彼女は必ず体調を崩しており、寝こんでしまっていたからだ。

「ラーラは身体が弱いようだから、飲ませたいハーブを向こうからたくさん送ったんだ。後から届く手はずになっている。丈夫になってもらわないと僕の子が産めない。会ってすぐに子作りをはじめたいんだが……」

ヘンリーは、突飛な言葉に目をまるくする。

「は？　子作り？」

「当然だろ、伯爵は僕とラーラの結婚を認めてくれているんだ。自ずと子作りも公認さ」

「いやいやいや、待て。それは違う。まずは婚約からだろ？　しかも婚約は来年の話だ。それに話は正式に決まったわけではないし、婚約中は肉体関係はご法度だぞ。お前だって知っているだろう？」

「来年まで待てるかよ。僕はもう十七だ。これ以上待つなんて耐えられない。それに、僕はただの公爵家次男じゃない。メイシー伯爵だ。ラーラに跡継ぎを望んでなにが悪い」

「お前の気持ちは嫌というほどわかっているが、少々突っ走りすぎだ。そもそも子作りは双方の合意があってはじめて成立するものだろう。ひとりよがりはよくないぜ」

アデルは金色の瞳でヘンリーを見据えた。

「遠い異国で、ラーラを想ってずっと自分を慰《なぐさ》めてきたんだ。これ以上は無理だ」

「は、慰めてきたって、まさかお前ほどの美形が童貞――」

ヘンリーの、その後続いたつぶやきに、アデルは頷く。

「当然だろ。なんで他の女を抱かなくちゃならない」

「え、お前、その容姿だからもてただろ？」

「当たり前だ。もてるに決まっているだろ。僕ほどの男はいない」

「なぜ国で一番と言える美形のお前が、十人並みのラーラにこだわるんだ」

「十人並み？　ばかを言え！　濡れ羽色の髪に紫水晶の瞳を持つ絶世の美女だろ。美しすぎて、虫けらどもがラーラに狙いを定めてうろついていないかずっと心配していたんだ」

「……あの乳くさいガキを絶世の美女……だと？」

ヘンリーはアデルの言葉に、なぜか疑念を持ったようだった。

「それよりもヘンリー、もちろんラーラに虫けらどもを近寄らせていないよな？」

とたんヘンリーは決まり悪そうに顔を曇らせる。

「いや、あの、アデル、この先はローレンスに会ってから話す。僕を部屋に通してくれ」

「どういうわけだ？」

ヘンリーが案内された応接間が、重苦しい空気に包まれるのはすぐだった。不穏な空気は見目麗しい青年から放たれている。

幼少期は銀色だった髪も、成長とともにすっかり黄金色に変わり、その絹糸のような髪の隙間《すきま》から、ぎらぎらと怒りに燃えた金の瞳がのぞいていた。

　アデルの兄ローレンスとヘンリーは、こわごわとそれを窺った。怒りに震えるアデルの美貌《びぼう》は、いつにもまして凄絶《せいぜつ》だった。思わずぞくりと鳥肌《とりはだ》が立つほどだ。

「どういうわけだと聞いているだろう！」

　アデルは不機嫌に酒の入ったグラスをテーブルに叩きつけた。すると、グラスはばりんと真っ二つになり、だらだらと琥珀《こはく》色の液体がこぼれる。

「ま、待て、落ち着け。そのグラス、年代物だろう？　公爵のお気に入りじゃないか」

「ラーラが……恋だと？　このおれがいるのに？　ふざけるな！」

　アデルは長年紳士教育を受けているといっても、機嫌を損ねたり興奮すると地の口の悪さが飛び出す男だ。いまは伯爵と言えないほど荒々しいありさまだった。

「おれのラーラをたぶらかしたのはどこのどいつだ！」

「落ち着けアデル。〝おれ〟じゃなくて〝僕〟だろう？　〝僕〟というお前の方が穏やかで素敵だぞ？　な？　その方が婦人にもてる」

「だまれ、何が〝僕〟だ！　これが落ち着いていられるか！」

「わかるよ、落ち着かないよな。わかるが……アデル、お前はいい子だ。ラーラもいい子のほうが好きだと言っていたぞ。だから落ち着こう？　な、ラーラに会いたいだろう？」

　ラーラと聞いて、中腰になっていたアデルは、すとんと長椅子に座った。

「……会いたいに決まっているだろ」

ヘンリーは、にこにこと笑顔を浮かべる傍で、隣に座る親友ローレンスに耳打ちをした。アデルに絶対に聞こえないように、細心の注意をかかさない。

「なあ、お前の弟、とんでもなくエスカレートしてないか？」

「優秀で自慢の弟なのだが……わかるだろう？　十七の盛《さか》りのついた男は本当にまずい。いいか、アデルを怒らせるな」

「僕だって怒らせたくはないさ。あいつの恐ろしさを知っている」

「以前、私とラーラちゃんの婚約話があっただろう？」

「懐かしい。そういえばローレンスの相手は最初はラーラだったな。忘れていたが」

「あいつ、あのときひそかに庭の片隅でトリカブトを育てはじめていたんだ。私は危うく消されそうだった」

「……は？」

「あいつはな、ラーラちゃんが絡むと信じられないくらいに凶悪で愚かになるんだ」

この内緒話は、アデルの「なにをこそこそしている」の声で終わりを迎えた。

「こ……こそこそなどしていないさ。そんなことするもんか。なあ、そうだろう？」

その張り詰めた空気を穏やかに変えようとしたのがローレンスだった。慌ててヘンリーも、笑顔を引きつらせながら同調する。

「そうさ。なあローレンス、我々は生まれながらに嫡男だからな、妹や弟を慮《おもんぱか》るのは長男の務め。お前たちのためにいまこそ一肌脱ぐべきときだと言っていたのさ」

「そうだ。私たち兄同士、お前とラーラちゃんをくっつけようと作戦会議をだね……」

兄たちは、静かに脚を組むアデルの動向に、揃《そろ》ってごくりとつばをのみこんだ。

ほどなくアデルの口端は、満足そうに持ち上がる。

「だったら早く僕とラーラのために動いてくれよ。わかっているよな？　いますぐだ」

ふたりの兄は、自然と顔を見合わせる。

彼らは自分たちが言葉選びを間違えてしまったことに気づいて青ざめるのだった。


五年前——留学する少し前から、アデルがラーラに近づけば、必ず怖がられ、泣かれるようになっていた。ただ一緒にいたいだけなのに、近づけば脱兎《だっと》のごとく逃げられた。

自分のために笑ってほしくて、泣いてほしくて、怒ってほしくて、いろいろな彼女をひとりじめしたいだけだったのに。夢中になりすぎて、当たり前にしてきたことがいけないことだと気づけないまま、気づいたときには遅かった。取り返しがつかないと思い知ったのは、腕を摑んだとたん、ぶるぶると震えられてしまったときだ。

大好きな、紫色の瞳が心底こちらに怯えているのがわかった。感じられたのは恐怖だけ。

あの日、ラーラは泣きわめきながらこう言い放った。

『アデルなんか、だいきらいっ！　あっちにいって！　顔も、見たくない！』

アデルはその言葉を忘れたことがない。思い出せば、いまだに胸が深くえぐられる。

当時は八方塞《ふさ》がりに陥《おちい》っていた。途方に暮れても答えは出ずに、時間は無為《むい》に過ぎていった。

とうとう彼女を前にどうにもできなくなって、深く悩んだ末、ラーラと一定の距離と時間を置くべきだという兄のアドバイスのもと、父から提案されていた留学を受け入れた。

この五年、彼女に会いたくて、でも会えなくて、狂いそうだった。

いま、彼女に会ったなら、真っ先に伝えたいことがある。

(ねえラーラ。僕は、もうあのときの僕ではないんだよ。変わったんだ……)

背は高くなり、髪の毛の色は銀から金へと変化した。以前は女のような髪型だったけれど、いまは短くなっている。顔も、成長とともに男らしくなったと思う。

そして極めつきは性格だ。もう、〝おれ〟とは言わずに〝僕〟と言う。ラーラに対して怒らず、やさしくすると約束できる。やさしくすると言うよりも、親切のかぎりを尽くし、どろどろに甘やかしたいと思っている。もう、離れたくはないのだ。

アデルは自室でろうそくを灯さず、椅子に座って暖炉《だんろ》を見ていた。そしてひとりごつ。

「ボルダー男爵家の三男坊で軍人……。バートと言ったな」

いまのアデルの面ざしを見れば、屈強なオオカミたちも尻尾《しっぽ》を巻いて逃げ去るだろう。なぜなら彼のペットであるスティーヴですら、その仄暗い金の瞳に恐怖を感じて竦《すく》みあがってしまったのだから。

×　×　×

十年前――バークワース公爵邸。

『まあ、とてもとてもかわいいわっ、わたくしのアデルちゃん！』

黄色い声を上げたバークワース公爵夫人は、息子をぎゅっと抱きしめた。だがこの母子を見て、母と息子と思う者はいないだろう。

アデルは銀色の髪を縦に巻き、ふわふわとした薄桃色のドレスを纏《まと》っていたからだ。

『お母さま、ありがとう』

素直なかわいらしい声だった。アデルは七歳。毎日母の選んだドレスを着せられても、何の疑問も抱いていなかった。

生まれてから女の子用の服しか身につけていないから、そういうものだと思っていた。

彼の不運は誕生時からはじまった。男の子なのに、母の母――祖母ゆずりの美貌を持って生まれたのだ。しかも色黒だった祖母とは違い、真っ白の肌を持っていた。髪も銀に近い夢のような白金色。彼は絶世の美女の条件を男にして備えてしまった。

以前から女の子がほしくてほしくてたまらなかった公爵夫人は、ディミトリアスと名付けたい夫の反対を押し切り、男でも女でも通用する名前の『アデル』と我が子を命名した。

そして、アデルがいまの状態が異常であると知ったのは、母に連れられ、マッカン子爵の茶会に出向いたときだった。屋外で突然雨に降られて、皆ずぶ濡れになってしまった。ちょうど母とはぐれていたアデルは、マッカン子爵令嬢ベアトリスとともに子爵夫人にお風呂に入れられた。そして令嬢ベアトリスが『きゃ――！』と叫んだのだった。

幸い、この騒動はバークワース公爵家の権力と財力でもみ消されたが、下半身についてのことで絶叫された事実はアデルの深い傷になる。

以来、アデルはドレスを着たくないとだだをこねたが、子どもにとって母の権威は強大である。だだっこのレッテルを貼られただけで、有無を言わせずドレスを着付けられていた。もう、フリルもレースもいやだというのに。

しかし、悲しいかなアデルは巷のどの令嬢よりもドレスが似合う男の子。そして男子の服を持っていなかったし、肖像画も毎年かわいらしい女の子として描かれた。

後年知ったことだが、母は父が用意した男子の服をことごとく処分していたらしい。

『まあ！　このドレス、間違いなくアデルちゃんが着るためにこの世に生まれてきたのね。とってもよく似合っているわっ！』

人よりも見目麗しく生まれたために、母による娘扱いはアデルが留学する十二歳まで続けられた。事態を重く見た公爵が、妻から五年間アデルを隔離することで、息子に紳士としての体面を確立させたのだ。

女装していた間、アデルの言葉遣いはずっと荒かった。反抗期だったし、なにより男でいたかったからだ。

はじめて彼女に会ったときのことは、いまだにはっきり覚えている。

七歳の頃、両親ともに留守であり、兄にお守りをしてもらっていた日があった。

その日、遊びたい盛りの兄に連れられ、兄の親友の屋敷を訪れた。当然アデルは、その屋敷の者に令嬢として扱われる。彼は、心の底から世界の滅亡を願った。

『はじめまして精霊さん、わたしはラーラ。あなたのお名前は？』

マッカン子爵令嬢に叫ばれた翌日だったから、アデルはむしゃくしゃしていた。

（この期に及んで精霊だと？）

アデルが想像した精霊は、ホブゴブリンという毛むくじゃらの、とんでもなく醜悪《しゅうあく》でぶさいくすぎる精霊だ。女と言われるのはいやだが、ホブゴブリンはばかにしすぎているだろう。我慢ならない。怒りとともに、殺意が湧いた。

『だまれブス、おれのどこが精霊だ。その腐ったような色の目は飾りか？』

綺麗な紫色の瞳からぼたぼたと涙がこぼれるのを見たのは、その直後のことだった。

# 2章

アリング伯爵家の召し使いは、控えめに言っても大変すばらしい。普段まったくさえないラーラを完璧に仕上げてくれたのだから。なによりラーラの容姿を常々〝主役ではなくその他大勢〟と評する兄に「へえ、化けたな。いいんじゃないか」と言わしめた。

ラーラは自分の装いに誇りを持って胸を張り、会場を見渡す。隣にヘンリーがいてくれるから、あがり症もいまは平気だった。

会場内には、華やかなドレスを着こなす婦人がたくさんいて、どの婦人もそれぞれお洒落をしていて綺麗に見えた。

(でも……一番とは言えないまでも、いまのわたしもとても綺麗なはずだわ)

ラーラの黒髪は、ドレスと同じ檸檬色の花と真珠《しんじゅ》で飾られ、器用にくるりと巻かれた髪が、肩にふわりと落ちている。足を動かすたびに、腰の高い位置から流れるレースが趣を変え、優美なドレープがラーラに気品を与えてくれた。

(ひょっとして、いまのわたしはお姫さまみたいなのではないかしら)

と、うぬぼれてしまうほど、ラーラは今夜の装いが気に入っていた。

社交シーズンを目前に控え、ラーラは兄とともに予行練習にやってきていた。ちょうどタイミングよく兄のカード仲間の姉が婚約会を催《もよお》したため、お呼ばれにあずかったのだ。

最初こそおどおどしていたラーラだが、少しずつ雰囲気に慣れていた。そんな中、ある女性が両手を広げてラーラとヘンリーを歓迎してきた。

「おふたりともいらっしゃい。ラーラさんはデビュタントだそうね。あなたほどかわいらしい方なら、すぐに殿方の誘いが殺到するはずよ。ぜひ、会を楽しんでちょうだいね」

その言葉にラーラが感激していると、背後の兄がぼそっと言った。

「おい、恥ずかしげもなくいちいち舞い上がるなよ。貴族は常にお世辞を言うものだ」

「なによ、舞い上がってないわ。かわいいって言ってもらえてうれしかっただけだもの」

「真に受けるなよ。社交辞令ごときで一喜一憂するなど愚かの極みだ。聞き流せ、ばか」

唇をわずかに尖らせたラーラは、会場内をきょろきょろと眺めた。

「……バートさまはいらっしゃらないのかしら」

「あの筋肉か。先ほどカード室に入るのを見たが」

早速ラーラがカード室に靴の先を向けると、ヘンリーに肩を摑まれる。

「どこへ行く」

「カード室よ。少しだけお姿を見てくるわ」

「このばか。カード室に行くやつがあるか。若い娘の行くところじゃない。恥さらしめ」

カード室とは、紳士が酒や嗅《か》ぎたばこ、葉巻を片手に賭けに興じる場であった。この国の紳士は、賭け事に夢中な者が多いのだ。

「遠くからひと目見るだけだわ」と言ったラーラに、ヘンリーは呆れたように息をつく。

「おい、金輪際あの軍人を追うのはよせ」

「どうして?」

「どうしてもだ。あいつはな……」

ヘンリーは、ラーラの耳に手を添えて、誰にも聞こえないように言った。

「あそこが異様に大きい」

「あそこって?」

「お前、察しが悪いな。あそこと言ったらあそこだ。…………ペニスだ」

たちまちラーラは真っ赤になって、両手で顔を覆った。

「なっ、なんてことを言うの! はしたないわ!」

「しっ! 声がでかい」

口もとに人差し指を立てたヘンリーは、ラーラに言い聞かせるように続ける。

「いいか、下品だとかそういうレベルの話じゃない。当然僕だって言いたくないさ。でもな、お前の生死に関わる問題だから、上品ぶったり恥ずかしがらずによく聞け」

いやに真面目な顔で言われるものだから、ラーラは神妙にこくりと頷いた。

「よし。お前も知る通り、結婚すれば子作りしなければいけないだろう？　これは逃れられない貴族の義務だ。しかし考えてみろ。あの軍人のあそこは人外だ。そうだな、例えるなら僕の愛馬のウォリアー……あれに似ている。結婚したら最後、お前は裂けてしまうだろう。子どもどころじゃないぞ？　初夜であの世行きだ。僕は妹を夭折《ようせつ》させたくはない」

話の最後に、「僕を悲しませるな」と付け足され、ラーラはごくっとつばをのんだ。

「そんなに、大きいというの……」

兄は真摯《しんし》に「ああ。ばかみたいにな」と頷いた。

「残念ながら確かなことだ。僕はこれでも妹思いだから慎重に調査を重ねた。紳士クラブでの聞き取りから、拳闘場、夜会、馬の競り、さまざまな場所で紳士という紳士に当たった。結果、導き出された答えはひとつだった。……やつのあそこは異様に大きい。悪いことは言わない。バートはやめろ。絶対にだ。しかも筋肉だぜ？」

青ざめたラーラは、肩を落としてうつむいた。

「そんな……わたしの運命の人なのに」

「ラーラ、運命はひとつだけとは一概に言えない。道が違えばそれぞれの道に運命は転がっているものだ。それにな、僕はなんとなく今夜お前のもうひとつの運命の扉が開かれるような予感がしている。僕の勘はよく当たるんだ」

ヘンリーの口調はどこか芝居がかっていたが、ラーラはそれどころではなかった。

ラーラがぐるぐると思いをめぐらせている間に、ヘンリーはポケットから懐中時計を取り出した。

「……あいつ、遅いな。この僕にどれだけ妹の相手をさせておけば気がすむんだ」

そのひとりごとは、ラーラには聞き取れなかった。

「ヘンリー、いま何か言った？」

「いやいやいや、何も言っていないさ。せっかくだ、カントリー・ダンスでも踊るか」

「いいの？　普段はわたしと踊りたがらないのに」

「お前が下手すぎてストレスだからだ。僕まで下手に見られるからな。今夜は特別だぞ」

鎖《くさり》をいじり、ポケットに時計を戻しかけたヘンリーは、次の瞬間、目を剝《む》いた。

「くそ、またか！」

「どうしたの？」

顔をくしゃくしゃにしたヘンリーは「これだ」とラーラにカードを渡した。

その文面を見たとたん、ラーラは鋭く息を吸いこんだ。

〝ヘンリー、愛してる。早くひとつになりたい。……あなたのBより〟

カードには、以前と同じく、すさまじい数のハートが書きこまれている。

「いよいよ僕の貞操《ていそう》の危機だ」

「すごく怖いわ。また上着のポケットに入っていたの？」

「ああ。――くそ、どうなっているんだ？　馬車で上着を着たときには何もなかった。間違いなくこの会場で入れられたんだ！　どこのどいつだ……!?」

ヘンリーがきょろきょろと「あの女か？　いいやあいつか？」と見回している中、ラーラがカードを裏返しにすると、キスマークとLOVE&SEXの血文字があった。

「血文字……気味が悪いわね。でも、Bではじまる女性は数え切れないほどいるわ」

黒髪をかきあげたヘンリーは、自身の額をとんとんと指で叩いた。

「予定が狂ったな。クラウディアの部屋に行く前に探偵の家に行くはめになった」

「クラウディア？」

「大人の世界の話だ、気にするな。……あ。あいつようやく来た。もたもたしやがって」

何のことなのかと、不思議に思ったラーラが兄の視線を追うと、入り口に人だかりができていた。その人物は、多くの人に――とりわけ婦人に歓迎されているようだ。

「メイシー伯爵さまだわ」「いつ見ても素敵ね」と、近くの婦人の噂話も聞こえてくる。

そのメイシー伯爵に向けて、ヘンリーは手を振った。

「メイシー伯爵、こっちだ！」

すると、黒い装いの伯爵が大股でこちらに寄ってくる。ラーラはその姿を見たとたん、言葉を失った。こんなに綺麗な男の人を見たのははじめてだったからだ。

シャンデリアの光のしずくで彼の金色の髪がきらきら光り、同じ色の瞳も輝いている。揺れる毛先はまるで装飾品のように彼の美貌を彩っていて、何とも言えない艶《つや》がある。長いまつげに、綺麗な鼻梁《びりょう》。優美な唇は弧を描いて微笑している。

漆黒の上衣に凝った結びのクラヴァットが品良くヴェストに収まっていて、一分の隙も見当たらない。兄のヘンリーは洗練された装いだが、この彼の夜会服も洗練されていた。

しかしラーラは、会場すべての女性の目を集める彼に、どきどきしたりはしなかった。

(信じられないくらいに美しい方だけれど、わたしは王子《バート》さまがいいわ)

そんなラーラと伯爵を引き合わせようというのか、ヘンリーはふたりの間に立った。

「ラーラ、彼は僕の友人のメイシー伯爵だ。先日、クラブでお前の話をしたところ、ぜひ会いたいということで、今日この夜会に来てくれたんだ。失礼のないようにしろよな」

ラーラはヘンリーを見ていたけれど、強い視線を感じてメイシー伯爵に目を向けた。すると、金色の瞳は熱心にラーラを映しているようで、ぞく、と背に寒いものを感じた。

たちまち過去に思いは戻り、不吉な面影を思い出す。

『ラーラ、おれのとっておきを見せてやる』

あれはラーラが八歳のときのことだった。毎日いじわるをしてくるアデルがそう言った。

ラーラはひどく警戒した。いつも手酷《てひど》い目にあわされるからだ。

『お前だけに見せるんだからな。ありがたく思え。……ふたりだけの秘密だぞ?』

その日のアデルの装いは、彼の銀色の髪によく合う水色のドレスだった。ラーラはアデルを見ながら、ドレスもアデル自身もすごくかわいいのに、どうして性格は醜《みにく》く悪魔そのものなのだろうと思っていた。

『目をつむれ』

『いやよ……今度はなにをしでかすつもりなの？』

『だまれ、おれの言うことを聞け』

ラーラは命令ばかりしてくるアデルに嫌気がさしていたけれど、怖くて渋々《しぶしぶ》従った。

『そうだ、閉じていろ。しばらく目を開けるなよ？　おれが〝よし〟と言うまでだ』

むすっとしていると、ひんやりした重みのあるものが首にかかり、ラーラはびくりと肩を跳ね上げた。

『きゃっ！』

『じっとしていろ』

『なによこれ……じっとなんてできないわ』

『いいから言うことを聞け！』

唇をきゅっと結んで耐えていると、続いて円筒状のつるつるしたものを握らされ、ラーラは震えた。それは指で押すと弾力があるもので、どことなくざらざらしている気もするし、不思議な感触だった。

『なんなの……』

『よし！　いいぞ、目を開けろ』

言われた通りに目を開けたラーラは、そのとたん『きゃあああああっ!!』と絶叫した。

なんと、ラーラの首にかけられているのは、大きなにょろにょろとしたヘビだったのだ。

ラーラはそのヘビの首の部分をぎゅっと握らされている。

ヘビは、凶暴な二本の牙《きば》を持つ口をくわーっと開け放ち、ちろちろと不気味な舌をちらつかせ、こちらを威嚇《いかく》しているようだった。さながらラーラは、ヘビに睨《にら》まれたカエルだ。

ラーラがまた渾身《こんしん》の力を振りしぼって叫ぼうとすると、アデルの手に口を塞がれた。

『ばか、叫ぶやつがあるかよ。こいつ、かわいいだろ？　おれの親友のスティーヴだ』

――ぜんぜんかわいくない！

当時の恐怖が蘇《よみがえ》り、ラーラは額に汗をにじませた。

「なんだお前、ぼーっとして」

ヘンリーの声で我に返ったラーラは、ぎこちなくうつむいた。

(金色の目は不吉だわ……とても)

「ラーラさん、僕と踊ってくれませんか」

ラーラがゆるゆると目線を上げると、伯爵の瞳が見えて、なぜか胸がとくんと高鳴った。

なんて目をしているのだろう……。ラーラはこんな目で誰かに見られたことがない。

彼は穏やかに笑んでいる。

「わたしと……？」

「ええ。あなたと踊りたい」

まごついていると、ヘンリーの手に背中を押され、伯爵に近づくように促された。

「ラーラ、踊ってもらえよ。メイシー伯爵は先日まで留学していたから外国仕込みだぞ」

心細いラーラはすがるように兄を見つめる。あがり症を訴えようとして先手を打たれた。

「気づいていないのか？　重度のあがり症のお前が、いまは珍しく萎縮《いしゅく》していないし震えていない。こんなに向かい合っているのに平気で立っているぞ」

「え？」と、ラーラが自身の手を見下ろすと、確かに少しも震えていなかった。

こんなに珍しいことはいままでにない。

（どうして……？）

ラーラは、かつて快活《かいかつ》な性格だったけれど、アデルに手酷くいじめられ続けたため、人が苦手になっていた。誰のことも信じられず、特に初対面の相手は怖くてだめだった。

「……不思議」

「簡単な話さ。メイシー伯爵は大丈夫だということだろ。踊って確かめてみろよ」

伯爵が、すっとこちらに手を差し出したので、ラーラはゆるゆると手を近づけたり、すぐに引っこめたりして迷ったけれど、しばらくまごついた後、おずおずと指先をのせた。

瞬間、きゅうと包まれて、金色の瞳が心配そうにこちらを窺う。

その際、気づいた。ラーラではなく、彼の手のほうが震えていることに。

「僕が怖い？」

どちらかといえば、ラーラよりも伯爵のほうが怖がっているだろう。

首を振って否定すれば、「踊ろうか」と手を引かれた。

ラーラが伯爵と踊りの輪に参加すれば、ヘンリーは手を上げ、別れの合図を送ってきた。

あの不気味なカードの相談をしに探偵のもとに行くのだろう。

そんな、待って、とラーラは思ったが、無情にも背中は遠ざかる。

「ラーラ、ヘンリーが行ってしまうと不安？」

「それは……そうですね、不安だわ。……わたし、あの、この会がはじめてで」

不思議だ。ラーラは初対面の伯爵と普通にしゃべることができている。首を傾げれば、笑顔の彼と目があった。

「うん、知っている。でも安心して。今夜は僕が最後まで付き添うから」

伯爵はずっと微笑んでいて、ラーラは彼はよく笑う人なのだと思った。

「帰りはアリング伯爵邸まで送るよ」

兄の言う通り、外国仕込みのメイシー伯爵は優美で踊りやすかった。

二曲立て続けに踊って疲れを感じると、察した彼は飲み物をとってきてくれた。

伯爵は終始ラーラを気遣ってくれて、やさしさが滲《にじ》み出ていた。

しかしながら、美貌の彼と一緒にいると、貴婦人たちの羨望《せんぼう》や嫉妬《しっと》のまなざしが気になって、とても落ち着けそうにない。ラーラは彼に切り出した。

「メイシー伯爵さま、わたしに構わず、他の女性の相手をしてください」

「それはできない。僕はヘンリーから君を任されているし、君の傍にいたいから」

何度も瞬いたラーラは、伯爵の「わかった？」の声に頷いた。

（わたしの傍にいたいだなんて物好きな方。ヘンリーはいつも文句を言うのに）

伯爵は傍にいやすい人だった。そう、長年の知り合いであるかのように、話しやすいし、語らずともラーラのことを察してくれて、まさに彼は〝しっくりくる〟。

でも、とラーラは思うのだ。

（やっぱりわたしは、あの方のほうがいい……）

ラーラを危険な酒樽から助け、守ってくれた、たくましい王子さま。これぞ、運命。

（バートさまは最高だわ）

×　×　×

メイシー伯爵――アデルがラーラと新たな出会いを果たして十日が過ぎた。

ヘンリーは、自分の役目は終わり、解放されたと安心していた。が、しかし。

「おい、どういうわけだ？」

バークワース公爵邸を訪れたヘンリーは、親友であるローレンスに眉をひそめて問いかける。しかし、ローレンスも何がなんだかわからない様子で、肩を竦めるだけだった。

「アデルのことか？　私もさっぱりだ」

「僕はちゃんとふたりを引き合わせたんだぞ。なのになぜあいつの機嫌が悪いんだ」

ヘンリーは昔からラーラに近づく男を追い払えとアデルに頼まれていて、面倒ながらも実行している。もっとも、頼まれているというよりは弱みを握られ脅迫《きょうはく》されているのだが。

「早くあいつらを結びつけて自由になりたい。あの夢見がちでお花畑の妹の動向をこれ以上気にするなどばかばかしすぎて泣けてくるぜ」

「ヘンリー、お前は詰めが甘いところがある。本当にしっかり引き合わせたのか？」

「ばかな、詰めが甘いだと？　聞き捨てならない。当たり前だ。僕は優秀な男だぞ」

ふたりの兄が戦々恐々としているのは、いつにもましてアデルが不機嫌だからである。

アデルは平静であれば模範《もはん》的な常識人だが、ラーラが絡むと何をしでかすかわからない。大げさに言えば、殺人を犯したと聞いても「……だよな」と妙に納得してしまえるほど危険な面を持っていた。

「あいつは巨大な毒ヘビまで所持しているからな。なんだ、ニシキと言ったか」

「ニシキじゃない。あれはニシキヘビという種類で、名はスティーヴだ」

ヘンリーは、「は！」と呆れまじりに鼻で笑った。

「国中のスティーヴに謝れよ。あの凶悪な面でスティーヴだなんておかしいだろう」

「よせ、アデルの決定にけちをつけるな。そもそもあいつは毒ヘビではないと思うが」

「なぜ毒がないと言える。鋭い牙があるぞ。それに、あの怪しげな舌ときたら」

「私はあいつにがぶりと噛まれたことがある。だが死んでいないだろう？　しかし、凶暴じゃないとは言えないな……。昨日の夜、ネズミを丸のみにしているところを見た」

ヘンリーは、スティーヴのヘビらしい模様ととぐろを巻いた姿を思い出して身震いした。

「……凶悪だな。僕は妹の夫が犯罪者になるなどごめんだ」

「私だって弟を犯罪者にするつもりはないさ。……ところで聞きそびれていたが、ララちゃんの好きな男というのは、本当にボルダー男爵家のバートなのか？」

ローレンスがグラスに酒を入れてくれたので、ヘンリーはそれをひと口すすった。

「なんだ改めて。そうだバートだ。だが安心しろ。やつに対してラーラが底知れぬ恐怖を抱くように細工しておいたから心配ない。うちの妹はばかで単純だから扱いやすいんだ」

アデルと違ってな、と含みをもたせて、ヘンリーはまたグラスを傾けた。

「そうか……。あのな、そのバートのことだが」

ローレンスの弱々しい声を、ヘンリーは笑い飛ばした。

「お前は兄ばかだな、ローレンス。バートバートと、この僕が信用できないと言うのか？　心配するな、大丈夫だ。バートなど恐れるに足りない。絶対にアデルが勝つさ」

「違う、勝つとか負けるとかそのたぐいではなくて、バートはな……」

歯切れ悪くローレンスが言葉を紡いでいたちょうどそのとき、ふたりがいる応接間の扉が開けられ、アデルが顔をのぞかせた。

「ヘンリー、僕の部屋に来てくれ」

ヘンリーは冗談ではないと思った。以前見たアデルの部屋が非常に不気味だったからだ。アデルは、物心ついた頃からヘビをはじめとするおぞましい生き物が好きなようで、彼の部屋にはカエルやカブトムシ、トカゲなど、理解しがたいものが飼育されていた。

「いやいやいや、待て。僕に話があるのならここで聞く。動くつもりはないからな」

「まあ、それでもいいが」と素直に応じたアデルは、兄のローレンスに向けて、「少しヘンリーとふたりにしてくれ」と言った。

ローレンスが部屋から出た後、アデルはヘンリーの向かいに腰掛けると話を切り出した。

「バートを調べようと思う」

それを聞き、ヘンリーは呆れてしまった。

「おい、切れ者のお前の言葉とは思えない。あの筋肉を調べてどうする。そんな暇があるならラーラと距離を縮める努力をしろよ。この僕が自由をけずって機会を与えたんだぞ」

「仕方がないだろう」

「仕方がない？　それは僕の労力を無にする言葉だ。慎《つつし》んでくれ」

アデルはふてくされたようにうつむいた。

「……ララに見向きもされない。何をやってもだめなんだ」

「弱気だな。お前たちはあの後踊っただろう。会話もしたはずだ。なぜだめなどと言う」

「はじめての出会いとしては我ながらいい出来だったと思う。だが、あれから続かないんだ。いくら誘ってもいい返事をもらえない。手紙を届けているが、読まれたふしはないし、花も毎日届けているが、彼女の手もとに届いているのかどうか……」

ちらと目線を上げたアデルは、ヘンリーに「どうなんだ？」と問うてきた。

「あいつの部屋は確認してないな。僕がララの部屋を気にするなど不気味だろ？」

「ああ。絶対に許さない」

ヘンリーは、だから自分の部屋にまでこんもりと花が生けられはじめたのかと納得した。いま、伯爵邸内は大変だ。玄関ホール、応接間や客間はもちろんのこと、書斎や図書室にまで花があふれている。置ききれなくなって、ヘンリーの部屋まで侵食しはじめたのだ。

「おい、花はララと距離を縮めてからにしてくれよ。それにな、お前が贈る花の量はいくらなんでも多すぎる。おかげでいま、うちは天国と化しているんだ。普通は小さな花束にするものだぜ。お前は限度を知らない」

アデルは「多すぎなのか？　わかった、次からは控える」と頷き、いよいよ本題に入ろうというのか、前かがみになった。

「正直、僕は自分に自信がある。ラーラに会えると思って参加した夜会では、女に囲まれない日はなかった。留学中も毎日大勢から言い寄られていたんだ」

「それはそうだろう。非常にうぬぼれたくそな発言だが、お前が言うと、自慢だとも何とも思わないし納得できる」

「この結果を鑑《かんが》みるに、僕はもてると自分で判断していいと思わないか？」

ヘンリーはがっくりと肩を落とした。

「僕に聞くな。なんだいまさら。お前は自分でもてると以前から言っているじゃないか」

「だったらなぜラーラは見向きもしない？　ラーラの反応を見ていると自信がなくなる。あの日から十日も会えていないんだ。また手紙を受け取ってもらえないのではないかと思うと恐怖を感じる。なんて言えばいいか……繊細で壊れやすいガラス細工――いや、儚《はかな》い砂糖菓子を扱っている気分だ」

「おい、待て。それは恋愛至上主義の乙女の発言だ。お前ともあろう者が情けない。くだらない詩人《ポエマー》に成り下がるな。お前は国一番の美男子で、豊富な財を持つ栄えある伯爵だ。いまや結婚市場の筆頭と言っていい。しっかりしろよ」

アデルは物憂げに吐息を落とし、「そうだろうか。では、なぜラーラは」とつぶやいた。

「うじうじするな。たかが十日会えないだけでなんだそのざまは。だいたいな、お前が帰国してから僕に言い寄る女が半減したんだ。迷惑だから早くラーラとくっつけよ」

ヘンリーが、「お前ほどの男がラーラごときでなにを手こずっている」と髪をかきむしりながら言い足せば、アデルはローレンスが飲みかけていたグラスを持った。

なにを思うのか、せつなげに琥珀色の液体をしばらく見つめ、それをくいっと飲み干す。

「僕だって早くラーラと結婚したい。だが、バートの存在が彼女の中で大きすぎるんだ」

「この期に及んでバートだと？　レベルははるかにお前が上だろう。敵になりようが」

言いかけて、ヘンリーははたと気がつく。

「おいアデル。お前のアプローチの方法と手順、予想するラーラの反応を言ってみろよ」

アデルは長いまつげを冷ややかに上げ、ヘンリーを睨んだ。

「なぜ僕がお前に手の内を明かさなければならない」

「ばか。狙った女は必ず落としてきたこの僕が聞いてやるって言っているんだ。あの多すぎる花で確信した。お前はな、少し……いや、かなり感覚がおかしい。僕が正してやる」

やがて渋々語られたアデルの恋愛観に、ヘンリーは、力なく片手で両目を覆った。

「……初心者かよ……」

×　×　×

アデルはその夜、闇に紛れて場末の酒場を訪れた。

そこは安い香水と酒とたばこの匂いがたちこめる、貴族が入るには場違いとしか言えない粗野な店だった。一階は酒場として賑《にぎ》わっているが、二階は宿という名の娼館だ。現に二階につながる手すりでは、流し目をする化粧の濃い女たちが階下の男を誘っている。

盛況な店内を見回したアデルは、すぐに亭主のほうへ向かい、きらりと輝く金のコインを手渡した。すると虫歯だらけの歯を、にっ、と見せた亭主は、「二階、奥から二番め」と小声で言った。

いかがわしい二階を隠す幕に消えたアデルは、言われた通りに奥から二番めの部屋を目指した。その部屋の中にいるのは、娼婦ではなく、黒ずくめのほっそりとした男だ。

落ちくぼんだ目の、不健康そうなこの男は、〝蜘蛛《スパイダー》〟の異名を持つ監視者だ。特別なコネクションがないかぎり、依頼はもちろん、会うことすら叶わない。

「はじめまして、伯爵さま。――と、言いたいところですが、奇怪な再会ですねえ」

アデルは肩を揺らす蜘蛛を冷ややかに見据えた。

「かの賭博場《とばくじょう》でのあなたの呼び名をご存知で？　〝ヘビ〟ですよ。エデンの園にかけているのでしょう。ヘビは人をそそのかし、まどわす生き物ですからね。何を隠そう私はあなたにこてんぱんにされて、財産を半減させましたから。私を覚えていませんか？」

アデルはふいと視線を外す。ラーラ以外の人間に興味が持てないため覚えていなかった。

「知らないな。それよりお前にはボルダー男爵家の三男、バートを調べてもらいたい」

蜘蛛は深い穴のような黒い瞳にアデルを映し、「期間は？」と言った。蜘蛛は標的を仄暗い隙間から狙い定め、じっとりと絡め取り、決して逃すことはない。

「僕がいいと言うまでだ。……前金だ。引き受けるなら受け取れ」

「お引き受けいたしましょう」

アデルは蜘蛛に金のつまった袋を放ると、そのままきびすを返した。

アデルはラーラに会えないこの十日間、無為に過ごしていたわけではない。

ヘンリーに「バートを調べようと思う」と言った時点ではあらかた動いた後だった。あの宣言は、ヘンリーから情報を得ようとしたからである。

成果はみじんもなかったが、なぜ大金をかけてまで調べようと思うのか。それはアデルが、バートの人となりを知るうちに、この男のどこにラーラは惹《ひ》かれたのかという疑問があふれてきたからだった。

バートという男はアデルにとって駆除《くじょ》の対象者であるが、そういう目で見なくても、まったく魅力が見当たらない男だったのだ。

しかしながら、その分、途方に暮れるはめになる。どうしても、自分がバートよりも劣るとは思えない。バートの価値が一だとしたら、自分は百だ。いや、千かもしれない。

何らかの魅力がある相手であれば、ラーラの好みを推し量るのは簡単だ。だが、よさがまったくわからない男の場合は対処が途方もなく難しい。

アデルは、バートを知りたいというよりも、ラーラの好みのタイプが知りたいだけだ。大好きな相手の好みを知りたいと思うのは、万国共通の恋する者の望みなのだ。


この十日の間、アデルはラーラに会うために、嫌いな夜会に出席し続けていたが、ラーラを見つけることができないばかりか、毎回「きゃあ、素敵！」と奇声《きせい》をあげる香水くさい女たちに取り囲まれて辟易《へきえき》した。

舌を打ちたくなるほどいやなのに、それでも通うのは、またラーラと踊りたいからだ。

今度はもっとうまく彼女と会話を楽しみ、距離を縮めたい――いまの望みはそれだった。

学んだ紳士教育に沿い、アデルは儀礼的に笑顔を振りまく一方で、「メイシー伯爵さまぁ」とすり寄る女どもの唇を、ことごとく縫《ぬ》いつけて閉じてやりたい衝動に駆られた。

（くそ、どいつもこいつもうるせえな。おれに構うな。触れるな、話しかけるな！）

たびたび女たちに踊りをせがまれたが、足がねんざしていると嘘をついてあしらった。

手袋越しだとしても、他人に触れようとは思わない。

アデルのこの手はラーラのものであり、ラーラの手はアデルのものだ。髪も身体もすべてがそうだ。持ちうるものは、すべて互いだけのためにある。

アデルの想いは積もり積もって、ことラーラに関しては衝動を抑えることは無理だった。

そんな日々を送る中、アデルはたまにバートと出くわした。

相手に気取られないように、こいつのどこにラーラは惹かれたのだと、そのつどバートを観察した。しかし、突出しているものがない。強いて言えば筋肉だ。

アデルから見れば、バートは凡人でありすぎていた。

筋肉に覆われて強靭《きょうじん》そうだが、足もたいして長くはないし、以前走っているところを見かけたが、さほど速くもなく、筋肉自体が重みを増すため、逆に枷《かせ》となっていた。

危機管理能力を見ようと思い、わざとワインを彼に向けてこぼしてみたが、反射神経は皆無なようで、そのままばしゃりと濡れていた。

ダンスについても自分本位でいまいちな出来だったし、カード室での賭け事も、すぐさまうなだれていて、運に見放されているようだった。

外に出たバートを追ってみたが、彼はアデルの嫌いな噛みたばこをくちゃくちゃとやり、むき出しの石畳に「ぺっ」と残骸《ざんがい》を捨てるような、マナーを知らないやつだった。おまけにアデルが仰天したのは、物陰で、「ふぅ」と息を吐きつつ立ち小便をしたことだ。

（ふざけるな……）

アデルの大好きな、恋い焦がれてきたラーラが想いを寄せる男がこれとは。

（こいつの行いを王都じゅうの者がしてみろ、たちまちゴキブリとネズミが徘徊《はいかい》し、蝿が縦横無尽に飛び回る不潔極まりない都市になるぞ！）

怒りでアデルがこぶしをわななかせていると、バートが移動を開始した。その行き先をたどれば、あらくれ者が集う賭博場だった。

（先ほどうなだれていたくせに、また賭博か）

続いて賭博場に入ったアデルは、帳面のバートの名前の下に、すらすらとそれはすばらしい筆跡で、自身の名前をサインした。

アデルは自分がラーラに支配されていると自覚している。

食事をする際、おいしいものを食べれば、ラーラに味わわせたいと思うし、綺麗な景色を見れば、いつかラーラを連れて来たいと思う。月を見れば、ラーラも見ているだろうかと思うし、ふとした瞬間、ラーラは何をしているだろうと、彼女のいまを想像する。こんなふうに、アデルの思考は呆れるほどすぐにラーラに行き着いた。

かつて、ラーラばかりではだめだと思ったときがある。好きすぎて、胸がずっと重苦しくて、この痛みから解放されたいと考えたのだ。しかし、彼女を薄める努力をする自分を想像したとたん、それまで以上の痛みを感じた。ラーラの中での自分も同時に薄まるような気がして、どうしようもなく悲しくなった。

アデルは、苦しくてもせつなくても、彼女に支配されていたいのだと気がついた。たとえ彼女に嫌われていたとしても。

どうしてこれほど彼女に夢中になったのか――。

出会った頃のラーラはアデルとは正反対で、疑うことを知らないよく笑う子であった。のびのび育った彼女は少し夢見がちではあるけれど、楽天的でのんきで無邪気。陽だまりみたいに明るかった。聞けば、アリング伯爵に猫かわいがりされているとのことだった。

対して、当時のアデルは置かれた環境のせいもあり、終始怒りの中にいた。ラーラのことは好きだけれど、同時にゆるい彼女が憎らしかった。本当はその愛らしさに見惚れていたのに、奥に渦巻く激情を抑えることができずに、つい、ラーラにきつく当たった。

けれど、出会った頃のラーラは根に持たず、からっとしていた。アデルが八つ当たりでひどい言葉を投げても、そのときは『ひどいわ！』と泣くけれど、すぐに忘れてアデルと仲良くしようとしてきたし、その屈託《くったく》のない笑顔を崩したくなり、いじわるをすれば、悲しい顔をしていたけれど、次の日には元通りになり、『アデル、待って！』とこちらに向かって駆けてきた。

『いっしょにいたい』と言われたし、そう言われるのはまんざらでもなかった。『アデルが好き』の言葉も心地がよく、うれしいと思った。しかしながら、当時のアデルは照れてしまい、彼女に何も返せなかった。心の中では『おれもいっしょにいたい』『ラーラが好きだ』と語りかけていたけれど。

そんな中、口から出たのはこんなひどい言葉だった。

『寄るなよ、お前のばかが感染《うつ》るだろ』

それでもしばらくは『だって、いっしょにいたいもの』と、彼女はめげずに傍に来た。

『アデル、すごくすごくかわいいいわ。あのね、あなたはわたしの憧れなの』

かわいいなんて、子どもの頃のアデルにとっては貶し言葉でしかなかった。母に『まあ、かわいいわ、アデルちゃん！』と無理やりドレスを着せられ、髪も伸ばされ、もし勝手に短く切ればブールジーヌ家（堕落しきった家）に修業に行かせるわよと脅され、女でいるしかない自分にうつうつとしていた。だからのんきに笑っているラーラにむかついた。

ある日のこと、ローレンスが言った。『お前なあ、さすがにラーラをいじめすぎだろ』

そしてヘンリーも同調した。『もうやめておけよ。見ていられない』

違う、とアデルは思った。確かに最初はむかついて、八つ当たりや腹いせに利用していたけれど、いまは違う。いじめたいわけではない。うんとラーラと仲良くしたい。けれどことごとく空回りしてしまい、接し方がわからなくなっていた。

『そんなにラーラがきらいか？　面倒なやつだけれど、わがままではないし無害だろ』

『違う、大好きなんだ！　好きで、好きで……でも、どうしていいかわからないんだ』

いつからだろう。ラーラがまったく笑ってくれず、泣き顔しか見せなくなったのは。アデルに怯えて、姿を見たとたん逃げ出すようになったのは。

『待てよラーラ！』

『いやっ！　来ないで、大きらい！』

胸をえぐる言葉だった。そんなことは言わないでほしい。ずっといっしょにいたいのに。大嫌いと言われても大好きだ。辛かった。けれどアデルはかつての思い出にすがってしまう。

まならに、はにかむラーラが焼きついている。

『アデル、これあげる。大好きなアデルが、ずっと幸せでいられますように』

手渡されたのは四つ葉のクローバーだった。それはいまでも大切にとってあり、アデルの一番の宝物。留学先でも大事にしていた。それなのに、当時放った言葉はこれだ。

『こんなみすぼらしい草なんかいるかよ』

みるみるうちに顔を歪《ゆが》ませたラーラは、地面にそれを落として、うっ、うっ、と泣きながら去っていった。ずっと、時間をかけて探してくれていたのだろう、彼女の手には土がこびりつき、指先は緑色に染まっていたのに。

その場でアデルはくずおれた。

（最低だ。どうして、おれは……）

ひねくれ者のアデルは、『ごめんなさい』と言えないかわいげのない子どもだった。けれど、一度だけ——たった一度だけ、あまりに泣きじゃくるラーラに言えたことがある。

『……………ごめん』

そのとき、ひくっ、とラーラはしゃくり、アデルの銀色の髪に小さな手で触れた。

『アデル、泣いているの？』

言われて気がついた。ラーラに嫌われたくなくて、自分は泣いていた。

『泣いていない』

『アデル、泣かないで。……いいこ』

頭を撫でられた。べそべそと泣いているラーラに泣きやむように『いいこ、いいこ』と撫で続けられ、さらに泣けた。こんなに泣いたのははじめてだった。

『どうすれば……うっ、うう……アデルは、泣きやむの？』

ラーラこそ泣きやんでいないというのに。

『……お前はおれを許すのか？』

ラーラは紫色の瞳からぼたぼた涙をこぼしながら、唇を噛みしめ、こくんと頷いた。

『許してあげる』

彼女は、楽天的でのんきで無邪気。陽だまりみたいな女の子。一度許せば綺麗さっぱり水に流して笑ってくれる、そんな子だ。アデルにとって、まぶしい子。

いつだって、アデルはラーラに知らず夢中になってしまうのだ。

# 3章

「お嬢さま、お手紙が届いております」

ラーラは執事からレモネードを受け取ると、彼が見せた手紙を一べつし、「あとで読むわ。箱に入れておいてちょうだい」とそっけなく言った。

箱の中には、封を開けられていない手紙が二十通近く溜まっていて、それらの封蝋《ふうろう》には印璽《いんじ》がくっきり押されていた。すべてメイシー伯爵のものだった。

いま彼女はバートに夢中で他の男性のことを考えられなかった。それに、この状態のまま反応するのは不純だと思っていた。

レモネードをひと口飲んだラーラは、窓辺に寄って、馬車の行き交う階下を眺めた。

ラーラは、兄のヘンリーとともに、王都にある邸宅に滞在しており、両親は、父の療養のために田舎の城に留まったままだ。回復次第こちらに来ると聞いている。

社交シーズンがはじまったこともあり、王都はにわかに活気づいていた。人が増えてあきらかに交通量が増えたし物売りの声も活発だ。

貴族たちは社交に精を出していて、各々《おのおの》午前中から公園に出向いたり、お茶会、はたまた舞踏会の支度などで忙しく、ヘンリーも出ずっぱりだった。夜な夜な続くパーティや夜会の招待も受けているし、人好きのする兄は上流社会で顔が広い上に人気が高い。

本来ならデビュタントのラーラも忙しくしていないといけないのに、付き添いを予定していた伯母が、痛風がひどくて到着が遅れているため、いまはひきこもりも同然だった。

令嬢は、付添人《シャペロン》なしではひとりで出歩かないものなのだ。ひとりで行動しようものなら悪評が広まり、家名に傷がついてしまう。貴族にとって噂話は死活問題だ。ましてやラーラは未婚の娘。下手をすれば敬遠されて、一生独身になるだろう。

とはいえ、現在王都には結婚適齢期の貴族が多数集結している。こうしてぐずぐずしていては、目当ての殿方は知らない誰かに取られてしまう。

ラーラは焦燥感に駆られていた。まるで王子さまのようなバートは人気が高いに決まっている。小耳に挟んだ情報では、バートは毎朝公園で馬を走らせているらしい。

ラーラは早く公園デビューをし、バートの近くでよろめいて、彼に『大丈夫ですか？あ、ラーラさんではないですか！』と声をかけられ、それをきっかけに仲が進展するといった、素敵な再会を果たさなければならない。いろいろシミュレーションしてみた結果、それが一番よい方法だと思った。

少し前に、ヘンリーにせがんで連れて行ってもらった夜会では、バートと挨拶を交わせたけれど、彼の態度は他人行儀なものだった。彼は少しもラーラに興味を示さず、まるで空気のように扱われ、とてもショックを受けた。

バートと結婚するには、なんとしても彼にラーラを好きになってもらい、プロポーズを受けないとだめなのだ。なぜなら女性から求婚するのは恥ずべきこととされているからだ。婦人は紳士の言葉を待つものであり、自発的ではなく常に受け身でなければならない。

しゅんとうなだれたラーラは、窓枠で頬杖をつき、深々と息をつく。

（ヘンリーはあんなにも自由なのに。女って不便ね）

ふいに足もとにぬくもりを感じて目を向ければ、そこにはラーラの愛犬がいて、甘えて鼻をすりつけていた。その尻尾はめいっぱい元気に振りたくられていて、ラーラが手を伸ばせば、すかさずべろりと舐められる。

「ダミアン、いい子ね。……わたしを慰めてくれるの？」

つぶらな瞳のダミアンは、返事をするかのように行儀よくお座りをして、はっ、はっ、と舌を出している。頭を撫でれば、気持ちよさそうに目を細めた。

「ねえダミアン、わたしにキスをしてちょうだい」

ラーラが少し前かがみになれば、すっくと立ったダミアンは、ラーラの唇に口をぶちゅっと押しつけると、そこから顔じゅうを舐め回す。

「ふふっ、くすぐったいわ。お前が大好きよ！」

膝立ちになったラーラは、大きなダミアンを抱きしめた。

そんなふうにラーラがダミアンと戯れている中で、馬車が屋敷の車寄せにつけられた。

馬車から降りてきたのはヘンリーと、その親友であるローレンスだった。

「ラーラ、喜べ！　今夜は特別にこの僕が夜会に連れて行ってやる」

思ってもみなかったヘンリーの言葉に、ラーラは目をまるくした。なぜなら彼とはけんか中だ。二日前、バートが好きだと言ったラーラを、兄はしかめ面でののしった。それにラーラが言い返したものだから、さらに関係は悪化したのだ。

ラーラが、どういう風の吹き回しだと考えている傍で、ヘンリーは「しっ！　しっ！」とダミアンを追い払っている。ヘンリーとダミアンはどうも仲がよくないらしく、たまに嚙みつかれているようだった。

「たまにじゃない、頻繁に、だ！」

「ダミアンは、かわいくじゃれているだけだわ。許してあげて」

「ばかを言え！　いつも本気嚙みだ！　このでくのぼうなど森に放逐《ほうちく》してしまえばいい」

「ヘンリー、わたしのダミアンにひどいことを言わないで！」

「はっ！　ひどいことをされているのは僕だ！　このあわれに腫《は》れた腕を見てみろよ！」

「……ふたりとも、落ち着いて。一応私は客だよ？　それくらいにしておこう。ね？」

兄妹げんかを仲裁しようと乗り出したのはローレンスだ。ローレンスは凶悪なアデルの兄であるものの、性格は少しも似ておらず、もしもアデルがカッコウのように公爵家に托《たく》卵《らん》されたと聞かされたとしても、ラーラは疑問を抱かない。逆に納得するほどだ。

「ラーラちゃん、久しぶりだね。綺麗になった」

この昔なじみのローレンスは、ラーラにとってあがり症が発症しない希少な人だ。

ローレンスの手の上に指先をのせると、それをそっと握られた。

「ありがとう。お久しぶりねローレンス。いつもヘンリーが迷惑をかけてごめんなさい」

ヘンリーは唇を歪めた。

「なまいきな！　どさくさに紛れて僕を問題児のように言うのはやめろ」

けんかがはじまりそうな気配を察したのか、ラーラが口を出す前に、ローレンスが言った。

「ラーラちゃん、ヘンリーが言った夜会というのはね、うちで開かれるパーティのことなんだ。ぜひふたりで来てくれないか。今日、私は君を招待したくて来たんだよ」

ラーラが表情を曇らせると、ころ合いよく、言葉がすぐに重ねられた。

「ラーラちゃんの天敵、うちの弟は留学先からまだ帰ってきていないんだ。だから大丈夫。夜会にはいないよ」

「……ほんとう？」

「でも、あれから五年も経つよね。アデルももう十七歳だ。じゅうぶん大人になったから、あのばかな弟を広い心で許してあげてほしいな。で、夜会に来てくれるよね？」

ラーラは「許してあげてほしいな」は、あたかも聞こえなかったかのように無視したが、ローレンスが続けて言った「来てくれるよね？」という問いには頷いた。

いつだったか、『暑い』と言ったラーラの背中に、アデルがいきなりカエルを入れてきたことは、絶対、絶対、許さないし忘れない。たとえそれがひんやりさせるためだったとしても。

「ぜひ行きたいわ。ヘンリーったら、わたしが催し物に参加するのを拒んでばかりなの」

「お前があのろくでなしの筋肉に入れあげているからだ！」

「なによ、いつバートさまがろくでなしになったというの」

「言わぬが花だ！　言っておくがあの筋肉は、バークワース家の夜会には参加しないぜ」

「え……そうなの？」

ラーラが見るからにしょんぼりすると、慌てたようにローレンスは付け足した。

「い、いや、来るかもしれないよ。私は名簿を見ていないからわからないけれど。なにせ、うちの夜会は貴族の間でも人気が高いほうだからね。参加させてとお願いされることが多いんだ。まあ、今夜の夜会は規模が小さいけれど、それでも来ないとは言い切れない」

うつむくラーラを取りなしながら、ローレンスは渋い顔でヘンリーを睨んだ。

「ばか、計画をつぶすつもりか？　いままでの苦労を思い出せ」

それはラーラに聞こえないようにやりとりされる。

「お前も妹を持てばわかるさ。こいつ、頑固で言うことを聞かないんだ」

「あのな、うちの弟の方が大変だぞ」

「ああ……まあそれは否定できない」

頷いた兄ふたりが思いをひとつにすれば、ラーラをその気にするのは簡単だった。ラーラはあがり症で人見知りでも、素直なのが取り柄の娘だ。扱いやすいことこの上ない。

ローレンスは、過去公爵家で開かれた夜会について、かいつまんで説明した。

「うちの母はね、驚くほど顔が広いんだ。毎回作曲家も来るしドレスのデザイナーも来る。思想家までいるんだよ。彼らは話題が豊富で、聞いているだけでも楽しいと思う。世の中に精通しているからね。それに、うちの料理人は王宮で働いていた者ばかりだ。味は保証するし絶品だよ？　ね、ラーラちゃん、どう？　楽しそうでしょう？」

「そうだぞラーラ。よかったな、デビュタントごときが参加できるなど大変な誉《ほま》れだぞ」

ラーラの表情はみるみるうちにぱあっとほころぶ。

「ええ、ヘンリー。あの……ローレンス、わたし、楽しみにしているわ」

「そうと決まれば支度に取りかかれ。女の支度はうんざりするほど時間がかかるからな」

ヘンリーとローレンスが親指をぐっとひそかに立て合う中、ラーラは心の中で祈りを捧げていた。

（神さま、どうか今夜、バートさまに会えますように……）

バークワース公爵邸は、ラーラにとってはあまりいい思い出がない場所だ。

それというのも、かつてアデルにせがまれ、ヘンリーとともにいやいや泊まりに来たことがある。当然、ラーラはアデルに嫌いなトマトを食べさせられたり、木登りに付き合わされたりいじわるをされたが、ラーラはこのときアデルのひどい仕打ちに慣れていたために、『またなのね』と気に留めなかった。

しかし、問題は夜だった。

アデルに命じられ、ふたりは同じベッドで横になっていた。ラーラが眠気に抗えず、うつらうつらしはじめると、そのたびにアデルに『まだ寝るな』と小突かれ起こされた。

それでも起きないラーラにしびれを切らしたアデルは、あろうことかミントをすりつぶしたものをラーラの目の周りに塗りつけて、すーすーさせてきたのだ。

『なにをするの！』

ラーラがたまらず両手で顔を覆えば、アデルにすかさず『こっちを向け』と命令された。

『せっかくいっしょにいられるのにおれを残して寝るからだ！　相手をしろ！』

『いやよ！　ひどいわ！』

しかしながら、ラーラの目はミントのせいで染みる上に冴えていた。

しかも、運悪くその夜は雷が鳴っており、アデルのせいで眠気を奪われたラーラは、大嫌いな雷が空いっぱいに轟《とどろ》くなか、朝までぶるぶると震えながら起き続けるはめになった。

途中、健やかな寝息を立てはじめたアデルに、くやしくなってひそかに泣いた。

おまけに翌朝ようやく眠ることができたラーラは三十分後に無理やり起こされた。

『なまけ者だな、寝坊をするな！』

『もう少し寝させて……やっと、すーすーが取れたの……』

『だめだ！　おれといっしょに起きろ！』

そして毛布を剝ぎ取られたのだった。

いじわるざんまいの過去を思い出せば怒りがふつふつと湧いてきて、ラーラはこぶしを握りしめる。

（アデルが帰国前で本当によかったわ）

もしも、あいつがいるならこんなところに来ようなどとは思わない。絶対に。

アデルへの怒りを思い出していたせいか、公爵邸には、あっという間に辿り着いた。

前時代の様式美を誇るその邸宅は、貴族の屋敷を見慣れているラーラでさえ、壮麗さに目を瞠《みは》る。夜会が開かれることもあり、錬鉄《れんてつ》の門も屋敷の門も開け放たれていて、車寄せには招待客の馬車が列をなしていた。けれど、いまラーラが乗るのはバークワース公爵家の馬車だったので、すうっと滞りなく裏口につけられた。

列に並ばずに入れるなんて、特別感が増している。ラーラは少しだけ得意になって、思わず胸を張る。

ラーラとヘンリーが応接間に通されると、すぐに公爵家の家令によって飲み物が用意された。その飲み物を受け取っているときに、ローレンスが切り出す。

「君たちに紹介したい人がいるんだ。私の母の遠縁にあたる人で、いま、この屋敷に滞在している、レディ・アラベル・ド・ブールジーヌだ。連れてきてもいいかな」

ヘンリーはすぐに、「僕たちは構わないよ」と機嫌よく告げ、ラーラもまた同意を示して頷いた。するとローレンスは「よかった、待っていて」ときびすを返して去っていく。

「ヘンリー、口説こうとしちゃだめよ？　ローレンスの遠縁ってことを忘れないで」

ラーラは、ヘンリーの日頃の放蕩が心配になって釘《くぎ》をさす。

「わかっているさ」

答えながらも、なぜかヘンリーはにやにやしている。ラーラは、レモネードを口にしながら、この兄は信用ならないと思った。

「……レモネードって不思議よね。その家ごとに味が違うもの」

「言っておくが、そのどうでもいい発言に僕は答える気はないぞ。ところで――」

長椅子に座るヘンリーは、長い脚を華麗に組んでから切り出した。

「僕はずっと疑問を感じているんだが、お前はなぜバートが好きなんだ？」

ラーラがぽっと頬を赤らめると、その答えを言う前にヘンリーがさえぎった。

「いいか、あの筋肉だけはだめだ。もっと他にも男がいるだろう？　美形のやつが」

ラーラは不満そうに頬を膨らませる。

「なによ、筋肉筋肉って。いいじゃないの」

「全然よくない。紳士クラブにも筋肉ばかはあふれているんだ。やつらは夜の闇で窓が鏡みたいになれば、必ず自分の肉体美をそこに映し、ひそかにポーズを決めている。いつでも筋肉が見えるようにわざとぴたぴたな服まで着てやがる、ばかげたナルシストどもだ」

「それを言うなら、ヘンリーだってナルシストだと思うわ。鏡ばかり見ているもの」

「ばか、僕の場合はクラヴァットの結び目を調節しているだけだ。一緒にするな！」

ヘンリーの隣に座るラーラは、身体の向きをぐいっと変えて、兄を見据えて言った。

「筋肉が悪いとは思えないわ。わたしは好きよ。それにバートさまはわたしたちを救ってくれたわ。ヘンリーはあの素敵な姿を忘れたというの？　コーヒーに誘っていたくせに」

「素敵？　どこがだ！　まるでゴリラみたいじゃないか。それに、コーヒーに誘ったのはただの社交辞令に決まっているだろ。とにかく筋肉はだめだ。許さないからな！」

「ひどいわっ」

けんかがすっかりぶり返したふたりは、無言でじりじり睨み合った。

けれどほどなく扉が二度立て続けにノックされれば、ようやくふたりは互いから視線を外した。公爵家でいさかいを起こすのはよくないことだとふたりとも理解している。

まず入室してきたのはローレンスだ。そして彼の腕には白い絹仕立てのレースの手袋。その全容がゆっくりと現れたとき、ラーラは息が止まるかと思った。長く美しい銀色の髪をした、とても麗しい女性だからだ。歳はラーラよりも少し上だろうか。

「はじめまして、アラベル・ド・ブールジーヌです」

女性にしては少し低めの声だけれど、物腰がやわらかで落ち着きが感じられる。真紅のドレスがよく似合っているが、ふと、男装をしても絵になりそうだとも思った。彼女にはそういう中性的な魅力があった。

アラベルは金色の瞳でまっすぐこちらを見つめている。その目の輝きに、なぜかラーラはどきどきした。顔が赤くなっているかもしれない。

そんなラーラを尻目にヘンリーは、アラベルのもとへ颯爽《さっそう》と歩み寄ると、彼女の手を掲げ持ち、その甲にそっとキスを落とした。

「美しいお嬢さん、僕はヘンリーです。何か困ったことがありましたら、なんなりとお申しつけを。あなたの頼みなら、一も二もなく駆けつけます。以後お見知り置きください」

ひょっとして、レディ・アラベルはヘンリーがあまり好きではないのかもしれない。一瞬だけだが、すっと眉間にしわを寄せた。そのさまを見たローレンスは肩を震わせている。

「おい、ヘンリー。レディ・アラベルをたぶらかさないでくれよ？」

「悪いね、彼女は僕の好みのど真ん中だ。全力で行かせてもらう」

そんなふたりのやりとりに、ラーラが目を瞬かせていると、アラベルがしずしずと寄ってきた。ラーラよりも背が高く、ラーラは鼻先を上げた。

「ラーラ、近くで見る彼女は思ったよりも背が高く、ラーラは鼻先を上げた。

「ラーラ、わたくし、この国でお友だちが誰もいなくて困っていましたの。ぜひ仲良くしていただきたいわ」

ラーラは一瞬身体がこわばったものの、アラベルを見ていると自然に落ち着いた。どうやらあがり症は、彼女に対しても平気らしい。

「……わたしと？」

「ええ、あなたがいいの。……綺麗な濡れ羽色の髪ね。その紫水晶の瞳も素敵よ」

「でも……」

「まるで精霊のようね」

髪の色と紫色の目を褒められたのははじめてだった。悪魔色で、悪魔の血の色なのに。

「あの、レディ・アラベルの銀色の髪と金色の瞳の方が素敵だと思うわ」

言葉にして気がついた。アラベルの髪色と目の色はアデルと同じだ。けれど、ラーラは彼女の方がうんと綺麗だと思った。やさしそうだから……。

「レディはいらないわ。アラベルで」

「わかったわ」

「ラーラ、わたくしたち、もうお友だちね」

アラベルに手を取られ、ラーラは彼女と握手した。微笑みかけられ、そのまま笑顔を返せば、今度は指同士が絡み合う。

ラーラの鼓動は飛び跳ねた。アラベルは、筆舌に尽くしがたい艶《つや》がある。

「……かわいいラーラ、これからよろしくね」

「もちろんよアラベル。わたしのほうこそよろしくね」

つないだ手が熱かった。

ラーラは、なぜこんなにもどきどきするのだろうと不思議に思った。

×　×　×

一週間前。

「このままでは埒《らち》があかない」

「すまないな、うちの執事曰く、あのばかは封すら開けていないらしい」

「アデル……お前、せっかく特注でこだわりの封蝋を作らせたのにな」

バークワース公爵家の書斎にて、三人の紳士は頭を悩ませていた。言わずもがな、アデルとヘンリーとローレンスだ。

「とにかくララちゃんを引っ張りださなければいけないね。話がはじまらない」

「言っておくが正攻法じゃだめだ。うちのばかはとんでもなく頑固者《がんこ》だからな」

ヘンリーが顔をしかめて言うと、ローレンスは不思議そうに首を傾げた。

「ララちゃんは素直ないい子じゃないか」

「ばか、お前はあいつを知らないな。一見素直に見えてもそれは罠だ。『でも……』などとうじうじしつつ、結局は自分の意志を曲げず、思いどおりにする厄介《やっかい》なやつだぜ」

ヘンリーは、続けてララの口調を真似て言った。少し高めの声になる。

「『わたし、この社交シーズンはバートさまだけにしようと思うの』……あのばか、これを実行しているんだぜ。昨夜の夜会は最悪だった。紳士に話しかけられてもずっとだんまりを決めこんでいたし、バートがいないと知ったとたん、たったの五分で帰りやがった」

ローレンスは苦笑する。その間、アデルは腕を組み、表情なく座っているだけだった。

アデルはいまだに、なぜララがバートを好きなのか本気でわからない。〝蜘蛛《スパイダー》〟に監視させても、自ら観察していても、謎は深まるだけだった。苛立ちを解消するために、そのつど変装してはバートを追いかけ、賭博場でやつの持ち金を巻き上げているが、金額が小さいためかすっきりしない。余計もやもやするだけだ。

（やつの長所は、しいてあげれば背中が広いことと、筋肉が発達していることか……）

物思いにふけるアデルの傍で、ヘンリーとローレンスが議論を交わしている。

「なあヘンリー、こうなれば最終手段に出るしかないんじゃないか？」

「……ああ、あれか。だが、アデルはできるだろうか」

ヘンリーとローレンスにじっと気遣わしげに見つめられ、アデルは眉をひそめる。

「なんだその目は」

「なあアデル。お前、ララの傍に行きたいか？」

「当たり前だろう」

「この手段を使えば、おそらく最終的にはララをお前のものにできる。だが、それまでなんでもするか？」

「どういうことだ」

「なんでもする覚悟はあるかと聞いているんだ」

アデルは金色の髪をかきあげ、くいと顎を持ち上げた。すうと瞳は細くなる。

「覚悟など、あるに決まっているだろう」

言うやいなや、ヘンリーとローレンスは、こつんとこぶしとこぶしを突き合わせた。

「よしきた！　クラウディアの家に行こう！」

「アデル、いまから行くぞ！」

その溌剌《はつらつ》さに困惑したアデルは、ふたりを交互に見やった。

「待てよ、どこへ行くんだ。僕はクラウディアなんて知らない」

わけもわからぬまま馬車に乗せられたアデルは、ローレンスからいろいろ聞かされた。

クラウディアは、ヘンリーの恋人のひとりであるらしく、王都でも人気の高い舞台女優とのことだった。身分の差を考えれば、恋人というより愛人だろう。そんな女になぜ会わなければならないのかと、アデルの不満は積もっていった。

「ヘンリー、到着するまででいい、相談にのってほしいことがある」

しばらくがたがたと車輪の音しか聞こえなかったが、ローレンスが突然切り出した。

「なんだ。僕に相談？　珍しいな」

アデルはふたりの会話には入らずに、窓の景色を眺めていた。……が。

「実は妻とね……。その、セックスレスなんだ」

「なっ！」

くわっとアデルがローレンスを見ると、兄は非常に深刻そうだった。だがしかし！

「ローレンス、なんて話をするんだ！」

アデルは少々潔癖のきらいがある。ラーラが絡まないと、至って常識的なのだ。

「夫婦の夜の話を他の男に相談だなんてどうかしているぞ！　秘すべきことだろう！」

「まあ許せ。馬車の密室でしか相談できないことだろう？　それにこのヘンリーはな、女に関して百戦錬磨《ひゃくせんれんま》だ。初体験はなんと驚きの十歳。すごいだろう？　お前が十歳のときなんて、かわいらしく銀の髪をりぼんで結わえて、ドレスをひらひらさせていただけだ」

「だまれ！　殴られたいのか！」

　ヘンリーは、まあまあまあと兄弟げんかをなだめ、ローレンスに問いかける。

「セックスレスの期間は？」

「かれこれ四か月になる。いや。もうじき五か月だな」

「それは……相当だな。原因はわかっているのか？　行為はこれまで何度した？」

「四回ほどかな。とにかくフローラが痛がる。おまけに痛いから嫌だと言うんだ。セックスほど気持ちいいものはないだろう？　なのに彼女が拒むのはなぜだ？」

　アデルは我慢していたが、ついには吐き気をもよおしてきた。どうしても、兄の顔と兄嫁の顔が頭に浮かんでしまう。今日だってふたりと一緒に昼食を食べたし、会話もした。

「やめろ！　生々しい！」

「アデル、お前もいずれ通る道だから聞いておけ。遠い将来、ラーラを抱くんだろう？」

「遠い将来のわけがあるか。近い将来だ！」

「だったら少しだまっていろ。……で、ローレンス、お前の一物は人並みだろう？　サイズが合わないというわけでもない。ところで、フローラをじゅうぶん濡らしているか？」

　アデルは舌打ちをすると、金の髪をくしゃくしゃとかき混ぜ、額に手を押し当てた。

「とても聞いていられないな！」

それからしばらくの間、兄の夜の事情についてせきららに語られ続け、アデルは辟易《へきえき》していたが、ヘンリーの次の言葉で思いが変わることになる。

「呆れたぜローレンス。お前は家畜かよ。性器を突っこんでいるだけじゃないか！　愛撫を省いてどうする。そんなのセックスレスになって当然だ！　お前はやさしい顔をしておきながら悪魔だな。あのな、僕が最も力を入れているのはいかに女を果てさせ気持ちよくするかだ。当然奉仕もさせるが、相手への心配りが重要なんだ。おかげで僕に抱かれたがる女が列をなしている。いいか、いまから女を虜にする方法を伝授してやる。よく聞け」

アデルが、ごく、とつばをのみ、耳をそばだてるのは仕方のないことだった。アデルの頭の中はラーラでいっぱいで、毎夜ラーラを夢の中で抱いている。物心ついたときから――言ってしまえば、彼女に出会ったときからずっと。

ヘンリーが滔々《とうとう》と述べる言葉をしっかりと記憶したアデルは、早くラーラに会いたくなった。そして、傍にいるためならなんでもしたいと思った。

×　　×　　×

「すごい美女がいるらしいな」

「ああ、いまの話題と言ったらもっぱらその美女だ。いや、ただの美女じゃない。絶世とつけるべきだな。彼女、どれだけ踊りに誘おうとも、絶対に踊ってくれないらしい」

「ああ。誰があの〝銀のレディ〟を落とすことになるのかと賭けになっていると聞いた」

「手の甲のくちづけすら受けないそうだ。だから皆、夢中になる」

夜会に参加しているラーラは、紳士たちの噂話を耳にして、さも自分が褒められているかのような気分になっていた。ラーラはその話題の美女と友だちなのが誇らしい。しかも、

「ラーラ、わたくしたちは一番の友だちよ」と言ってもらえている。

「ねえヘンリー、一番の友だちってどういうことだと思う？」

隣のヘンリーを窺えば、面倒そうに鼻を鳴らされ、「くだらない質問をするな」と一蹴されたが、それでもラーラは思うのだ。一番の友だちとは親友だ。とうとうラーラにも、兄ヘンリーとローレンスの関係のような友ができた。ずっと兄たちをうらやましいと思っていたから、うれしくて胸がはちきれそうだった。

「お前、その絶世の美女の名前を知っているか？」

「知っているさ。レディ・アラキナ・ド・ジルブーヌだろ？」

見当違いの名前を言った近くの見知らぬ紳士たちに、ぴく、と反応したラーラは思わず話しかけた。

「ち……違います。あの……か、彼女の名前は、アラベル・ド・ブールジーヌで――」

あがり症のため、顔は真っ赤で声も震える。けれど、大切な友だちの名前を正しいもの

にしたかった。

　ヘンリーは、それにはさすがにぎょっとしたようで、言葉の途中でラーラの手を引いた。

「お前、何をしているんだ。ちょっと来い！」

　ラーラはヘンリーに連れられて、柱の陰に追い詰められる。

「このばか！　レディが見知らぬ紳士の会話に参加するなどありえない！　無作法だぞ。しかも、話しかけられたりもしないのに話しかけるなど令嬢の行動ではない。しゃしゃり出るなど娼婦のような行いだ。お前はもう昔から売れているんだ。自覚しろ！」

「売れているって？　どういうこと？」

「お前の取り柄は大雑把で素直なことだ。小さなことなど気にせず頷いていろ！」

　納得できないラーラは唇を尖らせ、嫌味を言う。

「そんなに怒ってばかりいると、またポケットにBのカードを入れられるわよ」

「は！　Bだと？　入れられるわけがないだろう？　今日の僕は少しも隙がないからな」

　ヘンリーはそう言って自身の極上仕立ての上着を正し、ポケットに手を入れたが、次の瞬間、目がこぼれ落ちそうなほど瞠目した。

　その土気色の顔で、ラーラはまたカードが入っていたのだと判断する。

　衝撃に立っていられないのか、ヘンリーは柱によりかかりながらカードを確認し、肩をがっくりと落とした。

「……嘘だろう？　どうしてだ……？　いつのまに」

覗きこんだラーラは、頭の中で文面を読み上げる。

〝ヘンリー、愛してる。いつひとつになる？　いますぐ？　……あなたのBより〟

「……き……気味が悪いにもほどがある！」

「待ってヘンリー。後ろにもう一枚くっついているわ」

「くそ、二枚重ねか！」

ヘンリーが上の一枚を震える指ではがすと、もう一枚あらわれる。

〝ヘンリー、愛してる。一週間以内にすべての恋人と別れてね……あなたのBより〟

「すごいわ、まるで奇術師ね。ヘンリーが注意力散漫だったせいかもしれないけれど、こうして気づかないうちに二枚もポケットにしのばせるのだから」

「だまれ、人の不幸を笑いやがって……」

「笑ってなんかいないわ。心配しているのよ」

「いいや、笑っている。しかもお前のその他人事のような顔、むかつくな」

きょろきょろと辺りを見回したヘンリーは、ちょうど見知った顔を見つけたようだ。

「おい、ラーラ。わかっているよな、僕は探偵のもとに行かなければならない。ローレンスとアラベルにお前を託すから、彼らの言うことをしっかりと聞け。決して反抗するな」

アラベルと聞いてラーラはひそかに喜んだ。

「もちろんよ。でも、わたしは決して反抗的などではないわ」

「何を言う、いつも僕には反抗ばかりじゃないか」

ララーラはヘンリーに、夜会に到着したばかりのローレンスとアラベルのもとに連れていかれて、そのまま背中を押された。咄嗟に身体を支えてくれたのは、近頃〝銀のレディ〟と呼ばれつつあるアラベルだ。

「ふたりとも、後でラーラを屋敷まで届けてくれないか。緊急事態が起きたから出かける。それと今日、僕はそのままブリアナのもとに行くから、うちの執事に戻りを待たなくていいと伝えてくれ」

するとアラベルはなぜか金色の瞳をきらきらと輝かせた。

「ヘンリー、朝帰りなどしては、ラーラがひとりになってしまうのではなくて？」

すると、前回はアラベルを口説いていたというのに、ヘンリーは彼女を睨みつける。

「こいつはひとり慣れしているんだ。気にしてもらわなくても結構」

その後、ヘンリーはローレンスとぼそぼそ会話をし、入り口に控える従僕から帽子と外套を受け取ると、けむりのように立ち去った。

ラーラはローレンスとアラベルに挟まれながら、見下ろされる形になった。

「……で、ヘンリーはどうしたの？　ラーラちゃん、知ってる？　最近探偵のもとに行ってばかりだ。何があったんだ？」

「こういうのって、ヘンリーの口からではなく、わたしから言ってもいいのかしら？　最近、ヘンリーから無作法を注意されてばかりだから、何が無作法なのかわからなくなって混乱しているの」

　ローレンスに結い上げた頭を撫でられると、ララの腕にアラベルの手が絡められた。それをローレンスはおかしそうに見ている。

「大丈夫だよ。あいつ、『詳しいことはララに聞け』って言い残して行ったからね」

「そうなのね」

「ローレンス、まずは何か飲みましょう？　喉が渇いたわ」

アラベルが言えば、ローレンスは頷き、手を鳴らして給仕係の召し使いを呼び寄せた。ララはレモネードを、そしてふたりはそれぞれシャンパンを手に持ち、掲げ合う。

「それにしても、レディ・アラベル・ド・ブールジーヌはすさまじい人気だな。まだ夜会にはふたつしか出席していないのに」

　そうなのだ。アラベルが近くに立っていると様子が違う。だまっていてもまわりの視線をひしひしと感じるし、噂話も聞こえてくる。しかし、アラベルだけではなく、ローレンスに対してもそれを感じる。たとえ既婚者であったとしても彼の人気は高いらしい。

「なんだかたくさん目を向けられて落ち着かないわ」

　ララが肩を竦めると、アラベルが背をさすってくれた。

「大丈夫よ、ラーラ。わたくしから離れないで。あなたを守ってあげるわ。ラーラは絶世の美女だから、攫《さら》われないかとっても心配」

それにはさすがにラーラもあっけにとられてしまった。絶世の美女とは、ラーラのような幼さの残るタイプではなく、間違いなく妖艶なアラベルを指す言葉だからだ。

「アラベルって少し美意識がおかしいところがあるわよね。わたしはぜんぜん美女ではないもの。だから攫われないわ」

「ラーラちゃんはかわいいよ？　ねえ、アラベル」

「ええ。世界で一番かわいいわ」

「ところで、ラーラちゃん、さっきの続きだけど……」

アラベルとローレンスに誘導されて壁際に辿り着いたラーラは、続けて質問してきたふたりにヘンリーの一連のBのカード事件を語りはじめた。

その間ふたりは、こちらに近づこうとしている紳士や婦人に、視線で威嚇をしていた。ふたりともヘンリーと同じく人のあしらいに慣れている。

「……Bか。気味が悪いな」と、ローレンスは顎に手を当てて考えこんだ。

「Bなんて女、巷にあふれているぞ。バーバラ、ベス、ビアンカ、ブリジット、ボニー」

「まるで奇術師なのよ。手品のようにヘンリーのポケットにカードを入れているんですもの。カードにはね、決まってたくさんハートマークが書きこまれているの。そして、そのカードの裏には、赤い口紅のキスマークと、血文字でLOVE&SEX…」

「ラーラ！」

ラーラは突然アラベルに口を塞がれた。

「君が口にしていい言葉じゃないっ」

「アラベル、（素《す》に戻っているぞ……）気をつけろ」

いきなり声を荒《あら》らげたアラベルを落ち着かせ、ローレンスはふたたび言葉を続けた。

「近頃の女性はかつてと比べて先進的になったと聞くが、そのカードの文面はどう考えてもおかしいね。で、他にはなんて書かれていたの」

「えっと、まだ他にももらっているかもしれないけれど、わたしが見た一枚めは確か『いつもふたりは傍に』。次は『ひとつになりたい』よ。それで、今日が『いつひとつになる？いますぐ？』と『一週間以内にすべての恋人と別れて』って書かれていたわ。それから、『ヘンリー、愛してる。あなたのBより』って必ずすべてに書いてあるの」

うめいたアラベルは額に手を当て、がっくりしていて、ローレンスは苦笑いをしている。

「ちょっと卑猥《ひわい》すぎるね。うん、ラーラちゃんが読み上げるべきものじゃないかな」

「ヘンリーは、相手の距離がだんだん迫ってきているからとても警戒しているの」

話している間に、遠くに愛しのバートの姿が見えて、ラーラは紫色の目を輝かせた。

「あの、わたし……少し向こうに行ってきてもいいかしら」

「どうしてかな？」

「あちらにバートさまがいらっしゃるの。近づけば、もしかしたら踊りに誘っていただけるかもしれないし、会話をすればいまよりもっと仲良くなれるわ」

とたん、その場の空気が凍りついたことにラーラは気がつかなかった。

「あ、でもアラベルはだめよ」

ラーラはアラベルに視線を移す。

「お願いだからバートさまに近づかないで。わたし、あなたには絶対に敵わないから」

絶対と言い切れる自信がラーラにはあった。アラベルは女のラーラから見ても、とてもどきどきするほど美人だし、張り出した胸、優美な肢体など、非の打ち所がないのだ。

「もう、どうしてアラベルはそんなに素敵なのかしら」

バートのほうに去ろうとしたラーラだったが、ふいに腕をアラベルに摑まれる。

「いやよラーラ、ひとりにしないで」

アラベルは長い金色のまつげを物憂げに伏せ、寂しそうに言う。

「ごめんなさい、わがままね。わかっているの。でもねラーラ、わたくしはこの国に来てまだ日が浅くて、ひとりになるのが怖いの……」

不覚にも、ラーラは胸がきゅんとした。

「こちらこそごめんなさい、アラベル。わたしったら勝手な娘だわ。親友をひとりにしようだなんて」

「……親友？」と、金色の目を見開くアラベルに、ラーラは元気よく頷く。

「そうよ。少なくともわたしはそう思っているの。だめ？」

するとアラベルは、感極まったように、がばっと抱きついてきた。意外にその力は強い。そして、彼女の大きな胸は、ふわふわというよりも硬かった。ラーラは、胸にもいろいろな硬さがあるのねと思った。

「もちろんわたくしたちは親友よ！」

ふたりの抱擁は注目の的となり、ローレンスは「こほっ」とひとつ咳払いをした。

「アラベル、ラーラちゃん、君たちは注目されすぎだ。主催者よりも目立つのはよくない。だいたいこの夜会は、レディ・アドリントンの冴えない娘、オーレリアの結婚相手を見つけるために開かれているんだ。私はしばらく場を取り持つから、君はラーラちゃんをアリング伯爵邸へ送ってあげてくれ。さあ、行って」

「え、待ってローレンス！　せっかくバートさまに会えたのに、挨拶していないの。お願い、挨拶だけでもさせて」

「だめよラーラ、わたくしたちは一刻も早く出なければならないの。行きましょう」

ラーラは結局アラベルには抗えず、後ろ髪を引かれながら会場を立ち去ったのだった。

「……そう、ラーラはそんなにもバートが好きなのね」

アリング伯爵邸に向かう馬車の中、アラベルのため息まじりの言葉にラーラはすかさず同意した。

「そうよ。アラベルにも見せてあげたかったわ。バートさまはそれは素敵にわたしを救ってくださったの。ああ、でもだめよ。もしもアラベルが一緒にいたなら、あなたもバートさまを好きになってしまう。さっきも言ったけれど、わたし、あなたには少しも勝ち目がないから」

焦っていると、アラベルに手を重ねられる。

「ラーラ、わたくしはあなたのライバルになりようがないのよ」

悲しげな言葉に、ラーラは首を傾げる。そして、はっとあることに気づき、目を大きく開けた。

「そういうことね！　あなたは他の人に恋をしているのだわ」

「……ええ、そうね。長い間、想い続けているのだけれど」

せつなそうなアラベルにじっと見つめられ、ラーラの頬は知らず紅潮していく。

「すごいわ、あなたみたいな完璧な人に長い間想い続けられるだなんて。一体どんな素敵な紳士なの？」

アラベルが美しい形の唇の前で「秘密」と人差し指を立てると、ラーラははしゃいだ。

「ひどいわ！　わたしの好きな人を知っているくせに秘密だなんて！」

いきなり抱きついてきたラーラをアラベルはぎゅうと抱きしめ返す。

「ああ、かわいい……わたくしね、ラーラが大好きだわ！」

「わたしもよ。わたしもアラベルが大好き」

なぜかアラベルはアリング伯爵邸に辿り着くまでラーラを放してくれず、ふたりはぎゅうぎゅうと抱き合ったままだった。

「ねえ、そろそろ離れましょう？　お屋敷についたわ」

ラーラの言葉の通り、アリング伯爵邸の車寄せに、バークワース公爵家の豪奢な馬車がつけられた。アラベルは名残惜しそうにラーラを放すと、その黒髪にくちづける。

「ラーラ、今夜はヘンリーがいないのでしょう？　あなたの屋敷には伯爵夫妻もまだ到着していないと聞いているわ。付添人《シャペロン》も」

「そうね、でも大丈夫よ。ダミアンがいるもの。いつも傍にいてくれるの」

「ラーラの犬ね」

「知っているの？」

「え？　ええ。そうね、ヘンリーとローレンスから聞いたわ。ねえラーラ、今夜、わたくしも滞在してはだめかしら？　あなたといたいわ」

ラーラはぱちぱちと目を瞬いた。

「わたしと一緒に？」

実は幼少の頃、ラーラは悪魔のアデルがことごとく人を追い払ったせいで友だちができなかったし、大きくなってからは兄ヘンリーの放蕩の噂を聞きつけた貴族たちが、自分の娘とラーラが友人関係になってしまうと危険だと異様に警戒したため、これまで親しい友人ができたことはなかった。だからラーラはうれしくなった。

それに、淡々と流れる日常が非日常になったとたん、わくわくするものである。

「アラベル、うれしいわ。ぜひうちに来てちょうだい。客間もじゅうぶんあるし、わたしの大好きなダミアンを紹介するわ」

「まあ、うれしい。ダミアンとは仲良くなりたいわ。でもね、客間は遠慮したいの。わたくし、あなたの部屋がいい。一緒に眠りたいし、おしゃべりしたいわ」

「ほんとう？　わたしの部屋に？」

寝ても覚めても親友が一緒だとは……。それはラーラにとって素敵な提案だった。

「うれしい、一緒に眠りましょう。わたしのベッドは広いからふたりで寝られるわ」

このときラーラは、アラベルの意味深長な笑みに気づかなかった。そのつぶやきにも。

「……ラーラ、一緒に眠るのは、久しぶりだね」

王都にあるアリング伯爵邸でのラーラの部屋は、皆の部屋とは隔離されている。近くにあるのは図書室、書斎、応接間、ピアノが置かれた小ホールだ。それは彼女の愛犬ダミアンのせいだった。ダミアンは、伯爵家の者には誰一人懐いていないのだ。おまけに夜鳴きもひどく、ヘンリーが悪意をこめて〝狂犬〟呼ばわりするのも無理はない。

大型犬のダミアンは、例のごとく「グルルルルル……」とうなりをあげて、顔にいくつもしわを寄せ、アラベルを威嚇《いかく》していた。

「……ずいぶん大きな犬なのね。ラーラに似合いそうな小型の犬を想像していたわ……」

立ち尽くすアラベルの前で、ダミアンの口からどろりとよだれが滴った。

「こらっ、ダミアン。おとなしくして。アラベルはわたしの大切な親友なのよ」

続いて、ラーラは心配そうにアラベルを見上げる。

「ごめんなさい。いつもはおとなしくてかわいいのだけれど、今夜のダミアンは、ちょっと機嫌が悪いみたい。あなたを紹介したいのに……。おねがい、誤解しないであげてね」

「おとなしくて……かわいい……？」

ダミアンは、無駄のない筋肉のついた、攻撃的な犬である。かわいいという表現とは真逆にあるとラーラ以外の者が思うのは、至極当然のことだった。

ダミアンが言うことを聞いてくれなくて、ラーラがしょんぼりしていると、黒い髪をやさしく撫でられた。

「わたくし、明日から毎日ラーラとダミアンに会いに来るつもりよ。仲良くなれるように努力するわ。あなたの大好きな犬ですもの、わたくしも大好きになりたい」

ラーラはこのとき、アラベルが剣呑《けんのん》な目でダミアンを睨み据えていたのを知らない。

「ありがとう。今夜はダミアンは部屋に入れられないから、おやすみの挨拶をするわ」

そう言って、ラーラはいつも通りに前かがみになった。

「ダミアン、来て。わたしにおやすみのキスをしてちょうだい」

「待って、ラーラ、ダミアンとキスをするの!?」

「そうよ。毎日しているの。見ていて、ダミアンたら、すごくかわいいのよ」

はっ、はっ、と舌を出して呼吸しているダミアンは、ラーラの唇に牙の先が見える口をぶちゅっと押しつけ、続いてべろべろと唇を舐め回す。

「きゃっ、くすぐったい」

膝立ちになったラーラは、大きなダミアンを抱きしめた。

「ダミアン、お前が大好きよ。さあ、ハウス。今夜はハウスへ行ってちょうだい」

ダミアンは、名残惜しそうに何度もラーラを振り返りながらハウスへ行った。

「信じられない……」

ひとりごちたのはアラベルだ。彼女はポケットから繊細なレースのハンカチを取り出して、ごしごしとラーラの唇を拭《ふ》き出した。

「アラベル？　ダミアンは汚くないわ。病気も持っていないから大丈夫よ」

ラーラが言ったときだった。顎を掬《すく》われたと思った瞬間、唇にやわらかなものがくっついた。それは、はじめての感触と熱だった。

「んぅ……？　んっ」

信じがたいことに、アラベルの唇がラーラのそれとひとつになっている。ラーラは目をまるくした。やがて、唇が離されると、ラーラは唖然《あぜん》としてアラベルに尋ねる。

「……アラベル？　どうしてキスをするの？」

真摯にこちらを見るアラベルに、強く、固く抱きしめられる。彼女は震えているようだった。

「くやしい……ラーラがダミアンとキスをするから。だったら、ぼ――いえ、わたくしともキスをするべきよ。わたくしたちは親友ですもの」

肩をぐいっと摑まれて、上体が離れたと思ったとたん、また角度を変えてアラベルの唇が降りてきた。今度はさらに力強くて息苦しくて、ラーラは途中でぷはっと口を開けた。

瞬間、ぬるりと侵入してくる肉厚のものがある。

「んむぅ」

それはいやにあたたかい舌だった。

ラーラは目を白黒させたが、すぐにその勢いに翻弄《ほんろう》される。舌がじゅっと吸われて絡められると、胸の奥がざわざわしてきてせつなくなる。

「……は。……ラーラ」

ようやくアラベルと距離が生まれると、ラーラは、はあ……と吐息をこぼした。

目と鼻の先には、少しの欠点もない美貌がある。その表情は悩ましげに歪められていた。

「アラベル……」

「ダミアンと比べて、わたくしとのキスはどう？」

思いをめぐらせ、ラーラはこくりとつばをのみこんだ。

「すごく……やわらかかったわ」

「他には？」

「ん……そうね、熱かったし、それに……」

「それに？」

「なんだか、気持ちがよかった」

告げた口が、またやわらかいものに包まれた。アラベルの唇だ。

「わたくしも気持ちがいいわ」

両手にアラベルの手が重なって、十指が絡められていく。そしてまたキスされる。

「でも、いいのかしら。これは恋人同士の行為じゃないの？　わたしとアラベルは……」

「ラーラ、恋人と親友の何が違うというの？　どちらも大好きな相手ではなくて？」

「そうだけど……………んっ。でも、……やっぱり」

あまりのキスの気持ちよさに、ラーラの思考は鈍くなっていた。

「難しく考えないで。こう思えばいいの。ラーラは近いうちに結婚するわ。わたくしもね。だから、わたくしたち、お互いにじゅうぶん練習しなくてはいけないわ」

言いながら下唇を食まれて、ラーラはあえかな息を出した。

「練習……？」

「そうよ。親友同士、助け合うの。わたくしの国では普通のことなのよ。男性と練習するわけにはいかないから、女性の親友と練習をするの。ふたりが完璧でいられるように……。ね、ラーラ。結婚するとき、わたくしたち完璧でいましょう？　心も身体も」

ラーラの小柄な身体は、アラベルにすっと持ち上げられていた。そのまま抱えられ、アラベルはラーラの部屋の扉を開けた。


部屋に入るなり、アラベルはラーラの口にむしゃぶりついた。その荒々しさに、彼女は戸惑いを覚えたけれど、熱くて心地がいいとも感じた。抱き上げられた身体は、そっと長椅子に降ろされて、そして覆いかぶさるアラベルの唇が、またラーラの口に押し当てられた。何度も何度もくり返されるくちづけは、不思議とちっともいやとは思わなかった。

　ラーラは目をとろりととろかせながら言った。

「アラベルのキスの味は、なんだかベルガモットみたい」

「ラーラの味は、檸檬のようで……いえ、はちみつね。甘い」

「それってレモネード？」

「ラーラはレモネードが大好きですものね。もっと、わたくしに味わわせて？」

　ラーラは舌を絡ませたり、ちゅくちゅくと吸われながら、どうしてアラベルはラーラがレモネードが大好きなことを知っているのだろうと思った。

「おいしい」

　けれど、口蓋をねぶられている間に、どうでもよくなってくる。ひたすらアラベルに施される刺激が気持ちいい。

「なんだかぞくぞくするわ」

「わたくしもよ」

「ねえ、アラベル。わたしたち、キスはもううまくなった？」

　ちゅ、とふたりはまたくっついた。離れたときに、アラベルはぺろっと自身の唇を舐めた。

「そうね、わたくしはあなたとのキスが気に入っているわ。ラーラは？」

「わたしも気に入っているわ」

「わたくしたちが気に入っているのなら、それでいいのよ。正解はないの。わかった？」

「わかったわ」

ラーラの鼓動はとくとくと早鐘を打っていた。女同士にもかかわらず、こんなにもどきどきするのはなぜだろう？　身体も心も高揚する。とても。

「わたし、アラベルがもっともっと大好きになったわ」

「わたくしは最初からあなたが大好きよ、ラーラ」

ラーラとアラベルが見つめ合っていると、部屋の扉が控えめに叩かれた。返事をすれば、召し使いがお湯の入った水差しと着替えを持ってきてくれた。

召し使いが退室すれば、ラーラはちら、とアラベルを確認し、「先に着替えちゃうわね」と断った。

「ラーラ、着替えるって……？」

「あのね、わたしったらすっごく汗っかきなの。ヘンリーも汗っかきだからわたしたち兄妹は似ているのね。それでね、あせもができては大変だからって、お母さまから『外出したらすぐに着替えるのよ』って言われているの。汗でべとべとだから身体を拭くわ」

言いながら、ラーラは慣れた手つきでエンパイアドレスに手をかけて、りぼんをするする解いていく。アラベルは同性にもかかわらず、金色の目をまるくしたまま固まっているようだった。

絹のドレスが足もとにふぁさっと落ちて、下着姿になったラーラは、ぽいっとブラシエールやペチコートも脱ぎ去って、あっという間に全裸になる。それから水差しのお湯をたらいに入れると、布を浸して、身体をぐいぐい拭き出した。

もくもくと湯気の立つ中、香油の匂いが鼻をつく。今日はベルガモットのようだった。

「ねえアラベル、どうすれば汗は出なくなるのかしら？　あなたはとても涼《すず》しげだもの。わたし、このままだと恥ずかしいわ。未来の旦那さまに汗っかきだなんて絶対に知られたくない。ドレスが染みになったりするのは格好悪いと思うの。なるべく汗が目立たない色を選びたいけれど、ヘンリーが言うには未婚の娘は白に近い色じゃないとだめなんですって。そんな決まりが……、ん？　アラベル、聞いている？」

アラベルは、見る者を焼き焦がすようなぎらつく瞳で、ラーラの裸を凝視していた。

熱く射貫く視線にたまらなくなり、ラーラは思わず布で身体を覆う。女性同士だというのに、だんだんすごく恥ずかしくなってくる。

「……アラベル、あなたも身体を拭きたいの？」

ラーラが尋ねると、彼女はこくんと頷いた。

すっと優雅に椅子から立ち上がったアラベルは、ラーラの真ん前までやってきた。

「拭きたいわ」

ラーラがアラベルに布を渡すと、受け取った彼女は何を思ったか、その布をラーラの肌に這わせてきた。胸を通る布にラーラはぎょっとする。

「ま、待って、わたしの身体はもう拭いたわ。自分の身体を拭いて。着替えもあるから」

「わたくしは汗をかいていないわ。……ラーラ、少し試してみたいことがあるの」

「……え？　――あっ！」

そのとき、アラベルの人差し指がラーラの胸の突起をかすめて、妙な刺激が身体を走る。

（なに、これ……？）

ラーラが驚いた顔でアラベルを見つめれば、彼女はうっとりと笑った。

「ねえラーラ。わたくしたちは先ほどキスの練習をしたわよね」

無言で頷けば、アラベルは続けて言った。

「親友同士がする練習にはそれから先のことも含まれているの。むしろここからが重要と言えるわね。わたくし、それについてもラーラと勉強しておきたいわ。ラーラは？」

ラーラは一瞬躊躇したが、キスもアラベルと一緒に覚えたし、他の練習もしてもいいかもしれないと思った。それに、アラベルは親友だ。

「わたしも、アラベルと一緒に勉強したいわ。でも、なにを勉強すればいいの？」

布をぽちゃんとたらいに入れたアラベルは、形のいい指をラーラの胸先につんとのせた。

乳白色の肌に色づく桜色は、アラベルの指でふにふにと押される。

「まずここをほぐさなければならないの」

ラーラは瞠目する。

「乳首をほぐすの？」

「赤ちゃんが吸うでしょう？　だからここはね、うんとやわらかなほうがいいのよ。わたくしも今日勉強したばかりなのだけれど……ね、ラーラ、ほぐしてみてもいいかしら？」

それは、ラーラが「いいわ」と答える前にはじまった。

ラーラの胸に手を艶めかしく這わせたアラベルは、両手の指で、ラーラの粒にくるくる触れる。その感覚はラーラにとって未知のものだった。

「ん……、なんだかおかしくなっちゃう……」

「どうおかしくなるの？」

「その、じんじんして……、あっ！」

途中でぴんと指で頂を弾かれ、ラーラは顎を上向けた。

「やだ、どうしてかしら、変な声が出ちゃう」

「かわいいわ、ラーラ。……気持ちがいいの？」

「わからないっ。あ……。も、もう……ほぐれた？」

「ぜんぜんほぐれていないわ。おかしいわね、なんだか硬くなってきたみたい」

うつむいたラーラが自分の胸を確認すれば、いつもは薄桃色の頂が凝《しこ》って存在感が増し、赤く熟したようになっていた。

「大変、早くほぐさないといけないわ」

アラベルの瞳はどこか愉悦を含んでいたが、焦るラーラはそれどころではない。

「ねえアラベル。どうしてここ、硬くなるの？　硬くしようと思っていないのに」

「そうね……わからないけれど大丈夫。時間をかけましょう？　わたくしが協力するわ」

ラーラはアラベルに抱き上げられて、寝室に軽々と運ばれた。

ベッドに降ろされると、「冷えるから」と上からふわふわした毛布をかけられる。

それからすぐに、アラベルはラーラの上にのしかかり、目をらんらんと輝かせた。

「ラーラ、わたくしに任せておいて」

そのままアラベルの銀の髪がラーラの肌に滑り落ち、絶世の美貌がささやかな胸に近づけられた。

「あっ！」

何の予告もなく、躊躇もせずに、アラベルの唇がラーラの粒を摘んでいる。ちゅく、ちゅく、と音がする。

舌で転がされたり、押しこまれたり、歯で甘噛みされたり、吸われたりしては、そのたびラーラの腰がぴくぴく跳ねる。

空いた方の胸の頂は、指でくちくちいじられる。爪でかかれたりねじられたりして、もう、我慢できそうになかった。

こんな刺激は知らない――。

「んぅっ、だめっ、だめ。あ。待ってアラベル！」

「ラーラ、我慢よ。それに気持ちよさそうな声をしているわ。本当にやめてもいいの？」

固く目を閉じたラーラは、口を引き結び、ぶんぶんと首を振る。

「ん！　だめだもの……。だ、だめっ。我慢、できないから……あっ！」

肌を拭いたばかりなのに、ぶわりと汗が噴き出して、ラーラの身体がぬるりと光る。

アラベルはその汗をすりこむように、しっとりと肌を撫でさする。

「かわいいね、本当に汗っかき。もっと汗をかけばいい……」

アラベルは、かり、とラーラの突起の先に歯を立てて、そのままえぐる。

「あ。……や、あっ！　やめてっ」

ラーラが官能に耐えきれず、高く叫んだと同時に、アラベルは、「くくっ」と笑った。

「やめるわけないだろう？　今日覚えたことは全部やる。……朝まで覚悟して？」

アラベルは、銀の長い髪をゆっくりと耳にかけた。

「髪が暑苦しくて邪魔だけれど……仕方がないな。たくさん果てさせる」

「……ん……アラベル、何か言った？」

赤い舌をねっとり白い肌に這わせて、アラベルは舌先でぴんと乳首を跳ねさせた。

「んっ！」

「いいえ、何も？　まだまだ硬いわ。これじゃあ…………終わらないわね？」

×　×　×

銀のかつらを選んだのは、兄ローレンスの指示だった。最初、元の髪色にするなんて、ララを追いこむだけだと思った。新たに出会いからやり直そうとしているのに。

『なんでよりにもよって銀なんだ』

『お前さ、ララちゃんに恐怖心を抱かれているんだから、ここはあえて銀髪だろ？　昔の記憶を塗り替えなければわだかまりは消えない。これは印象を変えるチャンスなんだ』

それもそうだと思い直して、言われるがまま銀色のかつらを選んだ。

ドレスを着る決意をしたのは、彼女の傍に行くためだ。

死にたくなるほど不本意だったが、自分ひとりで努力を重ねても、少しも彼女に近寄れなかったから仕方がない。そう自分に言い聞かせた。

『驚いた。お前、すごい美人だな！』

胸に詰め物をしたあとにドレスを着ると、にわかにヘンリーが騒ぎ出す。

『僕好みの女だ！　……まずいな、お前なら男でもぜんぜんいける』

『だまれ！　気味が悪い！』

ヘンリーは、『ははっ！』と屈託なく笑った。笑顔はさすが兄妹らしく、彼女と似ている。早くラーラに会いたい。

『ばか、本気にするな。それほどお前は完璧な女に見えるってことさ。自信を持てよ』

確かに姿見に映る自分は、貴婦人みたいでまるで別人だ。兄のローレンスにまで『母上が喜ぶ』と言われてしまったほどだった。

気分が悪くなったが、女に見えないと困るからこれでいいと考え直して頷いた。

『それよりも名前だな。どうする？』

腕を組んだヘンリーに、すかさずローレンスが提案する。

『実在の人物じゃないとぼろが出る。そこでちょうどいいのがいるぞ。アラベル・ド・ブールジーヌ。アデルよりもかなり年上だが、外国に住んでいるからまずここには来ない』

その兄の言葉に、アデルは彼女の顔を思い浮かべて気を悪くした。アラベル・ド・ブールジーヌはアデルよりもずいぶん年上の齢四十になる母のいとこだ。しかもお菓子が大好きで、すべての歯が虫歯という破滅的な人だった。せめて、もう少し清潔であれば……。

『アデル、早く女の格好と〝アラベル・ド・ブールジーヌ〟に慣れろよな』

『……慣れる気がしない』

アデルが、ヘンリーとローレンスに連れられた先は、ヘンリーの愛人クラウディアが借りている邸宅だ。彼女は王都でも人気が高い舞台女優で、豊富なかつらと衣装を持っているため、協力を仰いだのだった。

すべてを揃え終えたときにヘンリーが言った。

『あとは公爵夫人を仲間に引き入れれば完璧だな。後ろ盾のない女は上流社会に出入りできない。お前はこの先、偽物から本物を目指すんだ。僕の妹は御しやすいしばかだが、たまに鋭い頑固者にもなる。その声もなんとかしろよ？　低いままだと話にならない』

『ラーラを手に入れるためなら、なんだってやる。完璧にしてみせるさ』

アデルの母が協力しないわけはなかった。公爵夫人は嬉々としながら、率先して手伝った。そして、絶世の美女レディ・アラベル・ド・ブールジーヌが生まれたのだった。


「あっ……も、だめっ」

アデルは、息を荒らげて可憐《かれん》な胸を上下させている彼女をねっとり見下ろした。弄《もてあそ》んだ胸の頂は真っ赤に色づいて、彼の唾液で濡れている。

もう一度口に含むと、ラーラは小さく悲鳴をあげた。

「んっ、……もう、もう終わりにしない？　すごく……ひりひりするの」

「ひりひり？　気持ちよくないの？」

「気持ちいいけれど……う、ひりひり……するから、もう……」

ようやく乳首を解放したアデルが、傍机にある精緻《せいち》な時計に目をやると、ゆうに一時間は過ぎていた。つい夢中になって時間を忘れていたらしい。

「……わたしの胸、ほぐれた？」

「まだまだ硬いわ。でも、練習を重ねればきっと大丈夫よ」

ラーラは、はじめての刺激に翻弄されたのか、ぐったりと力をなくしているようだ。

もともと今夜の目的はラーラとの距離を縮めることだった。それは物理的な距離ではなく、精神的な距離のつもりだったが、警戒心なく全裸になるラーラが悪い。ラーラを好きすぎる自分が、十年抱えた衝動を抑えられるはずがないのだ。

ラーラは昔から大胆で、夏に暑いからと言ってアデルの前で服のまま、池にどぼんと飛びこんでは生地を身体に張りつかせるような考えなしの娘だった。おまけに秘めるべき足でさえ『ドレスが濡れちゃった』とスカートをたくし上げ、生足をこれでもかと披露して、そのつど、思春期のアデルを大いに苦しめた。おかげで留学中、毎晩ラーラに悩まされ、卑猥《ひわい》な夢を見ていたほどだ。アデルの性の目覚めはすべてがラーラに直結している。

ある意味、呪縛《じゅばく》のようなものだと思う。

構いたくて、構い倒して、方法を間違えてしまったけれど、アデルにはラーラだけだし、ラーラにも自分だけだと彼は思いこんでいた。

（僕のものだ）

ラーラの小さな胸に顔を埋めた彼は、（毎日揉めば大きくなりそうだな）などと育成欲を募らせながら、お腹のほうへ唇をすべらせた。

「すべすべだね。気持ちいい……。うん、白くて、思った通り綺麗だ」

ヘンリーがローレンスに伝授した〝技〟を、アデルは一言一句漏らさず覚えていた。

ラーラのおへそのくぼみに到達したアデルは、舌を丸めてぺろっと舐める。

「あっ……」

ラーラの腰がくねくね動く。その動きを利用して、アデルはラーラの脚を持ち上げ、ぱかっと開けた。とたん、アデルの金の瞳はすっと細くなる。

ヘンリーからは、女のそれはグロテスクなのだと聞かされていた。それでも耐えろと言われていたが、ラーラのそれは薄桃色で、蕩《とろ》けて光できらきらしている。

「や……！　いやっ！　アラベル、何をしているの!?　開かないで。恥ずかしいっ」

ラーラが必死で閉じようとしてくる脚を、アデルは無理やりこじ開けた。絶対に閉じさせる気はなかった。

「アラベル、だめよっ」

「ラーラ、わたくしたちは親友よ。女同士ですもの、何も恥ずかしがることはないわ」

アデルはなだめるように、続けて高く言った。

「ね？　ラーラ、練習よ？　わたくしたち、ふたりで勉強するの」

アデルはラーラの脚の間を凝視しながら、鼻先を彼女の秘部に近づけた。それは男とはまったく違うたぐいの匂いで、彼はその濃密な匂いをたちまち好きになった。ラーラの香りだ。

秘裂に隠れるようにある二枚の花びらは、蜜のような液が絡みつき、その中にはかわいい粒がひそんでいる。ヘンリーは、この粒に執着しろと言っていた。

執着は、アデルにとって最も得意なことである。なにせラーラを求めて十年だ。

赤い舌を出したアデルは、粒を後回しにして、ぺろっ、と花びらに絡む液を舐めてみた。ラーラの味だ。

「きゃっ！」

ラーラが「いや！」と騒ぎはじめるが、アデルは無視して花びらにちゅっと吸いついた。それから艶めかしい液体が光るあわいのすべてに舌を這わせていると、その液があふれてくる箇所を見つけた。

(ここだな、僕が入るところ)

指先を入れてみると、弾力のあるそこにぐっと跳ね返されて、まるでラーラに拒まれているようだった。

(君は僕のものなのに、受け入れないなんてありえない。おかしいよね？)

少しいらいらしたアデルが無理やり中に探りを入れると、ラーラが足を突っ張った。

「……つっ、痛いっ！」

「え？　痛い？」

聞きながらも、アデルは指を進めて、根もとまでぐちゅんと押し入れた。

(ここにペニスが入るんだ。指くらい入らないと困る)

「う……！　痛いわ。何をするのっ」

「そっか、ごめんね」

と謝りつつも、せっかくラーラの中を感じているのだ。アデルは指を入れたまま、ラーラのかわいい粒にぷちゅりとキスをした。

「大好き。ラーラ、たくさん達《い》こう？」

そのままつげを伏せた彼は、秘めた芽を舌先でねっとりねぶり、押しこんだままの指を小刻みに震わせた。

(確か、ヘンリーはこうするって言っていたな)

「あっ！」

「締まったね。そうか、感じると締まるんだ」

ラーラは背すじを反らし、ぴくんと飛び跳ねる。アデルはその様子に、ますます興奮し、より小さな花芽に執着した。

「ラーラ、いまのお腹、すごくかわいかった。もっと見せて」

「あ！　……いやっ、びりびりする……ん！　ん……ぅ。だめっ！」

「ふうん、気持ちよくなったら跳ねるんだ。いいね、魚みたいですごくいい」

「ん、だめっ、あっ！」

「もっと魚になろう？　お尻もかわいいから後で舐めるね。でもこの粒が一番好きだな。……あ、これ剝けるかも。ちょっと剝いてみるね」

「あっ、あ！　……ん――っ！」

「……すごく締まった。じゃあ、これは？」

アデルのすべての好奇心、探究心は、ラーラひとりに向けられた。彼はラーラの身体を心の底から楽しんだ。

あまりに執着しすぎて思春期をこじらせてしまったアデルほど、厄介なものはない。幸か不幸かアデルは実は非常に勤勉で、臨機応変に動ける賢さもあわせ持っている。昔から学者肌の彼は、何事においても神童なのだった。

「……へえ、剝いた方が感じるんだ。でも、力の入れすぎはだめみたいだね。わかった、やさしくする。……君はどこもかしこもかわいい」

アデルはラーラの脚をこれ以上開けないくらいに開かせて、指で目当てのそれを露出させ、口の端を持ち上げた。

「とりあえず十回、果てようか」

# 4章

ラーラが重たげにまつげを上げると、窓から強い日差しが落ちていて、ずいぶん寝ていたのだと気がついた。時計を見ればお昼をとうに過ぎていて、慌てて毛布をかき分ける。

身を起こすと化粧着をつけていたから、一瞬、アラベルがこの部屋にいたのは夢だったのではないかと思ったけれど、傍机に『ラーラ、いい夢を』と流麗な文字でカードが残されていたから、本当なのだわ！　と顔を赤らめた。

昨夜はずっと、すごく恥ずかしい体勢だった。まるでカエルのように脚を開いてすべてをさらけだし、それから上げたこともないような声を嗄れるほど上げた。

(わたしったら……。でも、気持ちがよかった。とっても。……アラベル)

ラーラはカードを手に取り、筆跡を目で追いながら考える。

(美人な人って、文字すらも美人なのね)

そしてふるふると首を振る。ラーラは自分の文字の下手さを思い出したのだ。

かつてラーラは、悪魔のアデルに『ぷっ！　お前の文字、ミミズが這ったようなぶさいくな文字だな！　ははっ！』とばかにされたことがある。

（アデルにだけは二度とばかにされたくないわ……）

頭に浮かんだのは兄のヘンリーだ。ヘンリーは放蕩者のため文をしたためる機会が多いからなのか、驚くほど文字がうまかった。

（ヘンリーに習えばいいのだわ）

こうしてはいられない、とばかりに化粧着を脱ぎ捨てるが、とたんに自身の身体の異変に気がつき硬直した。

胸を中心に、おびただしい数の赤い痣《あざ》がある。お腹にもたくさんあるし、脚の付け根にも。そして極めつきが、股間にあるはずの下生えが綺麗さっぱり剃《そ》られている。

ラーラは脚を開いて、おそるおそる秘めた箇所をのぞいてみた。

「え……、股間にも痣があるわ。……お尻のほうにも……？　どうなっているの？」

ぼうぜんとしたラーラは、全裸のままで立ち尽くした。

（この不気味な斑点《はんてん》……わたし、何か病気なの？）

お医者さまには見せたくない。医者は男だし、ラーラは未婚で生娘《きむすめ》だ。

けれどもそれは、幸いと言うべきか、すべて下着に隠れる位置にあり、下着を身につけさえすれば、人からは見えないものだった。

（でも、……お母さまも伯母さまもいないし、相談できる相手がいないわ）

ひとしきりしょんぼりしたあとに、ラーラはすっと顔を上げた。

（そうだわ。わたしには親友がいるのですもの。アラベルに相談してみればいいのだわ）

×　×　×

バークワース公爵邸の自室でくつろぐアデルは、寝不足だったが、それは幸せな寝不足だった。彼はたった一晩でラーラの身体をずいぶん細かく把握した。

ラーラのもとを離れたのは朝方だったが、それは男ののっぴきならない事情で耐えられなくなったからである。あれ以上傍にいたら、無理やり致していたかもしれない。アデルはやっとの思いで屋敷に帰り着き、人知れず欲を何度も処理したけれど、まったく満足できないでいた。

「……はあ、ラーラがかわいすぎる。なんなんだ、あのかわいさは犯罪だろう？」

思わず怪しくひとりごちてしまうほどだ。

ラーラの態度や言葉は、いちいちアデルの腰をうずかせるものだった。思い出しただけで翻弄される。いまも、ある一点に熱が集中していくのがわかった。

（一刻も早くラーラと結婚しないとだめだ！　このままじゃ狂い死ぬ！）

「おいアデル、いるのか？」

そのとき、扉の向こうから聞こえたのは、兄ローレンスの声だった。

「あぁ？　なんだよ！」

アデルはこれからまた自分を慰めようと思っていたため不機嫌だ。

「ちょっと来い、お前に客だ」

「……ちっ、萎《な》えさせやがって」

「は？　いまなんて言った？　いいから来いよ」

気だるげに金の髪をかきあげたアデルは、いかにも億劫《おっくう》そうに、その辺にあった上着を羽織り、無造作にクラヴァットを結わえ、下の階に降りていく。

このアデルの生まれながらのすごさと言えば、めんどうくさがり、てきとうにやることであっても、彼にかかればすべて特別見栄えよく素敵になってしまうところにある。

彼の気取らない金の髪からのぞく物憂げな金色の視線も、表情も、美少年であるがゆえにそれでひとつの芸術品のように絵になった。アデルが現れた小ホールがどよめきに沸いたほどだった。

ふわふわと香水が漂う中、アデルはむすっとしながらつぶやいた。

「……これは何の騒ぎだ？」

小ホールでは、着飾る婦人たちがハープ奏者の周りに群がっていて、催し物が開かれているようだった。アデルが不審がりつつ辺りを見回していると、背後の兄が、「母上主催の詩会、および朗読会、それから合唱会だ」と小声で言った。

「くだらない会だな。なぜそんなものに僕が呼ばれる」

「アデルちゃん、こちらにいらっしゃい！」

中央にいる母に大声を出されて、アデルはため息をついた。

「母上、ちゃんづけはやめてくださいとあれほど。僕はもう十七歳です」

「母親にとって子どもというものはね、いくつになっても子どもなのよ？」

大股で近づけば、眉をいじわるそうについと上げた母が抱きついてきて、耳打ちされた。

「わたくしにとっては、あなたは娘でもあるけれど。ね？　アラベルちゃん」

ぱっと離れたアデルが母を睨みつけると「ほほほ！」と母は扇で口もとを隠して笑った。

「あなたを呼んだのはね、あなたにぜひ挨拶をしたいという娘さんたちがいらしているからなの。わたくしの旧友の娘さんたちですのよ」

母が言った直後に、自分の前に進み出てきた三人の娘たちを一べつしたアデルは、興味なさげに無言で鼻を鳴らした。

「まあ、そっけない。ごめんなさいね、この子ったら昔から無愛想なのよ。愛想はすべて兄のローレンスに吸いとられちゃったみたいね。ローレンスったら、いけない子」

「母上、私のせいですか」

ローレンスが呆れた様子で言うと、母はころころと笑った。

「アデル、彼女たちはあなたのことを詳しく知りたいのよ。留学先での思い出話を聞かせてあげてはどうかしら？　でもね、くれぐれもスティーヴの話をしてはだめよ。スティーヴは女の子向きではないのですから。……ああ、こちら、キャロラインとシャーリーン、ユーフェミアよ。みんなあなたと似たような歳なの。ね、そうよね？」

　アデルは三人の娘たちをそれぞれ眺めた。が、全員同じ石ころのような顔に見える。

「アデルさま、いま、メイシー伯爵邸を改装中だと聞きましたわ」

　いま名前を聞いたはずだが、「こいつ誰だ」とアデルは思った。覚える気などなかった。

（面倒だから、ＡとＢとＣだ）

「素敵ですわね、あのジャコビアン様式のお屋敷。皆の憧れですわ」

　女Ａの言葉に、「それはそうだろう」とアデルは頷いた。

　言わずもがな、改装はラーラとの愛の巣にするためである。とにかく「このお屋敷素敵！」とラーラに大いに見直され、「アデル、大好きよっ」とうずうずした彼女が自ら子作りしたくなるほど、ラーラの好みにしっかり沿った、お気に入りの内装にしなくてはならない。だからこそ、国内外の粋を集めてこだわり抜いている。

「先日、わたくしたち三人でメイシー邸の前を通りかかりましたの。とてもお金がかかっていらっしゃいますのね。もしかしてアデルさまは近々ご結婚を予定されていますの？庭の楡《にれ》の木にブランコがありましたもの。生まれてくる子どものためですわよね？」

女Bの言葉に、アデルはぞんざいに頷いた。

ラーラとの愛の巣に金に糸目をつけるわけがないだろう。自慢じゃないが、金は相当かけている。

ちなみに、ブランコはラーラのためだった。ラーラはブランコが大好きだから、彼女を前に座らせて、アデルが後ろで立ち漕《こ》ぎすれば、きっとラーラは喜んでくれるし、アデルのことも見直すだろうと思っている。

実は、アデルは留学先で、ラーラが傍にいないため、退屈すぎてやりきれなくて、毎晩積もり積もった憂さを賭け事で発散していた。すると、たった五年の間にいつの間にか巨万の富を築いていた。

彼は驚くほど強運の持ち主であり、負け知らずのため、向こうの国では悪魔呼ばわりされていて、姿を消したときには『悪魔が去った』と泣いて喜ばれたほどだった。

「アデルさま、わたくしたちね、デビュタントですの。ぜひお相手していただきたいわ」

女Cの言葉には、アデルは冷ややかな視線を送っただけだが、代わりにアデルの母、バークワース公爵夫人が答えた。

「この子は残念ながら、今年の夜会には参加しませんのよ。また機会があれば誘ってね」

この公爵夫人は、現在嬉々として女性用のドレスを仕立て中だ。ようやく念願の女の子〝アデルちゃん〟が手もとに戻ってきたのだから。

女ABCもといキャロラインとシャーリーン、ユーフェミアががっかりする中、飄々《ひょうひょう》と兄ローレンスが言った。

「そういえば母上、ラーラちゃんも今日の会に招待したと言っていませんでしたか？」

そのとき、ぴく、とアデルが反応した。

「ラーラを？　今日は疲れているはずだ。彼女に無理はさせたくない」

「は？　なぜラーラちゃんが疲れるんだ。昨日、お前が早々に送り届けただろう？」

「ラーラはか弱いんだ！　彼女のことは僕が一番知っている！」

「なぜそんなにむきになるんだ」

兄弟が言い合う中、公爵夫人が扇を口もとに当てた。

「わたくしもラーラに久しぶりに会いたかったのだけれど、彼女はいま病気らしいのよ」

「は？　ラーラが病気!?　僕はそんなの聞いていないぞ！」

仰天したアデルは、すぐさま小ホールを後にした。

このとき公爵夫人が、「ごめんなさいね、うちのアデルちゃんったら小さな頃からラーラが絡むといつもこうなの。ほんとラーラが大好きすぎて困った子。そんなに好きなら、早く既成事実でも作ってお嫁さんにしちゃえばいいのにね。わたくし、いつでも歓迎ですのよ？　孫もね。おほほほほ！」などと言うから、ひそかにラーラに敵意を持つ者が生まれてしまった。

と言っても、相手は鈍感なラーラだ。彼女が気づくことは生涯なかった。

×　×　×

ラーラが食事室で、朝帰りをした香水くさい兄ヘンリーと遅い朝食をとっていると、コーヒーをひと口飲んだ彼が切り出した。

「お前、なぜバークワース公爵夫人の誘いを断った？　彼女は上流社会で顔が利く。社交に精を出そうという娘が断るのはおかしいだろう」

「だって……公爵邸には行きたくないのだもの」

「なぜだ」

「アデルのいじわるを思い出しちゃうから」

「あいつはまだ留学中だろう」

「ヘンリーは知らないのよ。昔からアデルは神出鬼没なの」

「神出鬼没？　そんなわけがあるか」

実は、ヘンリーとローレンスはある作戦を立てていた。それは自然な形でラーラと女装していないアデルを引き合わせることである。以前、夜会でふたりが再会した際、ラーラはいまのアデルに抵抗を持たない様子だったため、アラベルとも金髪のアデルとも仲良くなれば、たとえ同一人物だと発覚しても、傷は最小限で済むし、まとまりやすいと考えた。

荒業であるのは承知の上だが、それは夢見がちでおばかなラーラが相手だからこそ立てられた計画だ。とはいえ、唐突ではなく徐々にラーラの頭に刷りこまなければならない。慎重に進めるべき作業であった。

「それに、アデルのことがなくてもわたしは公爵夫人の会には行けなかったの」

コーヒーにブランデーを少し入れたヘンリーは、それをくい、とあおった。

「ん？　なぜそう判断した？」

「だってわたし、病気かもしれないから、気が沈んで……」

「は？　病気？　医者に見せたのか」

ラーラは、ぼっと顔を紅潮させた。

「あんなところ、とてもじゃないけれど見せられないわ」

「なんだそれ、わけがわからない。どういうわけだ？」

「わけがわからないのはヘンリーよ」

「はあ、僕？　なぜそうなる。支離滅裂だぞ」

お皿の上でお肉を切っていたラーラは、はたと手を止めた。

「また朝帰りだなんて。ヘンリーはどうしてそんなに恋人に対して不誠実でいられるの？女性みんなに失礼だわ。ヘンリーのせいで、きっと泣いている人がたくさんいるのよ」

「え？　ちょっと待て。論点をすり替えるなよ。いまはお前の病気の話だろ」

「だって、もしわたしがヘンリーの妹じゃなくて恋人や妻だったらって考えると悲しくなるもの。あれをヘンリーもしているのでしょう？　しかも、大勢と」

ヘンリーは、冷静にカップを机に戻した。

「おい、あれって何のことだ？　まあ、何を言いたいのかだいたい想像はつくが聞き捨てならない。〝あれをヘンリーも〟だと？」

ララは、昨夜のアラベルとの練習を、本来は恋人や夫婦のものだと受け止めている。親友だからこそ勉強できたし、結果、より彼女のことが大好きになっていた。だからこそ改めて考えると、あんなこと、大好きな人相手ではないと無理だと思ったし、大好きな人が他の人相手に同じことをしていると想像しただけで、耐えられないと思った。

アラベルが他の女の子相手にあれを練習するのは絶対いやだし、バートさまが他の女の子にあれをすると思うと気持ちが滅入る。

ララはただでさえ赤らむ顔をさらにかっかと燃やした。

「……なんでもないわ」

「なんだいまの間は。いまさらなんでもなくはないだろう！　お前、なにかあったのか？　言え！　僕はな、父上からお前の監視を強く申しつけられているんだぞ！」

「なぜわたしの監視を？」

「お前、知らないのか？　父上はお前に関して、ばかがつくほど異様な心配性なんだ。結婚前にお前の純潔を散らされようものなら、相手の男と決闘も辞さない構えだぞ！　だから僕は放蕩が許されている。僕の噂で、お前は家の体裁だけを気にする上辺だけの輩に敬遠されるからな。いいか、うちは資産家だからお前の持参金は破格だ。平たく言えば、父上はお前に男を近づけたくないんだ。言っただろう、お前はもう売れている」

「誰に売れているというの？　気味が悪いわ」

「思い出せ。お前が社交に精を出している理由を。父上の決めた相手が嫌だからだろう？　言っておくけどな、父上が決めた相手は控えめに言っても極上だ。それをお前はばかげたことに、筋肉がいいなどとたわごとをほざいている。僕から見ればその差は歴然。金塊とその辺に転がる石ころだ。無論無価値な石ころがあの筋肉のほうだからな！」

「バートさまに向かって石ころだなんて、なんてことを言うの。ひどいわヘンリー！」

にわかに兄妹げんかが勃発する中、けれど、給仕の召し使いたちは冷静だった。なぜならこのふたりが言い合うのは日常茶飯事だからである。

しかし、次のヘンリーの発言のせいで、無表情に徹していた召し使いたちは、ぶっ、と噴き出してしまう。

「それはそうとお前、さっきの物言いは、まさか小娘の分際でセックスしたんじゃないだろうな！」

「なっ!? ヘンリーのばかっ！ なんて下品なことを言うの、するわけがないわ！」

ラーラは大好きなアラベルとの時間を、ヘンリーがいつもしている低俗で卑猥なセックスごときと同等に扱われたことがどうしても許せなかった。

「ヘンリーなんか大嫌い!!」


自室に閉じこもったラーラは、ドレスを着たままベッドに突っ伏していた。

途中で食事を切り上げたため、少しお腹も空いている。

それにしても……と考えかけて、ラーラはため息をついた。

(お父さまがわたしの監視？ もうわたしは売れている？ いやだわ)

じわっと涙があふれて、頬杖をついたラーラは、ぱたぱたと足を動かした。

(その上、病気かもしれないし……。これまで生きてきて、何も成し遂げられていない気がするのに。それが明日をも知れない命だなんて、この世はままならないことばかりね)

ラーラはベッドの上で、ころころ転がった。

(そうだわ、こういうのはどうかしら？ 例えば、バートさまとじゃないと結婚しないってお父さまに宣言するの。結婚を許してくれないのなら、修道女になるって)

その直後、ラーラはぐったりうなだれた。

（でも待って。女の結婚は殿方の思いありきだわ。わたしが結婚を望んだからって、バートさまの心がわたしにないのなら、何もはじまらない。やはり、夜会に出向いてバートさまに見初められるしかないのだわ。なんて恋って難しいの。このもどかしい想い。これが噂の恋わずらいね。……そうよ、わたしはいま恋わずらいをしているの）

うだうだとラーラが悩んでいると、扉が控えめに叩かれた。後ろからは、「ウゥゥゥウゥゥウ」という愛犬ダミアンのうなり声も聞こえる。

「お嬢さま、お客さまがいらしています。応接間にお通しいたしますか」

執事の声だ。

「……グレッグ、誰が来たの？」

「アラベル・ド・ブールジーヌさまです」

知るなり、ラーラの声が弾んだ。

「アラベル？　早く会いたいわ！　お願い、この部屋に案内してちょうだい。——あ、グレッグ、これからはわたしに断る必要はないわ。アラベルはそのままここに通して」

「かしこまりました」

ベッドから出たラーラは、アラベルが待ちきれず、ついには部屋の外に出て彼女を待つことにした。

そんなラーラに飛びついたのはダミアンだ。ラーラは顔じゅうくまなく舐め回される。

「きゃっ、ダミアン、くすぐったいわ」

ダミアンの舌からだらだらとよだれが垂れ落ちているが、ラーラは気にも留めない。

「ごめんなさい、ダミアン。今朝のキスを忘れていたわね。さあ、キスしてちょうだい」

ダミアンは、待ってましたとばかりに、はっ、はっ、とラーラの唇に尖った口を押しつけ、続けてべろんべろんとぷっくりとした赤い唇を舐め回す。

ラーラの唇は、昨夜アラベルが執拗にくちづけしたため、まだ少し腫れていた。

「ふふ、ダミアン、いい子ね」

膝立ちになったラーラは、大きなダミアンを抱きしめた。そのとき、視線を感じて、ラーラはそちらを振り仰ぐ。すると、そこにはアラベルが立っていた。

「アラベル、いらっしゃい！」

ラーラがアラベルに抱きつくと、彼女はラーラの黒髪を撫でながら言った。

「グレッグ、至急お湯と布を運んでちょうだい」

執事は、アラベルが自分の名を知っていることに驚いた様子を見せたが、アラベルに夢中なラーラは気がつかなかった。

「かしこまりました」

「アラベル、すごく会いたかったわ」

「わたくしもよ、ラーラ」

「聞いてほしいことがあるの。こんなこと、あなたにしか相談できなくて」

「親友ですもの、なんでも話してちょうだい。ラーラの話を聞きたいわ」

アラベルは、自身に甘えてくるラーラを片手で抱きしめながら、もう一方の手で、ポケットからひそかに取り出した干し肉を、後ろ手にダミアンに差し出した。

最初はグルルルと警戒していたダミアンだったが、アラベルが床にぽとりと落とすと、一瞬のうちにして、その肉にがっついた。

アラベルは、ちら、とダミアンを確認し、にたりと笑む。

「さあ、ラーラ。話を聞くわ。お部屋に入りましょう？」

ラーラは素直にこくんと頷いた。


アラベルがラーラを諭し出したのは、執事が申しつけ通りにお湯と布を運んできて、立ち去ってからだった。彼女はすぐさま布をお湯に浸すと、ラーラの顔をごしごし拭きつつこう言った。

「ねえラーラ、あなたの話を聞く前に、言うことがあるわ。あなたとダミアンがキスをするのは、あまりよくないことなの。……いいえ、とても悪いことだわ」

「え……？」とラーラが寂しそうな声でつぶやくと、アラベルはラーラの口を拭いてから、ちゅ、と被せるようにそこにくちづけた。

「わたくしたちは、親友で、大好き同士だからこうして一緒にキスの練習をしているわ。身体の支度も。そうでしょう？」

ラーラが頷くと、アラベルは続ける。

「でも、ダミアンはどうかしら。ダミアンはオス犬でしょう？」

「すごいわアラベル。どうしてわかるの？」

きらきらとラーラの紫色の瞳が光り、大きく開く。

「わたし、ヘンリーに聞くまでダミアンが男の子だって知らなかったわ」

「あら、簡単よ。ペニスがついているんですもの」

ラーラは一気に顔を曇らせた。

「………そんな言葉、アラベルに言ってほしくないわ」

「待って、他にどんな言い方があるというの？　逆にオスだとわからないラーラが不思議よ。でね、よく考えてみてほしいのはここからなの。いまのところダミアンの傍にいるのはラーラだけでしょう？　このままダミアンが、同種族の犬を知らないで、ラーラしか知らなかったらどうするの？　あなたをメスだと思いこみ続けるわ。犬ではないのに」

ラーラは唇を引き結び、黒いまつげを寂しげに伏せた。

「でも……ダミアンは四年前からいつも一緒にいるし、わたしの大切な友だちなの」

「大切な友だちなのはわかっているわ。でもね、犬のメスを知らないダミアンは、一生子犬を持てないということなの。わかる？　ラーラは犬を産んであげられないでしょう？」

「無理だと思うわ」

「思うじゃない、無理なのよ。ダミアンはね、ラーラとキスをするうちは他のメスに見向きもできないわ。だって、ラーラはとってもかわいくて、世界で一番魅力的な女の子なのですもの。だから、ラーラがダミアンのために心を鬼にして、キスをやめないといけないの。ダミアンは、そろそろ犬のメスに目を向けなければいけない時期がきたのよ」

「そんな……。寂しいわ」

「あなたたちは、次のステージに進むべきときがきたの。ラーラ、口を開けて？」

アラベルに言われるがまま口を開けると、やわらかいものが押しあたり、ラーラの中に熱い舌がしのびこむ。くちゅくちゅと舌が絡みつき、それは息もできないほど濃厚だ。

その激しいキスのさなかに、胸のりぼんに触れられて、刹那《せつな》、はらりと解けて肌がむき出しになるのを感じた。下着をずらされたラーラの胸は、両方ともアラベルの手の内に収められ、ふに、ふに、と先をふたつとも遊ばれる。

「あっ……」

「わたくしが傍にいるわ。寂しくないでしょう？」

「んっ、あ」

「わたくしがあなたに寂しい思いなど一秒たりともさせないと誓うわ」

すぐにまた唇を貪られ、ラーラは胸先のしびれるような快感に、思わず腰を動かした。

どうしてだろう、昨夜よりもひどく感じて、じわじわと脚の間が濡れてゆく。

先を期待したラーラの下腹がせつなくうずいた。

「ねえ、このままで聞いて？　ラーラ、病気というのは本当？」

「あ。あ……。ほ、本当よ」

「どこが悪いの？　ずっと心配していたのよ」

ラーラはきゅうと目を閉じて、鼻先を上げた。

「だって……赤い痣が、いっぱいあるから……。ん」

「赤い痣？　……ああ、このことね」

アラベルは小さな胸から手を離し、するするとラーラのドレスをはだけていく。赤い花が散る白いお腹と、むき出しの秘部が陽の光にさらされる。

ふっくらとした恥丘には、ふたつの花が咲いていて、アラベルは、つっと指をすべらせ、そのままぱくっと秘裂を割り開いた。

直後、ラーラの身体に脳天を貫かれるような快感が走った。アラベルがあわいに沿って撫でたのだ。

「あっ！」

「ラーラは病気じゃないのよ。赤い痣はね、わたくしがつけたの」

荒い息をくり返すラーラが眉根を寄せると、アラベルの手に頬を包まれる。

「ごめんなさいね、わたくし、嫉妬深いの。ラーラがわたくし以外の人と親友にならないようにしるしをつけてしまったわ。これは〝ひとりじめ〟っていう意味があるの」

「ひとりじめだなんて」

ラーラは首を横に振る。

「そんなこと……。わたしにはアラベルしかいないわ。他の人とは親友にならない。わたしも親友はアラベルだけって思っているし、こういうことをするのもアラベルだけだわ」

「わかっているけれど、しるしをつけたくなってしまうの。これからもつけるけれど許してくれる？　もちろん、誰にも見えない位置にするわ」

それならと、ラーラは頷いた。

大好きなアラベルにひとりじめされるだなんて、なんて贅沢で素敵なことだろう。

「ねえラーラ。早速昨日の続きをしましょう？」

こちらを覗きこんだアラベルは、妖艶に笑みを浮かべた。刹那、熱い唇で口を貪られる。

「あ……、ふっ」

「こうして声が出ないようにしていてあげる。だからたくさん果てて気持ちよくなって」

昨夜の自分を思い出したラーラはりんごのように真っ赤になった。

その日から、毎日アリング伯爵邸を訪れるようになったアラベルは、ラーラの胸先に執着したのち、脚を割り、秘めた芽をこよなく愛でて熟れさせ、同時に秘部を愛撫した。ラーラはあまりの官能に、意識を飛ばすことが多々あった。

気を失っても、アラベルはずっと下腹部に顔を埋め続けていたけれど、時々ラーラを抱き起こし、ぎゅっと抱きしめていてくれるときもある。目を覚ませば、アラベルはにっこり笑ってキスしてくれた。そのくちづけは、決まっていたわりに満ちていた。

「ラーラ、刺激が強かった？　でも、もっとほぐさないとだめなの。わかってくれる？」

「ん……わかっているわ。大丈夫よ」

「続きをしてもいい？」

「いいわ。でも、もう少しこうして抱き合っていたいの」

ラーラはアラベルと強く抱き合うのが好きだった。彼女はすぐに応えてくれる。

「アラベル、好き」

「わたくしもラーラが好きよ」

うれしくなって、ラーラはアラベルの首に手を回し、彼女の首すじにくちづけた。

（大好きよ）

アラベルはいい匂いがする。何の匂いだろうといつも不思議に思うけれど、ラーラはアラベルとの〝練習〟で、それどころではなくなり、毎回聞けずじまいになっていた。

ラーラは、もう一度アラベルの首に、ちゅ、とくちづけ、今日こそ香水のことを聞こうと思った。しかし、閉じていたまぶたを上げれば、とたん、ぴしりと固まった。

アラベルの首に、古い傷を見たのだ。

（この傷……）

「ねえラーラ、首ではなく唇にキスしてほしいわ。してくれる？」

ラーラが答えず、傷から目を逸らせないでいると、「ラーラ？」と声がかかった。

「……え？　ええ。もちろんよ」

くっついていた身体を離したラーラは、真正面からアラベルを見つめる。すると、すぐさま目と目が合って、アラベルは艶やかに笑った。

「どうしたの？　そんなにかわいい顔をして。ラーラからしてくれないのならわたくしから」

そして、綺麗な美貌が近づいて、金色の瞳に見つめられ、やがて唇が重なった。

激しいキスだ。

「ラーラ、大好きよ」

「…………わたしも、大好き」

# 5章

ラーラと親密に過ごしはじめてから、十日以上過ぎたある日のことだった。

「一体何の冗談だ？」

愛蛇スティーヴに餌を与えていたアデルは、兄ローレンスの誘いに、一気に機嫌を下降させた。

「『文学のつどい』に出ろだと？　ふざけているのか」

「落ち着けアデル。とりあえずスティーヴくんを片付けようか。できれば私の視界に入らないようにしてくれるとありがたいが。なんて言うのかな、身の竦む思いがする」

スティーヴはくわっと口を開け、鋭い牙を見せ、舌もちろちろ出している。

「だいたいラーラちゃんはスティーヴのことが苦手だろう？　お前たちのメイシー伯爵邸が完成したらどうするつもりなんだ」

「ここに置いていく」

ここことは言わずもがなバークワース公爵邸だ。

「ちょ……ちょっと待て。お前以外にスティーヴを世話できる者などいないだろう」

「ローレンス、お前に少しずつ世話の仕方を教えるから大丈夫だ。問題ない」

「はあ!?　私？　一体何の冗談だ！」

アデルは冷淡に兄を見据えた。

「冗談を言うはずがない。僕は結婚したら朝晩関係なくラーラを抱き続けるからスティーヴに構えなくなる。厄介なことに貴族に社交は必須、ラーラは絶世の美女だからあらゆる男どもに狙われてしまうだろう？　だから早く妊娠させて、他の男に盗られないように完全に僕のものにしなければならない。もちろん妊娠や出産後も安心できないから僕はラーラにかかりきりになる。つまり、僕は子だくさんになるからどうしても手が空かない」

その言葉にローレンスは頭を抱えた。

「お前は性に関して潔癖だと思っていたが、いまのはなんだ、反吐が出るほど破廉恥《はれんち》だ」

「スティーヴの件で協力してもらわなければならない以上お前に事情を話すべきだろう」

「待てよ、誰が協力すると言ったんだ。私の手に負える相手じゃない！　スティーヴはかわいく懐いてくれる犬や猫じゃないんだぞ？　巨大なニシキヘビだ！」

「大声を出さなくても聞こえている。なあローレンス、スティーヴは何年バークワース公爵家にいると思っているんだ。家族も同然だろう？」

「その問い方は卑怯だぞアデル。答えようによってはこの私が非道な輩に成り下がるじゃないか。お前はな、自分のことしか考えていないようだが、私には妻がいる。いつ子ができてもおかしくはない。その大変忙しい私が、スティーヴの世話などできるはずがないだろう？　ましてやスティーヴの餌はネズミとカエルと昆虫じゃないか。これらはな、私の最も苦手とする、〝三大触れられないもの〟の一位、二位、三位を見事独占するものだ」

アデルはぎしっと椅子に腰掛け、自身の隣にスティーヴを置いた。すぐにスティーヴはへビらしくとぐろを巻いていく。

「その一位、二位、三位にへビが入っていないようでなによりだ。安心しろローレンス、餌は他の召し使いに頼むさ。時々スティーヴに水浴びさせたり、たまにこうして運動させてくれればいいだけだ。……ああ、水を新しくすると必ずこいつは糞をするが気にしないでいい。それはへビの習性なんだ。……な？　あまり手がかからない。簡単だろう？」

「簡単なものか！」

そんなローレンスに、アデルはふんと鼻を鳴らした。

「というわけで僕は計画を実行するために、いま慌ただしくしているから、お前が先ほど誘ってきた『文学のつどい』という、いかにもつまらない上にくだらなさそうな会には出られない。代わりにヘンリーでも誘えばいいだろ」

ローレンスはいらいらとしながら髪をかきあげる。

「ヘンリーならとっくに参加することになっている。それに……いや」

鼻息を荒くしたローレンスは、途中で言葉を止めた。

「わかった。アデルは不参加ということでいいな？　あとで文句を言わせないからな！」

アデルはにやにやと口の端を持ち上げた。

「文句など言うものか。『文学のつどい』に参加するくらいなら、屋敷の周りの草むしりや、ミミズの肉を集めて特製干し肉を作る方が有意義だ」

そんな小憎《こにく》らしい弟を、ローレンスは無言で見据えた。

『文学のつどい』――それは別名、詩《ポエム》の朗読会である。

何をするのかと言えば、その名の通り、貴族が各々自作の詩を朗読し、淡々と披露する会であり、たとえその収益が孤児養育院の慈善活動費になろうとも、アデルが「いかにもつまらない上にくだらなさそうな会」とこき下ろすのも無理はなかった。

参加するローレンスとヘンリーも、アデルと同じくこの手の会にはまったく興味を持てないが、参加を決めてアデルを誘ったのは、男の姿のアデルとラーラを自然な形で再会させるためだった。

ラーラは夢見がちな少女であるため、詩を書くのが好きだった。内容はヘンリー曰く

「ひどい」の一言に尽きるそうだが、彼女は真剣そのもので、今回の会の参加目的は、い

ずれは『文学のつどい』で自作の詩を発表したいためらしい。兄たちは、このラーラの趣味をアデルに理解させることにより、ふたりの距離を急激に縮めようとしたのである。

しかし、常に穏やかなローレンスは、スティーヴの件で身勝手すぎるアデルに腹を立てていた。いまは、あいつなんて知るか！　といった心境だった。

ローレンスが詩の朗読会が開かれるバンバー男爵邸に出向くと、正装姿のヘンリーは、同じく着飾る妹のラーラをエスコートしていたが、ぽつんとひとりでいるローレンスに気づくやいなや、あっけにとられているようだった。

「おいおいおい、ローレンス、なんだ？　お前……ひとりじゃないだろうな？」

ワイングラスを持つローレンスは飄々と背すじを伸ばして言った。

「ひとりだが何か？」

「は？　なんでそんなに機嫌が悪いんだ!?　凪いだ海という異名を持つお前がどうした」

「うちのろくでなしのせいさ」

そう吐き捨てたローレンスに、ヘンリーは呆れて、片手で両目を覆った。

「こんなくそとも言える会に嫌々来た僕の身にもなれよ」

さすがに常識人のローレンスはいまの言葉がラーラの耳に入ってはまずいと、きょろきょろ辺りを見回したが、ちょうどラーラは新作の詩を発表するというミスター・マニンガムを羨望のまなざしで見つめていた。

ローレンスがひそかに胸をなでおろしていると、ヘンリーはやる気をなくしたのだろう、きっちりと結わえていたクラヴァットを少しゆるめた。

「見ろよ、うちの妹《ばか》ときたら、あのでぶなおっさんをあんな目で見つめやがって。『ミスター・マニンガムの詩はいつも素敵だわ』とあいつはぬかすが、鼻で笑ってしまうほどばかばかしい内容ばかりだ。これだから詩は」

「ミスター・マニンガムは言い回しに難しい語句を使うだけだからね。ヘンリーの考えは理解できる。私も同感だ。けれど、情緒があるから女受けがすこぶるいい」

ヘンリーは嘆息した。

「僕はお前が理解できない。さっぱりだ。ラーラが参加しているのに、後でアデルが誘われなかった事実に気づいてみろ。なにが起きるか……。あいつ、毒を駆使しかねないぞ」

それには、ローレンスはすげなく返した。

「構わないさ。ここでラーラちゃんと会えないのはあいつの自業自得だ。今日のラーラちゃんは瞳にあわせた薄紫色のドレスでとてもかわいいのにね。……ふん、ばかな男だ」

「おい、お前がアデルとけんかするのは自由だ。だがな、僕を巻きこむなよ？　絶対にだ。ローレンスは知らないだろう？　逆恨みしたアデルの恐ろしさを……」

「知っているさ。言っただろう？　私はひそかにトリカブトを育てられたことがあるからな」

ローレンスは手に持つワインをひと口飲んだ。それにヘンリーも続いた。

「僕はな、昔アデルをほんの少しいじめただけで、ひとりでは這い上がれないほどの深い落とし穴に嵌められたことがある。まだ幼くちびだったアデルは、あれをこつこつと僕に仕返しをするためだけに掘ったんだ。思い出すだけでもぞっとする。あのときの恐怖といったら……」

話している途中、ヘンリーは瞠目した。

「ああ、くそ。ついてないな」

「なんだ?」とローレンスが問うと、ヘンリーが鼻にしわを寄せた。

「見ろよ入り口。ラーラが夢中な、筋肉だけが取り柄の男がしゃしゃり出て来たぞ。やつめ、文学とは程遠そうな顔をしながら、『文学のつどい』なんかに何しに来やがった」

ヘンリーの視線を追い、ローレンスが顔を向ければ、栗色の短い髪をした、たれ目がちな青年が立っていた。ぴったりとした上着とズボンからは、鍛え上げた筋肉が盛り上がっているのがわかった。

ローレンスは、さあと青ざめた。

「……ボルダー男爵家のバートか」

×　×　×

ラーラはいつになく機嫌がよく、ほくほくしていた。

『文学のつどい』で、ミスター・マニンガムの新作の詩『空をかける虹のかなたへ』を聞くことができたし、そして、バートさまに再会できた。

彼と過ごせたひとときに、幸運を使い果たしたのではないかと思った。

(早くアラベルに知らせたいわ。はじめてバートさまと仲良く会話ができたのですもの)

なにより、あがり症が発症することなく言葉を交わせたことがうれしかった。克服できたような気がして、気を抜けばスキップをしてしまうし、鼻歌も歌ってしまいそうになる。

ラーラはかなり浮かれていた。

が、しかし。

妹のラーラが常夏と言っていいほど、ぱあああと明るい傍で、兄ヘンリーは、さながら木も枯れ果てた厳冬だった。

「今日はなんて日だ……悪夢だ」


一時間ほど前。

「おいラーラ、いい加減にしろ、帰るぞ」

ヘンリーにたびたびせっつかれていたラーラは唇を尖らせた。彼女はまだまだここにいたいのだ。先ほどのミスター・マニンガムのすばらしい詩で感動していたし、あともう少しだけでも余韻に浸っていたかった。

「どうして？　まだ二時間しか経っていないわ」

「ふざけるな、二時間もここにいればもうじゅうぶんだ。あくびが出るほど退屈な朗読会など……僕はもう我慢の限界だからな」

一時間近く前まではローレンスもいたが、彼は突然『気分が悪くなった』と言って帰ってしまった。それからラーラはヘンリーとふたりで詩を聴いている。

「帰るならヘンリーひとりで帰って。わたしはまだここにいたいわ」

「ばか！　付添人《シャペロン》もいないくせにひとりで行動できると思うな」

「わたしはとっくに大人だわ」

「そんなせりふは、せめてあと四インチ（十センチ）くらいは背を伸ばしてから言え。……くそ。ローレンスが帰るときに一緒に出てしまうんだった」

ちっ！　と舌打ちをしたヘンリーは、上着から銀の小さなスナッフボックスを取り出すと、中に入った嗅ぎたばこをつまみ、鼻から吸いこんだ。

「ラーラ、僕をいらいらさせるな。先ほどから僕の勘がここに訴え続けているんだ」

ヘンリーは、とんとんと自身の頭を指で叩いた。

「危険だから、一刻も早くここから去れってな」

ララはくしゃくしゃな顔をして、「なによそれ」と笑った。

「ばか、婦人は笑うときは扇を口もとに当てるんだ。デビュタントの自覚はあるのか」

「だって、ヘンリーがへんなことを言うんですもの。婦人を口説くときにも毎回使っていそうなせりふだわ。『先ほどから僕の勘がここに訴え続けているんだ』」

ララがヘンリーの口調を真似て、自身の頭を指でとんとんと叩くと、とたんヘンリーに鼻を摘まれた。

「くそ、なまいきなやつだな。早く帰らないと面倒なことになるんだ。行くぞ」

無理やりヘンリーに連れられそうになったララは足を突っ張った。

「待ってヘンリー。せめてパンフレットにミスター・マニンガムのサインがほしいわ」

「なんだと？　この期に及んで、あのでぶのサインがほしいだと？　お前はばかか」

「失礼よ。ミスター・マニンガムはでぶではないわ。少しふくよかなだけよ」

兄妹でけんかを繰り広げていると、ふたりは背後から声をかけられた。

「お久しぶりです、ヘンリーさん、ララさん」

低く渋い声が耳をくすぐった。この声を知っている。

胸をとくんと高鳴らせたララは振り返る。そこにいるのは、爽やかに笑むバートだ。

しかし、ララは以前よりもどきどきが薄まっていることに気がついた。どうしてだか顔も熱く感じない。平気なのだ。けれど、それを強く否定する。

(想いが薄まるはずがないわ。だって……わたしはバートさまが好きだもの。ええそうよ、好きなの。だから、毎日練習してきたあのせりふを言わなくちゃだめ。……いまだわ)

普段通りのあがり症すぎるラーラであれば、言葉はすらすら出なかっただろう。

けれど、最近のラーラはアラベルという親友を得て、彼女の友としてふさわしくあるために、さまざまな訓練を自発的にしていた。その成果がいまだった。

「お久しぶりです、バートさま。も……もしよろしければ、アリング伯爵家へ一度、お越しください……。いま……とても珍しいコーヒーや、あの、紅茶が揃っているのです」

たどたどしくなってしまったけれど、それは、アラベル・ド・ブールジーヌの真似だった。ラーラにとってアラベルは憧れで、大好きな人であり、最も近づきたい人だ。

彼女を思えば勇気が持てる。こんなにも――。

「……お前、なに言っているんだ?」

ラーラの隣ではヘンリーが唖然としている。

上目遣いでラーラがちら、とバートを窺うと、彼が目を細めて笑った。

「ヘンリーさん、ラーラさん、お誘いどうもありがとうございます。ぜひ伺わせていただきますよ。楽しみだな。ずっと、おふたりとご一緒したいと思っていたのです」

ラーラは信じられない思いで震える。

（どうしよう……本当に誘えてしまったわ）

『文学のつどい』から帰宅して二時間経過した頃だ。バークワース公爵家の豪奢な馬車がアリング伯爵邸の玄関ポーチにつけられた。とたん、ラーラは執事よりも我先にと、息を切らせて馬車のもとへ駆け寄った。待ちに待ったアラベルがようやく来てくれたのだ。

するといつもは馬丁が扉を開けるのを待つアラベルも、今日は手ずから開け放ち、誰のエスコートもなく降り立った。彼女の品の良いドレスの飾りが揺れ動く。

「アラベル、ずっと待っていたの。いらっしゃい」

「ラーラ、今日も会えてうれしいわ」

ひしと抱擁し合うふたりだったが、アラベルは普段とは違うラーラの様子を不思議に思ったようだった。

「どうしたの？　なにかあった？」

「今日はうれしいことがあったの」

話し始めようとしたラーラの口に人差し指を当てた彼女はやさしく言った。

「ここで話してはだめよ？　ラーラの部屋で聞くわ」

アラベルはラーラの耳たぶに唇を寄せ、「早くふたりきりになりたい」とささやいた。

「わたしもよ」

ラーラはアラベルと手をつなぎ、自分の部屋へと引っ張った。

彼女たちは毎日——すでにかれこれ十日以上、秘密の触れ合いを続けている。親密さは日に日に増していて、いまでは扉が閉まったとたんはじまるようになっていた。

当初の目的は〝練習〟だったけれど、意味合いは少しずつ変わっていた。変えられたと言ったほうが正しいかもしれないが。

そして、今日もふたりははじめる。

ちゅ、ちゅ、と短いキスを下手ながらもラーラがアラベルにしていると、その間にアラベルはラーラのドレスを剝いていく。

かすかな衣擦れとともに全裸になれば、ラーラはアラベルに教えられた通りに彼女の首に両手をかけて、胸を前に出す。未来の夫に胸の愛撫をおねだりする練習だ。

ラーラは、アラベルがくれる刺激も彼女のことも大好きだから、アラベルの指示にはなんでも従った。

「今日もたくさん気持ちよくしてあげるわね。あの言葉を言って」

「ん……。アラベル、あの、わたしを好きにして？」

ラーラが言うと、すぐに胸の突起にくちづけされて、ちゅうと吸われる。そこは、執拗に毎日弄ばれるから、いまだに少しだけ腫れている。

「あっ」

赤い舌で先を舐め転がされ、ラーラは甘い声を出した。

「ラーラ、気持ちいい？」

「んっ。も……もっと、して？　――あっ！」

その直後、胸を揉みしだかれて、激しく貪られる。

ラーラは、アラベルに「気持ちいい？　と聞かれたら、もっとして？　っておねだりするのよ」と指示されている。「どんなことでも恥ずかしがってはだめよ」とも言われていて、ラーラはアラベルに何を言われてもされても恥ずかしがらないようにしていた。

両方散々吸われて、つねられ、甘噛みされれば、ラーラのそれは硬く凝り、ほどなくひりひりしてきた。あきらかに触れられすぎなのだった。

最近のアラベルは、ラーラの胸も秘部もすべてひりひりするまで愛撫する。それは結婚後、妻は夫の求めに応じて一日中行為をするものだから、慣れるための練習らしい。現に、ラーラの〝ひりひり〟の限界はだんだん伸びていっている。

「……ん。もうだめ……ひりひりするわ」

伝えれば、アラベルは行為を中断し、真っ赤な乳首にそれぞれいたわるようにじっくりキスをする。

いつもはそれからラーラの唇にアラベルの唇が移動して、深くつながり合うのだが、ラーラはくちづけがはじまる前に口にした。

「ねえアラベル、今日ね、いろんなことがあったの」

「どんなことがあったの？　聞きたいわ」

アラベルは、軽々とラーラを抱き上げ、ベッドに移動して、ラーラごところりと転がった。ぎし、と軋む音がする。

ふたりは顔を見合わせて、どちらからともなく唇を重ねる。

最初はキスの練習でくちづけを交わしていたけれど、いまではアラベルを見ていると、ラーラは想いが募って自分からキスをしたくなっていた。

「アラベル、大好きよ」

「わたくしもラーラが大好き。ねえ、早く聞かせて？」

「あのね、わたし、今日バートさまに話しかけられたの。そのとき、アラベルのおかげで勇気を出せたわ。だから明後日、バートさまがこの屋敷に来ることになったの」

ラーラは今日の出来事をすべて話した。『文学のつどい』に行ったこと、ミスター・マニンガムの新作の詩が聴けたし、すばらしくて感動したこと、ヘンリーがまたポケットにBのカードを入れられていたこと。

「それでね、今回はカードだけではなかったの。とっても怖いのよ。ヘンリーのハンカチにまで、いつの間にか〝B〟と勝手に赤い糸で刺繍されていたの。そのおかげでいまヘン

リーは打ちひしがれているわ。どうやって刺繍したのかしら。まったくわからないの」

ぺらぺらと話していると、ラーラはアラベルの反応がやけに薄いことに気がついた。

「………アラベル？」

長い金のまつげを伏せたアラベルは、ひどく顔色が悪かった。

「アラベル、大丈夫？」

アラベルは、自身の額に手を当てた。

「……ごめんなさいね、なんだか……体調が悪いみたい。今日は帰るわ」

×　×　×

アリング伯爵家の面々は、アデルにとって、昔から取るに足らない者たちであった。

にっこり笑っていい子を装えば、伯爵も伯爵夫人も気に入ってくれたし、伯爵家の嫡男ヘンリーも、同じく御しやすい少年だった。

そして、その妹のラーラもまた、ばかがつくほど単純の極みで、アデルは当初、アリング伯爵家を単純一族とばかにしていた。

一度、なにがきっかけかは忘れたけれど、ラーラと昼寝をしたことがある。こんなガキと一緒に寝させるなんて、ガキ扱いしやがって！　と腹を立てたのを覚えている。とはいえ、いつの間にか一緒に眠ってしまっていたけれど。

やがてふと目を覚ませば、隣のラーラは、びっくりするほど汗だくで寝ていた。このときラーラは、アデルがいるのに『暑いわ』と、寝ぼけて服を脱ぎ捨てた。

アデルははじめて女の子の裸を見た。ラーラと出会って、ひと月めのことだった。

当時のアデルは、母親に無理やり銀色の髪を伸ばさせられていたし、女の子のドレスしか与えられていなかったため、やけっぱちになっていた。

それでも公爵家の次男だから貴族のルールは知っていた。

（え？　待てよ……未婚の男女が密室でふたりきり……ましてやそいつが裸だったら……責任をとって結婚しなきゃいけないだろ、これ……）

まだ七歳のアデルは愕然と、裸ですーすー寝息を立てる六つのラーラを眺めた。

いままで腹いせにいじめてばかりいたというのに。

（これが、おれの女……）

白い肌、小さな小さな胸の粒、なにをこんなに食べたのか、ぱんぱんに膨れたお腹、ひょろりと投げ出したふたつの脚の間にある秘密の場所。

妻と認識し、改めて観察したラーラは、いままでとは違って見えて、アデルはこの日、はじめて異性を意識して、そして猛烈な欲望を覚えた。

『お前、起きろっ』

がしっとむき出しの肩を摑んで無理やりゆすると、ラーラの顔が歪んだ。

ラーラは『いたい……』とくしゃくしゃな顔をして、やがてゆっくり目を開けた。

黒いまつげがふさりと上がり、見えたのは、色鮮やかで澄みきった紫色の瞳だ。

アデルは息を鋭く吸った。こんなに綺麗で胸を打たれる瞳は見たことがない。

(すごく、すごくかわいい)

『なにをするの……』

そう言って、透明なしずくをひっきりなしに落として泣きはじめたラーラは、天使みたい――否、天使よりもすごく最高だった。

(おれのもの)

一緒に過ごしているうちに、彼女がとてつもなく愛しくなって、ただ、すごく大好きで、手に入れたくてしたことは、すべてが裏目になっていた。気づけばラーラは『ひどいわアデル！　ばか！』と、脱兎のごとくアデルに怯えて逃げてゆく。

『ばかはお前だ！　おれから離れるな。こっちに来い！』

『いやっ！　いじめるもの、いたいことばかりするもの……血だって出たんだもの！』

ただ、キスをしただけじゃないか。

はじめてだったから緊張して、ラーラの唇に唇ではなく歯が当たってしまったけれど。

『今度はうまくする』

（もう失敗しないから、だから……やり直したい）

ラーラが逃げていくのは辛かった。大好きなカエルをあげても泣かせたし、ようやく発見した珍しいミミズを見せても泣かせた。大好物の豆をあげようとラーラのお皿に載せれば、『豆は大きらいなのに……』とまた泣かせてしまった。

でも泣き顔もかわいくて、もっとラーラに夢中になった。

（おれのラーラはかわいい）

ラーラはすぐに逃げていくからつかまえたくて、落とし穴まで追いこめば、落ちた彼女に本格的に嫌われた。

仲直りしたくて、ヘンリーとローレンスに協力してもらい、ブランコに案内すれば、なぜかラーラが座ると同時に綱が切れ、しりもちをついた彼女は声をわんわんあげて泣いた。

『アデルなんか、だいきらいっ！　あっちにいって！　顔も、見たくない！』

だから、アデルはラーラに好かれたくて、ひたすらがんばった。

五年に及ぶ留学も、ラーラに再会する日を夢見て耐え抜いた。

ラーラに少しも怖がられることなく、泣かれることもなく、笑顔の彼女に甘えられ、「大好きよ！」と言ってもらえて、おまけに、毎晩毎晩夢に見続けてきた身体に思う存分触れられたのは、はじめて想いを寄せてから十年経ってからだった。長かった。

しかしながら、留学先で知ったことだが、アデルのあれは息をのむほど大きいらしい。

ラーラの身体にあわせて小さくする方法がないものかと文献を漁ったが見つからず、しかしうれしいことに、大きい方が女性を喜ばせられると知った。奥の奥まで届くそうだ。

アデルは、ラーラが初夜を迎えても怖くないように、一緒に気持ちよくなれるように、自分の欲望を必死に抑えて、彼女に練習という名の勉強を持ちかけた。

じっくり時間をかけてラーラに教えた官能は、彼女も気に入ってくれていた。

アラベルとしてラーラと仲良く過ごす日々は幸せだった。彼女からキスされて、キスを返せば頬を染められ、ラーラの味をあますところなく堪能できた。けれど——。

『アラベル、バートさまがこの屋敷に来ることになったの』

その一言で、アデルの築き上げたものががらがらと崩れた。


僕は、ラーラのなにになりたかったんだ？

親友？　違う。そんなものになりたいわけじゃない。

女として好かれても、愛されても意味がない。

距離を縮めても、肝心の僕とラーラの距離はなにひとつ縮まっていない。

なにをしている？　僕は、大きな間違いをしている——。

# 6章

ラーラは今日、何度めかわからないため息をついた。

親友のアラベルが体調が悪いと言って帰ってからというもの、一夜明けても、その次の日が来ても連絡が何もない。こんなことははじめてで、寂しくて泣けてくる。

毎日アラベルがいて当然だった。一緒にレモネードや紅茶を飲んで、時にはラタフィアを楽しみ、おしゃべりをして、そしてキスをした。

ずっと屋敷に閉じこもっていたわけではない。アラベルの提案で湖畔に行ったり、山に出向いて景色を楽しんだ日もあった。コーヒー・ハウスやオペラに行った日もあった。

近頃は、ふたりでいると常にどきどきしたし、わくわくもして、せつなくなった。

くっついているとあたたかくて、微笑みかけられると胸がきゅうと痛くなり、離れたくない気持ちは日に日に高まった。金色のあの綺麗な瞳でずっと見つめられていたい。

ラーラはアラベルに会いたくて、声が聞きたくてたまらなくなった。しかし、昨日からヘンリーに付きまとい、アラベルについて聞いても、手紙を届けてとお願いしても、バークワース公爵家に連れて行ってほしいと頼んでも、すげなく「いやだね」と拒否される。

埒があかず途方に暮れていたラーラだったが、ヘンリーの姿を認めたとたん廊下を走り、兄の腰に抱きついた。逃げられないようにするためだ。

「わっ、なにをする、放せばか。僕はこれから出かけるんだ。服にしわが寄るだろう！」

「ヘンリー、お願い。アラベルに会いたいの」

「僕はお前の趣味の悪さとばかさ加減にほとほと呆れ果てているんだ」

くるっと振り向いたヘンリーは、ラーラの鼻を指で弾いた。

「痛っ」とラーラが鼻頭を押さえると、盛大にしかめ面をしたヘンリーが迫る。

「いいか、お前はあの筋肉男を選んだんだ。もうじきやつがここに来るんだろう？　お前『文学のつどい』で言っていたよな。『お久しぶりですバートさま。もしよろしければ、アリング伯爵家へ一度お越しくださいませ。いま、とても珍しいコーヒーや紅茶が揃っていますの』ってな。ふん！　ばかが。せいぜいとても珍しいコーヒーと紅茶をあの筋肉とふたりきりで楽しめよ！　僕はごめんだ。筋肉が発する熱で空気がよどみそうだからな！」

ラーラが何も言えなくなると、ヘンリーは、ふう、と嘆息した。

「お前、アラベルに会いたいってことは、バークワース公爵家に行くってことだろう？　アデルが留学先から帰ってきているぞ。それでも行くのか」

その言葉にぴしりと固まれば、ヘンリーは、「ラーラ、お前なあ」と言葉を続けた。

「いい加減にしろ、アデルを嫌いすぎだ。はじめてあいつに会ったときを思い出せよ。はしゃいでいただろう？　お前、あいつをひと目で気に入っていたじゃないか」

「……やめて。はじめてのときのことは思い出したくないの。だって、あのときアデルは初対面のわたしに言ったわ。『だまれブス、その腐ったような色の目は飾りか？』って」

ヘンリーは、声をあげて笑った。

「はは！　ひどいな。でもな、ララ、お前は実際ブスだし腐ったような色の目をしているじゃないか」

「ヘンリー、ひどい！」

「なあ、気づいてないのか？　確かにアデルはひどいことをお前に言ったが、僕だって、いや、僕の方が普段からお前にひどいことを言っている。なにせ口が悪いからな」

ララは兄を見上げた。

「僕はよくお前にぶさいくと言うし、趣味が悪いとも言う。だがお前は僕の言うことをまったく気にしない。それなのに、アデルにされたことはしっかり覚えているし、根に持っているよな。大げさに騒いだりもする。そしてすぐ泣く。どうしてお前はそんなにアデルを嫌うんだろう。……はは、まだガキのお前は気づけないか。十六だもんな」

「ヘンリー、なにが言いたいの？　わからないわ。それに、アデルのことなんて聞きたくない。わたしはアラベルが……」

ヘンリーは、ラーラの額を小突いた。

「わからないよな、ばかだから。昔のアデルは長い銀の髪に、金の目をしていたな。お前が大好きだと言うアラベルはどうだ？　お前が異様に懐いているのはなぜだ？　さあ、ばかなお前は必死に悩め。いままでのんべんだらりと生きて悩まなさすぎなんだお前は。悩み抜いて答えを見つけろ。そもそもお前は間違えているんだ。見ていていらつく」

言葉の終わりに、ラーラはその場にくずおれた。

紫色の瞳は見開かれたまま。そして、ラーラの手はぶるぶると震えていた。

玄関ホールにほど近い廊下でラーラが床に座りこんでから三十分。ようやく彼女は、ゆっくりその場に立ち上がった。

何も考えられなかった。否、考えないようにしていた。考えてしまえば、いままでのことがすべて崩れてしまうような気がした。

はあ、はあ、と息が上がる。だんだん気分が悪くなる。眠りたい。眠りたい。

そのときラーラは鋭く打ち鳴らされたノッカーの音を聞いた。バートがやってきたのだ。足がずっしり重かった。玄関ホールは近いはず。なのに、異様に遠く感じた。気が重い。あれほど素敵に見えていたのに。この人だわ、と思ったのに。どうしてだろう……。

「こんにちは、ラーラさん。今日の会を楽しみにしていましたよ」

その言葉を紡ぐ唇を、ラーラは目で追っていた。縦じわを一本一本凝視する。少しぺりっと薄皮が剝けている。未来の夫を想定してキスの練習をしていたけれど——ぞっとした。

この口にはキスできない。

「だって…………ぜんぜん違うもの」

×　×　×

「お前、なぜここにいる」

背後からの不機嫌な声にヘンリーが振り向けば、すかさずクラヴァットをひねりあげられる。それは息の根が止まりかねない、すさまじい迫力と力を持っていた。実際、ヘンリーは息が吸えなくなっており、頭にじりじりと、危険を知らせる何かがのぼっていった。

「なぜここにいるのか聞いている！」

「いや……いやいや……これ死ぬって。……お、ほん、と死ぬから手を……」

ようやく手が離れて、ヘンリーはがくりと膝から地に落ちた。「はあ、はあ、死ぬかと思った」などと言いながら、恨めしげにアデルを見上げる。

バークワース公爵邸内の応接間にて、アデルは金の髪を無駄にきらきら輝かせていた。午後のまだ早い時間、ちょうど背後にある窓からは、陽が帯状に降っている。

もう女装はやめたのだろうか、アデルは紳士の装いだ。手袋をはめ、乗馬鞭を持っている。これから出かけるのかもしれない。

「出かけるのか？」

「迷っている。……おい、質問をはぐらかすな。ヘンリー、なぜうちにいるんだ。今日はラーラを訪ねてバートが来るはずだろう？　ラーラの傍にいないでどうする！」

ヘンリーはやれやれと肩を竦めた。

「そっくりそのままお前に返してやる。なぜお前、うちに来ないんだ？　いくじなしで怖気づいたか。ラーラに知られるのが怖いか。それとも、妹をあの筋肉にくれてやるつもりなのか？」

「なんだと……？」

アデルがぎりぎりと歯を噛みしめる中、ヘンリーは「ふんっ」と皮肉げに鼻を鳴らす。

「うじうじしていると手遅れになるぞ。いいのか？　なあ、そもそもお前は勘違いをしている。婚約もしていないんだぞ。ラーラはまだお前のものじゃない。貴族の娘はな、言い方は悪いが家の商品なんだ。お前以外にもラーラにふさわしい相手はいくらでもいる」

アデルが絶句した様子を見せると、ヘンリーはにやにやとそれを下から窺った。

「僕はお前を気に入っているが、どうしても弟にしたいわけではない」

ひどく傷ついた目をしたアデルは、じっとヘンリーを見返した。

「お前、この先どうするつもりだ？　いまさら正体を言い出せないか。お前はラーラに嫌われたくないもんなあ。だまっていればあいつはばかみたいにアラベルを慕い続けてくれるぜ？　せいぜいドレス同士でひらひらと仲良しこよししていろよ」

ぶるぶるとわななくアデルが激昂する寸前、ヘンリーがアデルの腕を摑んだ。

「うちのばかな妹はな、昨日からお前が来ないってうじうじしていた。ずっとお前を心配しているんだぜ？　あいつ、本当にばかだから夜通し起きていたようだ」

「……え？」

「ラーラはガキな上に察する能力が低いし、現実をうまくのみこめない。友人がいないのも災いして、その辺は情けないことに幼児レベルだ。アラベル・ド・ブールジーヌは、あいつのはじめての親友なんだからさ、事態を教えて納得させてやれ。女は面倒な生き物なんだ。……まあ、いまから行っても、ラーラは筋肉男をおもてなし中だが」

ヘンリーは、アデルが瞠目するさまを見ながら笑った。

「男と女だ。間違いが起きていなければいいが。……おっと、ラーラはバートが好きなんだった。いまごろどうなっているんだろうな？　キスくらいはしているかもな」

「――くそ！」

アデルがバートに対して悪態をつきながら出て行くのをヘンリーは愉快そうに見送った。

「まったく、僕もお節介がすぎるぜ。やることなすこと天使すぎやしないか？　死んだら間違いなく天国行きだ」

ヘンリーは自身の行いに満足していたが、しかし親友ローレンスがアデルと入れ違いにやってきて、いかに自分がすばらしいかを自慢すると、とたんに雲行きが怪しくなった。

だまって聞いていたローレンスは言った。

「ヘンリー、お前、アデルとラーラちゃんの仲は公認なんだな。てっきり私は貞操を守らせる側だと思っていたが」

「は。なにを言っている、守らせる側だが。アデルはああ見えて常識人だし、潔癖なところがあるだろう？　結婚まで一線は越えないと断言できる。というのもローレンス、あのふたりはな、十日以上ちちくり合っていながらいまだに何もないんだぜ？　召し使いに確認したが、ラーラのシーツは至って異常なしだ。あいつらはまだまだ尻の青いガキさ」

「甘いなヘンリー、お前は私の弟を何もわかっちゃいない。火に油を注いだだけさ。私は、アデルは必ずラーラちゃんを抱くと思うが。……うん、賭けてもいい」

ヘンリーは、「は…？　どういうことだ？」と声を裏返らせた。

「あいつはいままで貞操を考えて我慢していたんじゃない。つつがなくラーラちゃんを抱けるように仕込んでいただけさ。結婚という制度などアデルには関係ないんだ。なぜならあいつは、七歳の頃からすでにラーラちゃんを妻とみなしている。すでに自分は夫だと思っているんだ。つまり、あいつの中で貞操を守る必要性がない。あとであいつが七歳のときに描いた絵を見せてやろうか。タイトルはな、『おれの妻ラーラ』だ」

「はあ!?　妻だと？　どう考えてもおかしいだろ！」

「忘れたのか？　あいつに常識は通用しない。自分基準で生きているんだ」

ありうるな……と妙に納得してしまったヘンリーは、答えにつまった。

「アデルはいまメイシー伯爵邸を改装中だろ？　あの屋敷を見てきたが、あいつ、完成後は一日中子作りする気でいるぞ。やたら豪華な夫婦の寝室が五つもあった。奥に小さめの別館も建設中だが、あれは館全体が寝室と考えていい。温室や図書室にもベッドがあった。それに、食事しながら寝られる部屋もある。子作りの家だ」

「卑猥だな！　セックスの比重が大きすぎるだろ。まるで生活がおまけじゃないか」

ローレンスは、ヘンリーを慮るようにその肩を叩いた。

「お前の言いたいことはよくわかる。貴族としての体裁もな。だがヘンリー、あいつはまだ十七なんだ。お前が十七のとき、なにを考えていたか思い出せ」

ヘンリーは、ぞんざいに自身の黒髪をくしゃくしゃとする。

「いま、急に自分が情けなくなってきたな。一日中セックスのことしか考えてなかった」

「……お前だけじゃない、私もさ。情けないことにな。世の男の共通項と言える。それだけ性の目覚めは恐ろしいということだ。男の知能をゼロに等しくする」

ヘンリーは、片手で両目を覆った。

「大変だ、アデルは悪魔だ。こうしちゃいられない……」

「しかしまあ、我が弟ながら本当にあいつは優秀なんだ。ラーラちゃんはアデルのものになったら最後、大変だろうが、世界で一番大切にされるし愛される。ある意味幸せさ」

「だまれ、その愛し方が問題だ！」

ヘンリーはローレンスの手を引き、応接間を飛び出した。

× × ×

アデルは、ラーラの親友でいては意味がない、だめだと思い知ったときから、ラーラの前でアラベルになるのはやめようと決めていた。けれど、一昨日ラーラと別れてから、〝アデル〟としてどう再会すべきか考えあぐね、結果、がんじがらめになっていた。

片時も離れず、ラーラの傍にいたいのに、行けない自分が歯がゆくてむしゃくしゃしていた。だが、ヘンリーの言葉がヒントになって、ようやく答えを見出せた。

アデルはラーラと新たな関係をはじめるために、アラベルとして会いにゆく。彼女の前でアラベルを脱ぎ捨て、アデルとなって前に立つ。そしてラーラを手に入れるのだ。

アリング伯爵邸の錬鉄の門に近づくと、アデルはずいぶん手前で、馬車の天井を銀のステッキで叩いた。紳士が行う、止まれの合図だ。

「……アデル坊っちゃま、このような手前で降りられるのですか？」

馬丁頭が問うのも無理はない距離だ。アデルは彼の手を借りず、ドレスをつまんで貴婦人らしく地に降りた。手にはトランクをひとつ持っている。

「おい、コーマック。いまはアデル坊っちゃまでも構わないが、ラーラの前でそれはやめてくれよ？　お前は一旦帰っていい。だが、夜中にもう一度ここに来てくれ。次は車寄せに止めるんだ。三十分ほど待って僕が来なければそのまま引き返していい」

コーマックは首を傾げたけれど、「かしこまりましたアデルさま」と頭を下げた。

アデルは冷静さを取り戻すために、あえて手前で降りたのだった。逸る気持ちのまま突っ走ってしまえば、過去の経験からことごとく失敗すると知っている。

伯爵邸の敷地に入り、裏庭を突っ切った。ラーラの部屋に近づいたアデルは、指を輪にして口に含み、『ピィ』と鳴らした。

すると、ほどなくラーラの愛犬ダミアンが、はっ、はっ、と息を切らせて駆けてきた。

アデルがポケットから出した干し肉を放ると、高く飛んだダミアンは華麗に口でキャッチする。そのまま無言で指を鳴らせば、お行儀よくその場に座った。

「食ってよし」

指示に従い、がつがつと干し肉を嚙みしだくダミアンを見ながら、アデルは口の端を持ち上げる。ダミアンは、アデルが手を向けると、いかにも撫でてほしそうに、そこに「クゥーン」と自分の頭を近づけた。

「だめだ、いまはお前を撫でない。その前にひと仕事してもらう。僕に気に入られたければ見事こなしてみせろよ。言っておくが、許可なくラーラに近づくのは許さないからな」

目を細めたアデルは、ダミアンに向けて顎をしゃくった。

「行け」

指示した先では、紅茶用の食器を運ぶ召し使いが、応接室に入ろうとしていた。

×　×　×

ラーラはしょんぼりしていた。

いままでこんな事件は起きたことがなかったのに、いきなり応接室に乱入してきた愛犬ダミアンが、バートのお尻にがぶりと嚙みついたのだ。

バートはその狼藉にかんかんになり、腰に差す軍刀でダミアンを切ろうとしたが、タイミングよくラーラを訪ねてきたアラベルが、あわやのところでうまく事を収めてくれた。

バートは治療のために伯爵邸を去り、いまはアラベルがラーラの隣で慰めてくれている。

「大丈夫よ、ラーラ。バートさまはまた来てくださるわ」

と、アラベルが励ますけれど、ラーラが落ちこんでいるのはそのことではない。やさしいダミアンがいきなり人に噛みついた事実がショックなのである。以前からヘンリーに『今度この狂犬が人を噛んだら処分するからな！』ときびしく言われていたのだ。

（どうしよう。ダミアンはわたしの大好きな友だちなのに）

ラーラは、「ダミアン……」と、抱きしめようとしたけれど、ダミアンはすげなくすっとその手を避け、立ち去ってしまった。

（なにが起きたというの……）

じわじわと涙が滲み出したラーラの頬を、アラベルがちゅ、と吸ってきた。

「ラーラ、泣かないで。いい子だから」

「アラベル……わたし、あなたのことずっと心配していたの。体調はどうなの？」

「とてもいいわ。ね、ラーラのお部屋に行きましょうか」

妖艶に笑んだアラベルは、ラーラの耳もとでささやいた。

「今日はね、趣向を変えて試してみたいことがあるの」

ラーラが顎を上げると、つんと鼻を押される。

「泣きやんだわね」

「……ねえアラベル、いつもわたしばかり気持ちよくなっているわ。アラベルは？」

「今日はわたくしも気持ちよくなるわ。ラーラ、がんばれる？」

ラーラは頷いた。これまでアラベルに従ってきた行為はすべて気に入っていたから大丈夫だと思った。それに、大好きな人が相手なのだ。なんでもできると思った。

「がんばれるわ」


内心ラーラは安心していた。一昨日と昨日はアラベルのことが心配でたまらなかったけれど、今日は、いつもと変わらず綺麗なアラベルが傍にいる。

今日のアラベルはいつになく激しくて、深いくちづけでラーラをとろとろに蕩かせたあとに気づかぬうちに全裸にして、ラーラの両手をりぼんで拘束してしまった。趣向を変えるというのは本当のようだ。

「なんだかこうされていると、どきどきするわ」

と、はしゃいでいたラーラだったけれど、胸の先をあっという間にひりひりの状態にされ、アラベルが脚の間に顔を埋めはじめてからは、不安になってしまった。

ラーラは眉根を寄せて、何かにすがるように空気を求めた。

「あ……あっ。ふ……アラベル……、ん、激しい……。いつもより……あ」

びくびくと秘部は常に痙攣していて、もう何度も達している。あきらかに、いつもよりもアラベルは急いているようだった。ラーラは得体の知れない波にのまれそうだ。

「なんだか……怖いわ」

「ラーラ、ごめんなさいね。一昨日からあなたに触れてなかったから、三日分のあなたをもらっているの。今日は激しくしたい。ラーラはいままでずっと練習してきたから、わたくしについてこられるはずよ。だって、今日のために、ラーラはいろいろ身につけたのですもの。成果を見せて？」

「……アラベル……」

ラーラの心臓は、どく、どく、と鼓動を速めた。

ふいに、兄ヘンリーが去り際に残したせりふを思い出したのだ。

『お前、なぜアラベルが好きなんだ？　やさしいから？　構ってくれるから？　頭を撫でてくれるから？　……それだけか？　本当に？　お前はそろそろ自分に向き合え。気づいているんだろう？　でも、気づかないふりをすればあいつはお前の理想のままでいてくれる。お前、認めたがらないけれど、あいつが大好きだもんな。昔から』

ラーラはぶんぶんと首を横に振る。すると、まなじりから涙がこぼれ落ちた。

(ちがうっ。知らないもの。わたしは――何も)

「ねえラーラ、前に教えたとっておきの言葉があるわよね？　それをいま言って」

アラベルの声に、ラーラはこくりとつばをのむ。とっておきのその言葉は、いくら鈍感なラーラでも言ってはいけないものだと知っている。特に、いまは。

「ラーラ、言ってくれるわよね？」

「アラベル……でも……」

「でもじゃないわ。どうしてもいま聞きたいの」

アラベルは、べろりとラーラの秘部に舌を這わせた。

「んぅ……っ」

ラーラは目を閉じた。

「アラベル……わたしを」

紡ごうとした声が震える。言っては、だめなのに。

けれど、与えられる淫らな刺激がラーラを絡め、翻弄し、未知の先を求めさせる。

「聞こえないわ」

「あ。う……。わたしを……あなたに、あげる」

「もう一度言って？」

ラーラは、ふう、ふう、と息をして同じ言葉を口にした。

「わたしをあなたにあげる」

「ラーラをわたくしにくれるのね？　ええ、もちろんもらうわ」

「あ、……あの……」

ラーラの胸は、壊れそうなほど脈打った。息が、苦しい。

「でももうひとつ、言葉を忘れているわ。ラーラ、言ってくれる？」

「ん………わ、わたしを、好きに……して」

「声が小さいわ。もう一度」

「わたしを、あなたの好きにして……」

「ええ、いまから思う存分好きにするわね。たくさん果てましょう？」

突如、鋭く貫いた快感に、ラーラは紫色の目をめいっぱい見開いた。

×　×　×

ろうそくの明かりで、ラーラの汗がきらきらと照っている。目は時々涙をぽろぽろこぼし、しずくは帯を引いて伝う。ラーラは快感によがってむせび泣いていた。

アデルは、そのあまりの艶めかしさに、ああ、綺麗だと純粋な感動を覚える。

ラーラはアデルに秘部を押しつけ、腰をくねくね振っている。気持ちがよくて、もっとほしいのかもしれない。彼はひくひくしたそこに舌を這わせて、さらにラーラを刺激した。

「違って？　ラーラ、ぜんぜん足りない。早くのませて？」

「う――、あぁ……あ！　んっ」

（痛くないように、もっと、もっと、前後不覚になればいい）

ぷちゅ、と秘部から蜜のような液があふれて、ラーラは淫靡に震える。幾度となく果て、アデルはそれを、残らずねっとり舐め尽くす。

「おいしい。もっとちょうだい」

「あ、……んぅ、ふ」

「ラーラ、いま、なんて言った？」

「んっ。お、……奥」

「奥？」

「……すごく、うずくの。……だめ、く、苦し」

アデルは「指はどうかな」と、長い指を秘部に埋めていく。いつも少しずつ慣らして広げていたそこは、素直にアデルを受け入れる。かき混ぜたり二本入れたり、奥を目指してほじくった。けれど、ラーラは首を横に振る。

「ふ。……んぅ！」

アデルは愉悦に目を細めた。

「こういうときは、なんておねだりするんだった？　言ってみて」

「ん……う。あ。いっぱい、して……？　……いっぱい……、あっ」

「いっぱいするだけでいいの？」

「あ。……ぐ、ぐちゃぐちゃに……いじめて？」

「うん、わかった。いじめるよ」

やがてさらに行為が進めば、彼女は熱に浮かされたような甘い嬌声しかあげなくなった。

「ラーラはかわいい。いつだって、どんなときでも僕を狂わせるんだ……」

アデルは頭をもたげる欲望と戦いながらラーラを見つめていた。

「う、っ。ラーラは、限界だよね。そろそろ入れるよ？」

玉の汗を浮かべるアデルも、とうに限界を迎えていた。痛いほどに欲望が肥大し、これまでにないくらいに張り詰めて、もうしまっておくのは無理があった。

「なんだ……これ。我ながら大きいな。ごめんねラーラ」

アデルは苦しげにうめきながらつぶやいた。

「は。……好きなんだ。昔から……ずっと好きだし本当に、愛してる……」

アデルがひそかにスカートの中で解放させたそれは、すでに先の行為を期待して、先端からぽたぽたと液が滴っていた。それは、糸を引いて落ちていく。

「ラーラ、――は。おれ、……悪い、もう入れることしか考えられない。一緒に……気持ちよくなりたい」

アデルは小刻みに身体を震わせた。

「本当に……好きなんだ。ほんとおれ、お前だけを愛してて、ずっと……昔、からお前を想って、毎晩お前で自慰してた……いや、待て。こんなばかなことを伝えたいんじゃない。……ああ、くそ。とにかく、おれはラーラだけなんだ。お前のことしかもう……あ、だめだ。プロポーズがぜんぜん考えられない。――くそ。いいか、責任取るから、お前をおれのものにする！　一生離さないから！」

獣のような、研ぎ澄ました瞳をしたアデルは、はあ、はあ、と肩で息をした。

スカートを腹までたくし上げ、自身に添えたアデルの手がわななく。

その震えは、はじめて性交する怖さでも緊張でも武者震いでもなかった。

腰の奥からせり上がり、背すじを駆けのぼるのは形容しがたい歓喜だ。

「……はぁ。……おれ、こんなにもラーラが好きなんだな……」

ぐちゅ、と、ラーラの秘部に、いまにも弾けそうでぱんぱんな先をあてがうと、それだけでじりじりとしたせつなさが生まれる。先から伝わる彼女の熱に、目頭が痛くなる。涙がこぼれそうになり、アデルは瞬きで散らした。

彼は両手でラーラのあわいを開くと、その間にぐぐ、と自身の切っ先をめりこませた。手を離せば、小さな花びらにぴちゅと包まれ、彼女に抱きしめられているようだと思った。

そのままアデルはラーラの腰を持ち、ぐっ、ぐっ、と腰を前に動かした。アデルの動きにあわせて、弾き出されたようにラーラもずっ、ずっ、と揺れ動く。

ラーラは汗だくで、白い肌の上をつるつると手が滑ったけれど、角度を変えたり両脚を抱え直しては、アデルは何度もラーラに挿入しようと試みる。

「ん……難しいな。やっぱり大きすぎる？」

アデルが腰を回してラーラに入れる角度を探っていると、途中でぬる、と滑り、奥へ向かう位置がわかった。

目を閉じた彼は、思いっきり深く、腹の底から息を吐き出した。そして、ありったけの空気を吸いこむと、息をぴたりと止める。その腹の力を利用して、昂ってはちきれそうな欲望を、ラーラに少しずつ、けれど確実に埋めていく。

「うっ、……ラーラの、なか」

途中、ラーラのぎゅうぎゅうに狭い膣道が、信じられないほどアデルを締めつけ、官能を刻む。彼はぎりぎりと歯を嚙みしめて、必死に射精感と戦った。

「ラーラ、はあ、………好きだ」

渾身の力をこめて、顔をくしゃくしゃにしたアデルは、奥を目指して突き進む。額やこめかみには玉の汗が浮き、それがラーラに落ちていく。

「はあ、は。……ふ。やっと……は、三分の一」

いま、アデルはラーラを見る余裕がなかった。奥まで入れることでせいいっぱいだ。

「は、あ。……はあ。うっ、……気持ちいい……。おれ、がんばるから」

とにかくラーラの中は、アデルにとって、天国であり地獄だった。襞が複雑にざらざらと刺激しては射精を促し、搾り取ろうと、すさまじい誘惑を仕掛けてくる。ぎゅうっと巧みに締めつけられて、堪えるほうが無理だった。

「あ、あっ！」

直後、アデルは耐えられず、道半ばでこぼすように果ててしまったけれど、これはラーラの奥ではないから、行為の数に入れないと決めた。完全な奥でなければだめなのだ。

「ラーラ………好きだ」

やがて少しずつ奥に向かい、腰を一突き、ぐっ、と押し出すと、念願の最奥と先がくっついたのがわかった。根もとまでラーラの中だ。

「……やっ…た。ひとつに…――あっ」

アデルは金色の目をかっと見開いた。

「う。……く………出る」

どくどくと感動と快感にむせぶ猛りは、アデルの思いとは別なところで、ラーラに積り積もった熱をぶちまける。それは、アデルが生まれてからこれまでを振り返ってみても、この上なく幸せで気持ちのいい体験だった。

ラーラの最奥が直接自身に口をつけ、おいしそうにのむのがわかるのだ。

あまりにぞくぞくしてアデルの肌は粟立った。

「――は。ラーラ……おれのもの」

×　×　×

ぎぃ、ぎぃ、とラーラのベッドが軋んでいる。

周りを囲む天蓋の薄布も、風を含んでゆらゆられている。

ラーラのぷっくり膨れた唇は常に熱を持ち、中は執拗な舌に凌辱されていた。唾液をゆっくり交わし合い、もう、境目がわからないほどとろとろに溶けてしまいそうだった。

上で深くつながって、下ではもっと奥深くで、離れられないほどひとつになっている。

普通は届かない深い深い位置にある、ラーラの秘密は暴かれた。淫靡な刺激に、ラーラの両の胸先はふるふる震え、時折それは、励ますように、上からそっと、指の腹で撫でられる。部屋に響く規則正しい軋みにあわせ、ラーラも一緒にゆすられていた。

それは、抽送されていると言うより、深々と最奥をえぐられたまま、子宮の口をふにふにと硬いものでつぶされ、感じるところをこねられている状態だった。

ゆっくり、ゆっくり、腰が動かされている。それがとんでもなく気持ちいい。あまりの官能に、叫んだり、声をあげるけれど、唾液と息ごと食べられた。お腹の奥は灼熱の怒張で、びくびくと常に喜ばされていた。時折、熱いものを注がれる。自分はそれを搾り取っているようだった。

ラーラはいま、何が起きているのか知っている。けれど、認めることができないでいた。それに、アラベルも何も言わずに、ラーラに愛おしそうにくちづけては、いたわるようにお尻やお腹をなぞりあげ、下腹にある官能の花芽にやさしく触れてくるだけだ。

はじめてなのに、痛みがあるのは入り口だけだった。あまりにも太いそれに、いまにも裂けそうだった。けれど、アラベルはそこをこすらないから痛みにじゅうぶん耐えられた。

ラーラの両の手首にはりぼんが巻かれたままだった。それは、ゆるく結ばれているだけで拘束力などない。だがラーラは少しも外そうなどとは思わずに、すべて任せきりだった。

ラーラのおぼろげな思考は少しずつ晴れていた。一瞬たりとも気を失っていなかったから身に起きたことを知っている。

アラベルが、自身の下腹部につくものを入れたことも、彼女が〝わたくし〟ではなく〝僕〟や〝おれ〟と言ったことも、全部、全部、知っているし覚えている。

ただひたすら快楽まみれで、喘ぐことがせいいっぱいで、思考を隅に追いやっていた。けれど、すべて聞いていた。

いまも、快感に打ち震える中で、魔法が解けてしまうことを恐れ、悲しくなっている。

アラベルが、真実を告げた時点で、ラーラの夢の世界は終わる。

本当は、前から知っていた。抱きついたときに見た、首の後ろの古い傷。それは木から降りられなくなったラーラを助けてくれたときのものだ。それから、右手の薬指と中指の間に小さなほくろがあることや、昔見た笑顔といまの笑顔が同じだったこと。

アラベルと抱き合ったとき、たびたび彼女の下腹にある硬いものが当たっていたこと。アラベルが、せっせとラーラの中を広げようとしていたことも知っていたし、中になにを入れたいのかも知っていた。けれどすべて気づかぬふりをした。

胸にせつなさがこみ上げてきたラーラが、ぐす、と洟をすすると、アラベルがぴたりと律動を止めた。彼女の肉厚の舌が離れてラーラは一抹《いちまつ》の寂しさを覚えた。

(終わってしまう)

ラーラを挟んで手をついて、身を起こしたアラベルは汗だくで、銀の長い髪を乱していた。思えば、彼女はドレスや髪を乱していたことがない。今日がはじめてのことだった。

互いの唇は離れても、いまだふたりは下でつながり合ったままだ。

「……ラーラ。泣いてるの?」

ラーラは首を振って否定する。すると、アラベルはラーラの手首のりぼんを解いて、床に放ると、長い金のまつげを伏せた。

「ラーラ……わたくしは……ラーラに言わなければいけないことがあるの。でも……仲良くなれたことがうれしくて、幸せで、この関係を変えるのが怖くて……」

こちらをのぞくアラベルの顔が、くしゃりと歪む。

ぽた、ぽた、と上からしずくが滴った。あたたかい。それは、ろうそくの光をあびて、きらきらと水晶みたいに綺麗だった。

その涙も綺麗だけれど、もっと綺麗なのはアラベルの顔だった。しわを寄せて頼りなさげにくしゃくしゃなのに、ラーラは綺麗だと思った。はじめて泣き顔を見せたあの日のように。

「…………ごめん」

ラーラがアラベルの頬に手を伸ばせば、そのままそこに頬ずりされた。手が、アラベルの涙で濡れて、ラーラはそれを見つめたあとに、金色の左右のまつげを指でなぞった。

「ラーラ……ごめん」

「アラベル、泣いているの？」

「……ん……泣いていないと言いたいけれど……この状態だと無理ね」

「泣かないで。……いいこだから」

ラーラはアラベルの髪に触れ、頭をそっと撫でつけた。するとアラベルは肩を震わせ、さらにぽたぽたしずくを落とし、ラーラを濡らす。

「どうすれば、アラベルは泣きやむの？」

「ただ……謝りたくて。ずっと。……ごめん」

アラベルは、ラーラの手を取り、その甲にゆっくりくちづけた。手首にも。

「ごめんね……、ラーラ、話を聞いて。わたくしは」

ラーラはアラベルの唇に人差し指をのせた。

「……あのね、アラベル。わたし、知っているの」

一旦ラーラは目を閉じて、過去を思い起こして目を開けた。

再会してからこの人の、手や唇から伝わってきた感情を知っている。

だからいま、自分はこうして落ち着いていられるし、取り乱さずにいられる。

「アデル」

ラーラを組み敷くアラベルは、見るからにびくっと固まった。

いつもラーラにいじわるのかぎりを尽くしてきたアデルは、いまは借りてきた猫のようにしゅんとしていておとなしい。ラーラの中にいる彼は依然として元気なままだけれど。

「ラーラ、知っていたの……」

「……アデルのばか。わたし、昔からあなたに『ばかばか』って言われていたけれど、ヘンリーにも言われていたけれど、結構鋭いのよ。ばかなのはアデルのほうだわ」

アデルは顔をくしゃりと歪めて、ラーラに覆いかぶさった。いままで女を装っていたからこれまで加減していたのだろう。いまは男を隠さず、力強い抱擁だ。

「ラーラ、大好きだ！　離れたくない……僕を嫌わないで！」

「ばかなアデル。なによ、……わたし、ずっと、嫌われていると思っていたのに」

そう、だからラーラはアデルを嫌った。その名前を聞きたくないと思っていた。

「アデルがわたしのこと……こんなに好きだなんて」

「うん、好き。僕はばかなんだ。どうしてか、君の前では世界で一番ばかになる」

「どうしてわたしにいじわるしたの？」

「……好きすぎて」

「なによそれ！」

ラーラはアデルの頬をぎゅっとつねった。かつて自分がされてきたように。

「とっても傷ついたのよ！　アデルに嫌われてるってすごく傷ついたのよ！　わたし、あなたがいじわるするから、自分は何をやっても人から嫌われるんだって思って、怖くて、いつの間にか人前に出られなくなったんだから。アデルが、全部アデルのせいだもの！」

「ごめん……ラーラ。僕のせいだ。ずっと謝りたかったんだ。ひどいことをした」

「そうよ、本当にアデルにはひどいことをされたの。たくさん数え切れないくらいにありすぎて、どれがひどいだとか例をひとつもあげられないくらいに、いじわるをいっぱいされたわ。思い出せば、身の毛のよだつことがたくさん出てくるもの。いまだに夜中にひとりでトイレに行けないのは、あなたのせいなのよ！」

「ラーラ、ごめん。でも、僕は君が好きなんだ。昔からずっと好き。すごく好きだ」

こみ上げる感情に身を任せ、ラーラは鼻をぐすぐす鳴らした。ついには、声に出して、わあわあ泣いた。ラーラはアデルと出会ったばかりの子どもの頃に戻っているのだ。

「僕は……どうしたらいい？　君が好きすぎるんだ」

「知っているわ。だってアデルは『好き』ばかり言うから、今日だけでも百回以上聞いたもの。だからわたしはアデルを怒りたいのに怒れないのよ。もう怒ってしまったけれど」

アデルは唇に笑みを浮かべて眉根を寄せた。

「どうして再会してから、人が変わったようにわたしにやさしくしたの？　どうしてわたしに触れてくるとき、ごめんねって伝えるみたいに、許しを乞うように触れたの？　わたし、アデルに復讐してやるって、ずっとずっと恨んでいたのに。アデルがとってもずるいから、わたしちっとも怒れない。許すしかないしきらいになれない。いまわたし、怒っていないわ。それだけじゃない。わたし、アデルが好きだもの。ううん、いままでのいじわるがどうでもよくなるくらいに、すごく大好きだもの。こんなの……ひどいわ！」

うっ、うっ、と泣くラーラが両手で顔を覆うと、すかさずアデルに手を外された。

こんな顔、見せたくないのに。

「泣いているのになにをするのっ」

過去の経験から、またいじわるをするつもりね、とラーラが構えれば、予想に反してアデルがちゅ、と唇にキスしてきた。

「ラーラ。僕が大好きなの？　本当？」

「大好きよ。わたし、あなたと違って嘘なんてつかないわ」

「うん知ってる。ラーラは嘘をつかない。天使みたいに純粋で素直なんだ」

「アデルは嘘ばっかり。悪魔みたいですごくひどい」

話しているあいだじゅう、アデルが「好き」と、短く唇を押しつけてくるので、ラーラは調子が狂ってしまう。

「うん、僕は悪魔みたいにひどいね。ひどいついでに、ひとつお願いを聞いてくれる？」

「……なに？」

「いまから君を抱き直したいんだ」

「どうして？」

「ラーラが好きだから。すごく愛しているんだ。……それに、両想いだって知ったから」

ラーラは考えたり悩んだりするそぶりを見せたが、断る気はなかった。はじめから。

あれを人はひと目ぼれと言うのだろう。アデルはラーラがひと目で好きになった人なのだ。

「……もう、わたしをいじめない？」

「うん、いじめない。約束する」

「これからは、うんとやさしくしてくれる？」

「うん、やさしくする。僕は、君だけにやさしくしたい」

顎を引いたラーラは、頬をぽっと赤くして言った。

「ん、それならいいわ。……わたしをアデルの好きにして？」

「うん、好きにするよ」

幸せそうに笑ったアデルは、ラーラの頬を両手で包み、唇に唇を重ねてきた。そして「うれしい」と、深く熱く息を吐く。

「ねえラーラ、覚えているかな。昔、四つ葉のクローバーをくれたよね」

ラーラはアデルの瞳を見つめる。まだ小さな頃、アデルの誕生日だと聞いて、半日かけて探した四つ葉のクローバーのことだろう。彼が大好きだから張り切ったしがんばった。

そのとき彼は、『こんなみすぼらしい草なんかいるかよ』と言ったのだ。

とっても傷ついて、以降クローバーは苦い思い出がつまっているから嫌いになった。

「……どうして？　いまさらそんなことを言わないで。悲しくなるから」

アデルは、伏せていた目をゆっくりと上げた。

「ずっと言いたかったんだ。僕のためにがんばって探してくれてありがとう。あのとき、僕はばかだったから言えなかった。でもね、本当はすごくうれしかったんだ」

ラーラは目を見開く。

「あれはいまでもずっと僕の宝物だよ。あれがあったから、留学先でもがんばれた。君が幸せをくれたから……ラーラ、今度は僕が君を幸せにする。永遠に」

頭が働かなくなり、ぼうぜんとしていると、アデルが顔を真っ赤に染めた。

「どうしてそんなぽかんとしているの？　いま、プロポーズをしたんだけどな」

「え……？」

いまだにうまく反応できないでいると、今度はねっとりくちづけられた。

「愛してる、ラーラ。僕の気持ちがちゃんと伝わった？」

みるみるうちに、ラーラの紫色の目が滲む。

「ばか。…………ちゃんと伝わっているわ。わたしも愛しているもの」

「うん、僕も。じゃあ、もう一度言ってくれる？　僕の目を見て」

ラーラは言われた通りに、アデルと見つめ合いながら言った。

「愛しているわ」

「うん、僕も愛してる。でも、それじゃなくてもうひとつのほう……。ごめんね、限界」

察したラーラはこくんと頷いた。

「わたしをアデルの好きにして？」

×　×　×

アリング伯爵邸では、ヘンリーが慌ただしくラーラの部屋を目指していた。

無論、暴走するであろうアデルを止めるためだった。

途中、ラーラの愛犬ダミアンが邪魔しに来るも、ヘンリーがハンカチをボール状に丸めて遠くに投げると、彼はそちらに向かって駆け去った。そのあたり、ヘンリーはうわ手だ。

しかし、ラーラの部屋に近づいたとたん、自然に足が止まってしまう。

愚かな妹たちが恥ずかしげもなく、大声で話しているからだ。

「アデルのばか…………あっ！　もう、そんなに激しくしちゃ。――ん、あっ」

「ラーラがかわいいのが悪い。世界で一番大好きなんだ。ほら、奥だよ。気持ちいい？」

「んっ、……あ……奥。どうしよう、また達っちゃう」

「――は。おれも。一緒に達こ？」

膝からくずおれたヘンリーが、がっくりと両手を床につけると、歩み寄ってきたローレンスにその背をぽんぽんと叩かれ労られた。

「うん。何か……あの……うちの弟がごめん」

「ごめんなんかじゃ済まないぞ！」

ぎりぎりと奥歯を噛んだヘンリーは、ラーラの甘やかな嬌声のなか、目頭をつまんだ。

「最悪だ……。くそっ、途中で馬車が故障さえしなければ……」

「これだけ盛《さか》られてしまえば、私もヘンリーも早めに伯父さんになりそうだね」

「だまれ、頭痛がする」

ヘンリーが、こぶしを床に打ちつけたときだ。ラーラの高く極まる声が聞こえた。

# 7章

　このところ、ヘンリーは上機嫌だった。

　ラーラが純潔を失ったのは予想外であり、父に監督不行き届きの責任を取らされ、無理やり知らない娘と結婚させられると怯えていたが、解決策を思いついた。彼の長所は、落ちこんでもすぐに復活するところにある。根っからの楽天家《オプチミスト》なのだった。

（ふん、嘘もつき通せばまことになる。あのばか娘とアデルをだまらせればいいだけだ）

　ラーラとアデルは、いまだ処女と童貞として、それをふたりの結婚までごまかせば済む話。ヘンリーはひとり「うん」と頷いた。もちろん先日、ローレンスにも頷かせた。

　すでに伯爵邸内の召し使いたちにも手を打った。破瓜の痕跡が残るシーツも消滅させた。父に知られさえしなければ、いまのまま気楽に暮らせる。ヘンリーは、ローレンスやアデルのように特定の婦人を好きになったことがないため、結婚に何の意味も見出せなかった。もちろん爵位を継ぐ者として、いずれ子は必要だとは思っているが。

　ヘンリーは椅子に座るラーラを見やり、幸いうちの妹はばかだ、とほくそ笑む。

なにを考えているのか、ラーラは紳士の正装姿で会いに来るアデルを、いまのところ、ことごとく門前払いにしているのだ。いつだったか、留学先から会いに来ていたアデルを仮病で門前払いにしていたときのように、なぜか頑なに会おうとしないが。それでも、あのときとは違い、花やハーブのたぐいは受け取っているらしいが。

ともあれ、こんな調子だから、父もまさかふたりが深い仲だとは思うまい。アデルがいささかあわれだが――。

「おいラーラ、お前、なにを考えているんだ？」

ヘンリーは、レモネードを飲むラーラに声をかけた。せっせと刺繍の練習をしているらしいが、決して器用とは言いがたい出来栄えだ。

「わたしね、アデルのハンカチ全部に刺繍をしてあげたいの」

「それは…………気の毒だな。……いやいやいや、そうではなくて。お前、アデルを門前払いにしているだろう？　なぜあいつに会わないんだ？」

言っている間に大方予想がついたヘンリーは、ぞんざいに手を払って、部屋にいる召し使いをすべて退室させた。そして、ラーラの向かいの長椅子に腰掛ける。

「さてはアデルのやつ、下手だったんだな」

「何の話？」

「とぼけるな。お前、アデルに抱かれただろう？　激痛だったからやつに会いたくないいんだな？　でもな、はじめてなど誰もが下手くそなものだぜ。男を一度で判断してやるな」

レモネードを机に置いたララは、「ううん」と首を横に振る。

「アデルはきっととっても上手なの。わたし、数え切れないくらい達してしまったわ。ずっと気持ちよくしてくれて、少しずつ入れてくれたから気づけば全部入っていたし、痛みもそんなになかった。アデルが言うには、わたしの子宮の入り口が下に降りていたから、アデルの先がそこにぴったりはまって締めつけられていたんですって。だからわたしも気持ちよかったけれど、アデルも気を失いそうになるくらいすごく気持ちがよかったって」

「くそ、だまれ！　お前の長所は素直さだと思っていたが、長所なものか、立派すぎる短所だ！　なんて羞恥心に欠けた卑猥な女なんだ！　めまいを通り越して頭痛がする」

「卑猥なの？　アデルにはもっといやらしくなってってお願いされたわ」

ヘンリーがこぶしで机を叩くと、かしゃん、とレモネードのカップがゆれる。

「いいか、いまの話は誰にもするな。アデルとのことは誰にも内緒だ。わかったな！」

「ええ、誰にも言わないわ」

妹に強く言い聞かせてから、ヘンリーは黒い髪をかきあげた。

「しかしお前、なぜアデルに会わない。あいつ、女装は確かに似合っていたが、かなり男前だろ？　この国一番の美男と言われているし、おまけに若き伯爵だ。結婚市場であいつは堂々の一位だぜ？　世の女の憧れでもあるアデルをなぜお前は門前払いにするんだ」

うつむいたラーラは、もじもじとスカートをいじくった。

ラーラがぼそぼそと話した理由に耳をすませば、ヘンリーは、思わず笑ってしまう。

つまりはこうだ。

ラーラはまだ男の姿のアデルと会ったことがないらしい（実際は、メイシー伯爵として会ったことはあるが、ラーラはアデルと気づいていない）。だから男のアデルとどう接していいのかわからず、会うのが怖くて、ついつい門前払いにしてしまうとのことだった。

「わたしには、心の準備が必要なの……」

ラーラはしゅんとしながら言った。

「何が心の準備だ！」

「だって緊張するもの。アデルが男の子だって思いたくない。アデルはアデルなの」

「おいおいおい、待てよ。お前、アデルは立派な男だ。あいつに抱かれたんだからわかっているだろう？」

「アデルはアラベルの格好をしていたから……だから」

「……は？　待てよ。あいつ、女のなりでお前を抱いたのか？」

「アデルはドレスもかつらも脱ぎたがっていたけれど、緊張するから絶対にだめって言ったの」

ヘンリーは最初唖然としていたが、絶世の美女姿で腰を振るアデルを想像して噴き出してしまった。

「お前悪魔だな。それはアデルにひどすぎるだろう？　かなり酷なことをしているぜ」

「だって……男の子のアデルを想像するだけで赤くなってしまうもの。本当に会ってしまったらどうなるか……。きっと、真っ赤で誰にも見せられない顔になってしまうわ」

（やっぱりこいつ、救いようのないばかだ）

ヘンリーは、少しアデルの様子を見に行くかと思いながら席を立った。

「お前はまだまだお子さまだ。このばか娘」

ラーラが「え？」と顔を上げる。その表情は、アデルに抱かれたために、大人になったつもりでいる、そんな得意げな顔だった。

「はあ、うっとうしい。お前はそろそろ『自業自得』って言葉を知るべきだな」

ビロードのクッションをきゅうと抱くラーラを残し、ヘンリーは大股で部屋を出た。


一方、バークワース公爵邸では、アデルの兄ローレンスが盛大なため息をついていた。

肩を落としている親友を見て、彼に会いに来たヘンリーは首を傾げる。

「ヘンリー、いいところに来た。私に知恵を貸してくれ！」

予想外に、ローレンスにがばりとすがるように抱きつかれ、ヘンリーは目を白黒させた。

「大変なことが起きたんだ！　あのな、最近のアデルがラーラちゃんに門前払いにされているのは知っているだろう？　毎日毎日追い返されて、会えずじまいだ」

「ああ。うちのばかな妹はいつも斜め上のばかな行動をしでかすぜ。なにせばかだから」

「アデルは、ラーラちゃんに拒絶される意味がわからず、途方に暮れて、家ではひどいありさまなんだ」

ヘンリーは、ばかげた現状に頭が痛くなるのを感じていた。

「大げさだな、ラーラごときで……。で、どんなありさまなんだ？」

「あいつ、惚《ほう》けて何もしないんだ。いいか、何もだぞ？　とにかく無気力で、アデルが何もしないせいで、スティーヴをはじめとするあいつのおぞましい生物をこの私が世話するはめになっているんだ。まさにゆゆしき事態だ」

「ローレンス、お前はアデルの兄なんだから、ペットの世話くらいしてやれよ」

「いいや、その結果、大変な事態に陥った。まさに私はいま絶体絶命なんだ！」

切羽詰まった面差しのローレンスが言うには、ニシキヘビのスティーヴの餌はネズミとカエルと昆虫らしい。しかし、このローレンスは誤ってスティーヴに餌用のカエルではなく、アデルのペットのほうのツノガエル〝クリストファー〟を差し出してしまった。気づいたときには遅く、スティーヴがクリストファーを丸のみにしているところだったという。

「あえなくクリストファーは、スティーヴの腹の中に収まってしまったんだ。なあ、どうしたらいい？　クリストファーは、アデルのお気に入りのカエルなんだ。それを……」

「知るか。食べてしまったんだからどうにもできないだろう？」

とはいえ、ふたりは親友だ。ヘンリーは、ローレンスの肩を叩いて慰めた。

「もうあきらめろと言いたいところだが、切れ者である僕には策がある。策と言っても、アデルの怒りの矛先をカエルから逸らすやり方だが……どうする？　僕にのるか？」

ローレンスは、「もちろんのるさ」と一も二もなく頷いた。

「よし。その策というのはな、うちのばかでガキな妹を聞き分けのいい大人にし、アデルと結婚させてふたりをめでたくメイシー伯爵邸に閉じこめるというものだ。幸い僕の叔父は大司教だから結婚の特別許可証は楽に手に入る。そうすれば、アデルはカエルに構っていられなくなるだろう？　なにせアデルはラーラが絡むとばかになる。ラーラで手一杯にすればいいのさ。妹を餌に時間を稼いで、うりふたつなツノガエルを探しだせばいい」

「隙をつくというわけか。そんなにうまくいくだろうか……」

「うまくいくだろうかじゃない、うまくやるんだ。僕は早いところ嘘をまことに変えねばならない。結婚前にアデルがラーラに手を出したことが父に露見してみろ、まずいことになる。この僕がばかみたいに気が強そうな女と結婚させられる……死活問題だ。そしてお前はクリストファーの件で命の危機……。親友同士、ここは助け合おうじゃないか」

ヘンリーとローレンスは、がしっと手を組みあった。

「そうと決まれば作戦会議だ。前に父が隠していた酒を見つけた。こっそり開けよう」

×　×　×

その日、痛風のため温泉地で静養していた伯母コーデリアが、アリング伯爵邸にやってきた。彼女はラーラの付添人《シャペロン》で、到着後すぐにラーラのドレスや小物、そして夜会の招待状を入念にチェックした。

伯母は大変な張り切りようで、いままでゆるく活動していたラーラはその気迫にたじろいだ。兄に助けを求めるが、彼は伯母が苦手なようで、「ヘンリー！」と彼女から声をかけられるたびに逃げていた。いつもそうだ。ヘンリーは異様に逃げ足が速いのだ。

（ずるいわヘンリー……）

ラーラは以前、軍人のバートに夢中だったため、仲良くなるためにも社交に精を出そうとしていたけれど、アデルと心が通じ合ったいま、どうでもよくなっていた。けれども伯母は、せっかくの社交シーズンだというのに消極的なラーラにしびれを切らし、勝手に催し会の選定をはじめてしまった。

「マカスキルとモートンの夜会は外せないわね。いいこと？　このふたつにお呼ばれするのはデビュタントにとって誉れです。それから安心なさい、ヘンリーのような女の敵はこの会では門前払いになりますから、皆、品行方正です」

「伯母さま……わたし」

「ラーラ、なにをぼんやりしているのです。こうして無為に過ごしている間にめぼしい殿方は売れていくのですよ？　もっと自分を売りこまないと。毎日ひとつは夜会に参加なさい。あとは昼のお茶会に……そうね、セントラルの公園に行くのも忘れないで。公園は立派な社交の場なのですから、いつ何時出会いが――ああ、ヘンリー」

　伯母が嫌で部屋から出ようとしていたヘンリーは、露骨に顔をしかめた。いまから何を言われようとしているのか察しがついているのだろう。

「兄のあなたが責任を持って、これから毎朝ラーラを公園に連れて行きなさい」

「は、冗談じゃありませんよ。こう見えて僕は忙しい身ですからね。大変なのです」

「なにを言っているのです。栄えあるアリング伯爵家の嫡男ともあろう者が放蕩のかぎりを尽くしているなど情けない。わたくしの滞在中は許しませんよ！　そろそろ将来を見据えて地に足をつけないと。ラーラだけではありません、あなたも伴侶を見つけるのです」

「僕は女の敵なのでしょう？　せいぜい害虫として門前払いされておきますよ」

「あ、こら、ヘンリー、お待ちなさい！」

　ラーラは伯母の注意が完全に兄に向いているうちに自室へと逃げ去った。

　気づけばラーラはバートのことを考えないようになっていた。特段筋肉に魅力を感じなくなっていたし、以前酒樽から助けてもらった思い出もかすみはじめている。

代わりに脳裏を占めるのはアデルだ。過去もいまも、ラーラよりもはるかにドレスを綺麗に着こなし、豊かな銀髪が揺れる魅力的なアデルの姿――。

自分の上で律動し、壮絶な色気を放つ彼を思い出して、ラーラは真っ赤になった。

『は。……んっ。ねえラーラ……。せめて上だけでも脱いでいい……？』

『上？』

『ん……。この偽物の胸が邪魔して……ラーラにくっつけない。肌で君を感じたいんだ』

アデル扮するアラベルは、ドレスをきっちり着こんでいる上、見事な胸に見えるようにたくさん詰め物をしている。そのため、ふたりはぴったりと肌をあわせられないでいた。

『だめよ……』

『どうして？　普通は裸で抱き合うものだ』

『だって…………恥ずかしい』

ラーラはアデルが男性だと意識したとたんに、どうしようもなく恥ずかしくなってしまう。アデルは異性としてではなく、〝アデル〟としてラーラの中で成り立っているから、胸板を想像しただけで、顔から火が出るくらいに居ても立ってもいられなくなる。

だから、ラーラは自分の奥に深々とアデルを受け入れているけれど、実際のそれを見たいなどとは思わなかった。

『絶対にだめっ！』

『えー……。いまさら恥ずかしがる意味がわからないよ。じゃあ……次までに恥ずかしがらないように心の準備をしておいて？　僕は全裸で君を抱くから。男としてセックスする。本当は女装がいやなんだ。絶対にかつらもドレスもつけないからね。ラーラも裸だよ』

『そんな……だめよ』

『僕の髪は成長して色が変わって金色になったんだ。以前と比べて髪も短い。君に見てほしいな。黒髪の君と金髪の僕はすごく絵になるし、世界で一番お似合いのふたりだよ』

『悪魔の……髪なのに？』

『悪魔の髪？　ん？　なにそれ』

あろうことかアデルはラーラのトラウマの言葉を覚えていないようだった。そればかりか、本気でラーラの髪と紫色の目を美しいと思っているらしく、何度も何度も褒めてきた。

『……アデルのばか』

『うん、僕はばかだ。……ああ、ラーラ、好きだよ。もう一度、出会いからやり直したい。ねえ、やり直させて？　僕を男として見てよ。男なんだよ僕は、はじめから』

いきなり激しく腰を振り出したアデルは、ラーラが裸同士を了承するまで抱くのをやめなかった。息も絶え絶えで『わかったわ』と言ったときには、やっと休憩を許された。

そう、アデルが正装姿で毎日アリング伯爵邸を訪ねて来るのは、ラーラを男の姿で抱くためだ。対し、ラーラが彼を門前払いにするのは、どうしても裸は恥ずかしくて勇気が持てないからだった。いままで女装のアデルしか知らないから、新たな一歩を踏み出せない。

本当は、ラーラだってアデルに会いたくてたまらない。けれど、いまさらどんな顔をして会えばいいのかわからずじまいだ。

（どう考えてもだめよ……。だって緊張するし、裸同士だなんてそんなの恥ずかしいわ）

ラーラがベッドにころりと転がり、うじうじと悩んでいると、扉の向こう側からダミアンのうなり声が聞こえてきた。そしてそのあと兄の声が。

「おい、ラーラ、この獰猛すぎる狂犬をどうにかしろ！　おかげで僕の上等な上着がくしゃくしゃだ！　毛だってつくし……くそ。それからお前に話がある。早く出てこい！」

ラーラは、慌ててベッドから飛び起きた。


「んまあ！　どこへ行くのですふたりとも！」

アリング伯爵邸に響き渡る大声をあげる伯母を、ヘンリーは、「何を言っているのです、僕たちはセントラルの公園に行くのですよ。コーデリア伯母上も推奨していたではありませんか」とあっさり言った。貴族が公園へ出向くには、日も傾きかけで遅いというのに、兄の態度は飄々としたものだった。

「お待ちなさい、ヘンリー。ラーラは今宵わたくしと夜会に行くのですよ！」

と言う伯母を、ヘンリーは、「それはまた明日。キャンセルです。では」と、ラーラの手を引き馬車に乗りこむ。ラーラは伯母とヘンリーを交互に見ていた。

「ヘンリー、伯母さまに怒られちゃうわ」

「ふん。思う存分怒らせておけばいいさ。もうすでに湯気が出るほど怒っているからな。あのばばあに付き合っていたら、僕は聖職者のような生活を強いられるはめになる」

「冗談じゃないぜ」とひとりごち、銀のステッキで馬車の屋根を小突いたヘンリーは、馬丁に行き先を口早に告げ、面倒そうに椅子に腰掛けた。

「はあ……ずっといつまでも痛風で静養していればいいものを、しゃしゃり出てくるから予定も調子も大いに狂う。いいかラーラ、屋敷で絶対にアデルに会うな」

「ヘンリーったら、門前払いを咎めておいて意見を変えるのね。でも安心して？　わたし、ぜんぜん心の準備ができていないの。だんだん緊張してきて……どうしよう……」

「うじうじとやめろ、うっとうしい。僕は容易にお前たちの再会後を想像できる。お前たちが空気を読まずにいちゃいちゃとちちくり合ってみろ。何の罪もない潔白の僕が、あのばばあの密告のせいで結婚という名の牢獄に閉じこめられる。とんだとばっちりだ！」

「ヘンリーに結婚話があるの？」

「ばかなお前のせいだ。僕はな、ただ長子に生まれただけで大変な苦労を背負いこんでいるんだぞ。まさにこの世は不条理だらけさ。そのあわれな僕を礎《いしずえ》に、お前は今日ものほほんとしていられる。本来なら、お前は日々僕に感謝するべきなんだ。ありがとうってな」

ヘンリーとラーラを乗せたアリング伯爵家の馬車は、ほどなく瀟洒《しょうしゃ》な建物が並ぶ一角に止まった。その家につくなり、ラーラの身に起きたことは驚きの連続だ。現れた女性、クラウディアはヘンリーの恋人のひとりで、王都でも人気の高い舞台女優とのことだった。

ラーラは彼女に髪と帽子を手早く整えられ、黒い服を着付けられた。すると姿見には男性服を纏い、三角帽《トリコルヌ》を被る小さな少年が出来あがる。とりわけラーラは黒いビロードの生地と、首もとの優雅に流れるレースが気に入った。シンプルで地味だけれど、小粋なお仕着せだ。まるで裕福な貴族にかわいがられている召し使いのようだった。

「まあ、ラーラさん、かわいくできたわ」

ラーラはクラウディアに、「んちゅ」と頬にキスされる。

いつものドレスとは違い、ズボンを穿《は》くのはそわそわする。なにせ脚の形が一目瞭然《りょうぜん》なのだから。しかしながらその出来栄えは大変よく、ラーラはまんざらでもない顔になった。

「これってどういうことなの？」

などと困惑してみせても、心の中ではまったく嫌がってはいない。むしろ、ラーラは素敵なことが起こりそうな予感がして、うれしくてわくわくした。

「お前はこれから僕とともに女人禁制の紳士クラブに行くんだ。名前はランディにしておこう。さしずめ小姓《こしょう》みたいなものだ。うまく僕の従者になりきれ」

いまいちヘンリーの目的がわからないけれど、ラーラは元気よく頷いた。

（冒険みたいだわ……）


「先に紳士クラブでのルールを言っておく」

まだ紳士クラブにつく前に、ラーラは兄にくどくど言われた。

「周囲への注意を怠るなよ？　お前が女だとばれた時点で特大スキャンダルだ。新聞ざたになるかもしれない。お前は噂話の格好の餌食《えじき》になる。どこでも好奇の目で見られ、ひそひそと破廉恥だと言われてうんざりすること請け合いだ」

「大丈夫よ。絶対に女だとばれないようにするわ。でも、わたしが噂の的になるのだとしたら、ヘンリーもそうなるのでしょう？」

「ばか、男と女では扱いも重みも違う。社交界は当然大騒ぎになるが、僕は伯爵家の跡取りだし見目もかなり麗しい。失態など簡単に許される。社交界はな、女には冷ややかだが男に対しては甘いのさ。お前の男装よりも僕の放蕩のほうがはるかにましだ」

「そんなの理不尽だわ。ずるい」

「理不尽でも世の中はそうなっているんだ。いいか、クラブでは誰かに話しかけられる前に話しかけてはいけない。お前は小姓だからな。一番避けなければいけないのが紳士をじろじろ眺める行為だ。召し使いは貴人を不躾《ぶしつけ》に見てはいけないことを知っているだろう」

大変だわと思いつつ、ラーラは首を傾げる。

「でもヘンリー、小姓になりきるとして、今夜の目的がわからないわ。なんなの？」

「それは行けばわかるさ」

ラーラは首もとのレースの形をしゃんと整えた。女の自分が少年に扮しているのだ。最初のわくわくは、少しも衰えていなかった。

その紳士クラブは盛況だった。ラーラははじめての場所にきょろきょろ視線をさまよわせる。重厚感のある建物は、もとはプラット卿のお屋敷だったらしい。

「おい、ランディ」

ラーラは誰よそれと思いながら、自分がランディと名付けられたことを思い出した。

「はい、ぼくになんのようですか。えっと、ヘンリーさま」

「このばか、きょろきょろするやつがあるか。役に徹しろ」

ヘンリーがぞんざいに脱いで寄こした外套を召し使いらしく受け取ったラーラは、それをクラブに預け、偉そうに歩く兄の後ろをお行儀よくついていく。途中、ヘンリーは小姓を連れていることをからかわれたりしていたけれど、ラーラは「すごく綺麗な小姓だね、どこで見つけた子だい？」と言われ、すこぶる気分がよくなった。

（紳士クラブ、最高だわ……）

「ランディ、立ち止まるな。ついてこい」

花が生けられた巨大な花瓶が等間隔で並べられたホールを突っ切れば、優美なドレープを描く生地に覆われた壁が見えてきた。すると、ヘンリーに壁のくぼみ《アルコーブ》を指差され、「あそこに立って、しばらく僕を待っていろ」と命じられる。

くぼみの前には大きな鉢植えがあるから、あがり症のラーラでも問題なさそうだった。

「あ、そうそうランディ」

声をひそめたヘンリーが、ラーラの耳もとで小さく告げる。

「あの金色の髪の男が誰だかわかるか？」

聞かれるがまま目を向ければ、すばらしい金髪をした若い紳士が気だるげに立っている。遠目に見ても美形な彼を、ラーラはどこかで見たことがあると思った。

「誰だったかしら……」

「ばか、メイシー伯爵だ。あの伯爵は賭け事で負け知らずなんだ。本人は暇つぶしらしいが、とんでもない資産家だぞ。覚えていないか？　お前、以前二曲も立て続けに踊ったと言っていたじゃないか。お前に大量の花を送りつけていたし、手紙ももらったはずだ」

急に思い出したラーラは、「ああ」と両手を胸もとで重ねた。

「覚えているわ。わたし、バートさまに夢中だったからすっかり忘れていたけれど、信じられないほど綺麗な方だったような気がするわ。でもどうしていまさら?」

ヘンリーは、「ぶっ」と噴き出した。

「お前は救いようがないほど愚かだな。それ、絶対本人に言うなよ? ショック死するからな。今日、僕がわざわざお前を変装させてまで紳士クラブに連れてきてやったのは、あいつを見せてやるためだ。帽子を深くかぶって不躾にならないようにあいつを観察しろ」

「どういうこと?」

「鈍いにもほどがあるだろ。あいつに抱かれたくせに」

ラーラはめいっぱい紫色の目を見開いた。

「つまりあれは女装していないアデルだ。お前にはもったいないほどいい男だろ?」

その青年は、シャンデリアの光を受けて、神々しくさえあった。

いい男なんかじゃすまない。極上すぎる。

金髪の彼は近くの人物と話しはじめた。よく見ればローレンスだ。さすがは兄弟だけあって、ふたりの雰囲気は似ていた。

ラーラは「うそ……」と、口を手で覆った。

「お前のアデルはな、この国一番の美男子なんだ。これからせいぜい意識しやがれ」

# 8章

ラーラは、自分は病気なのだと思った。

小姓に扮したあの日から自分はおかしい。気づけば惚けてしまい、時間はあっという間に過ぎていて、ひどいときには夕暮れどきになっていることさえままあった。

金色の髪の青年――つまり、紳士姿のアデルのことを暇さえあれば思い浮かべてしまうのだ。その後アデル会いたさに五回も小姓に扮したほどだ。

どんなときでも彼は素敵だ。気だるげにコインを引き寄せる姿、ピケットをする姿、ワインを傾ける姿。あんなに絵になる人がいるだろうか。

(どうしよう……)

伯母には、ラーラがただぼんやりしているようにしか見えないようで、「なまけ者ね！」とそしりを受けるし、ヘンリーにはなにかと「ぷくく」としのび笑いをされる。兄の感じの悪さに、ラーラは頬を膨らませるけれど、しかしすぐに思考はアデルに向かう。

(なんだかわたしがわたしじゃないみたい……。どうしちゃったのかしら)

そして、執事からアデルの来訪を告げられて、ラーラはびくっと飛び跳ねた。

どきどきと心臓がいまにも破裂しそうになる。

ラーラは、以前よりもはるかにアデルに対して恥ずかしい思いが増してしまった。彼を好きだとはっきり認識し、夢中になってからはもうだめだ。緊張しても、おどおどしても、紅潮しても、なにをしても自分がぶざまなような気がして、すごく会いたいのに会いたくない。そんな矛盾した気持ちがせめぎあい、自分が自分でわからなくなり混乱している。

アデルの前では、とにかく完璧な自分でいたいのだ。

結局、うじうじと悩むラーラは、今日も執事に、「アデルには体調が悪いから会えないと伝えて」とおずおず言った。

執事が「かしこまりました」と立ち去ると、ラーラは自身の両頬を手で包む。

「どうしよう、すごく顔が赤い気がするわ。だって、燃えるように熱いもの」

(こんな顔では絶対アデルに会えない。赤い顔なんて、恥ずかしくて見せられないわ)

そう思いつつも、ラーラはちょうど玄関ポーチが見える客間にぱたぱた移動して、おそるおそるカーテンの隙間から階下を窺った。

しなやかな体軀の紳士が歩いている。背すじがぴんと伸びた立ち姿、金色の髪がきらきら輝いて、いつにもまして素敵だ。

(……綺麗……)

ラーラは、うっとりとアデルを目で追って、けれど、その後長い長いため息をついた。

着付けられたドレスは、白にほど近い水色のエンパイアドレスで、ラーラはその日の晩、伯母のコーデリアに背中を押され、夜会に無理やり参加させられた。

まったく乗り気ではなかったけれど、基本、デビュタントは付添人《シャペロン》の意見を取り入れ従うものなのだと伯母にくどくど注意を受けた。反抗的な態度はご法度なのだと言う。

ヘンリーも伯母に無理やり連れられ不満顔だ。しかしながら今夜の夜会は、参加している婦人の見栄えがよいらしく、到着するなり打って変わって上機嫌になっていた。しかもヘンリーはなかなか人気があるため、あっという間に婦人ふたりとダンスを楽しんだ。

「殿方って単純なのね」とラーラが言えば、兄に「お前の方が単純だ」と吐き捨てられた。

ラーラもうすうす自分は単純すぎるのではないかと悩み中だった。紳士クラブでアデルをじっくり観察してからというもの、一日中アデルのことばかり考えるようになっていたし、目を閉じてまなうらに浮かぶのは、決まって男の姿の物憂げそうなアデルだった。これはかなり重症だろう。

「わたし、ひょっとして面食いなのかしら」

と、恥じ入りながらつぶやくと、兄は「なにをいまさら」とせせら笑った。

「お前は僕の妹だぞ？　遺伝的に考えても美形が大好きに決まってるだろ」

「大好きって……。そんな遺伝で片付けていいものなの？」

「だいたい美形が嫌いなやつなんていないだろ？　みんな好きさ。おそらくほとんどの人間が、ぶさいくよりは美形のほうがいいと思っているし、ぶさいくになりたいなんて思う物好きなやつはいない。よって美形を好ましく思うのは自然の摂理だ。まあ、美形がいるからぶさいくという概念があるわけで、逆も然り。つまりは表裏一体の関係にある」

　ばかばかしい話だが、このときラーラは納得してしまった。確かにぶさいくになりたいと思ったことはない。できれば綺麗になりたい。そしてそう思うことが恥ずべきだとか、悪いことだとは思わないし、至極当然のような気がした。

「でも……紳士クラブでのアデルが素敵だったから、アデルのことばかり考えるようになったのかと思うと、なんだか自分が浅はかで、とっても恥ずかしくなってくるの。だって、わたしはメイシー伯爵がアデルだって知らなかったから。なのに、いまわたしが思うのは淑女姿のいままでのアデルではなく、紳士姿のアデルなのですもの。ドレスのアデルのほうがなじみがあるのに、なんて現金なのかしら。こんなわたし、最低だわ。そう思うと何もできなくなるし、動けなくなるの。どんな顔をしてアデルに会っていいのかわからなくなって、それで、がんじがらめになるの」

「ええい、長ったらしい！　うじうじの極みだなお前は。面倒なやつだ！」

ヘンリーはこぶしを口もとに当て、いらいらとラーラを蔑みの目で睨んだ。

「ばかかお前は。逆に男のアデルを知りながら女装のアデルのことをひたすら考えているほうがおかしいだろう。恋愛を小難しく考えるなんてばかの極みだ。単純にできているものだぜ。好きか、嫌いかだ。まあ、僕はアデルやお前のように特別誰かに執着しないが」

「それはヘンリーがまだ本当の恋や真実の愛を知らないからだわ。わたし、思ったの。恋や愛は人をとっても悩ませるものだって。いまのわたしを見て？　ひどく臆病だし、食事も喉を通らないわ。人を好きになるって、それほど複雑なものなの」

「だまれ、うっとうしい！　なにが食事も喉を通らないだ。ロールパンとスープをおかわりしていただろう？　だいたい僕は恋や愛を知らないわけじゃない。博愛主義なだけだ」

ラーラは首を傾げた。

「でもなぜかしら。その割にはヘンリーに夢中になる人は多いわね。不思議だわ」

「当たり前だ、僕はお前と違って昔からもてるんだ。その努力は怠らない」

「その成果がLOVE&SEXの〝B〟さんというわけね」

ヘンリーは、たちまち苦い顔をする。

「なにが成果だ、話に水をさしやがって」

「そういえば最近カードはどうなったの？　探偵さんの結果は？」

「最近は音沙汰ないな。僕がわずかな隙さえ見せないからだが。探偵からの結果は――」

勝ち誇りながら自身のポケットに手を入れたヘンリーは、瞬間、青い顔で固まった。

「くそ……！　信じられない」

すさまじい数のハートマークで彩られたカードがまた入っていたのだ。そこにはいつもの筆跡でこう書かれていた。

〝ヘンリー、愛してる。近々あなたの傍に。ずっといつまでも……あなたのＢより〟

そして裏には、おなじみのＬＯＶＥ＆ＳＥＸの血文字と赤い口紅のキスマークがある。

「いやだわ……何度見ても見慣れない」

「見慣れてたまるか！　こいつ、狂人すぎだろ。なんなんだよ……」

当初、ヘンリーはカードに対して怒りをむき出しにしていたが、近頃は怯えた様子を見せている。さすがに自身のハンカチに〝Ｂ〟と刺繍をされたことがこたえているらしい。

「なんだか怖いわね。でもヘンリー、そのＢさんが絶世の美女だったらどうするの？」

ララは、ヘンリーなら簡単に許してしまいそうだと思ったけれど違った。

「ばかな質問をするな！　たとえ絶世の美女でもこんな不気味なやつ願い下げだ！　僕を怯えさせた罪で牢獄に突き出してやる。二度と出られないようにな！」

いくら放蕩者でも、女性なら誰でもいいわけではないらしい。

ララはひとり頷いた。自分もそうだ。もしもアデルがこのＢのような人なら好きにならない。それに、キスも無理だし、それ以上のこともちろん無理だ。

（そうよ……わたしは、アデルがアデルだから大好きなのだわ）

ラーラがアデルに思いを馳せていると、その間にヘンリーは去っていた。代わりに近づいてきたのは、伯母のコーデリアだ。兄は伯母が来るのが見えたから逃げたのだろう。

「ラーラ、こちらへいらっしゃい」

猫なで声を不思議に思う。扇を開いた伯母は、ラーラにひそひそと言った。

「あなたにダンスの申しこみがあったのよ。その方、将来を見据えてお相手を願いたいのですって。とても素敵な殿方よ？　わたくしなど、しばらく見惚れてしまったわ。あなたも隅に置けないわね。もちろんわたくしは賛成よ」

ラーラの胸は沸き立った。いま、ラーラに近づく殿方は、ひとりしか考えられない。いま、一番会いたい人だ。

「もちろんお受けするでしょう？」

「はい、お受けします」

ラーラは彼に謝ろうと思った。

それから、いまのありったけの、この思いを伝えよう――。

どきどきしながら、ラーラは伯母に誘導されて、その殿方の方に歩いていく。

逸る気持ちからだろうか、格子縞の床がやけに広く長く感じた。

しかし、やがて見えた姿に、ラーラは目を疑うことになる。そして、ぴしりと固まった。

弾んでいたはずの胸は、きゅうと縮こまり、どんより曇って雨模様になる。

なぜならそこに立っていたのは、ボルダー男爵家の三男、軍人のバートだったからだ。

×　×　×

「行きたくないって言っているだろ。しつこいな」

その日のアデルは異様に機嫌が悪かった。といっても、彼は最近毎日ご機嫌ななめだ。無理もない、来る日も来る日もラーラに門前払いにされて、その理由もわからなくて途方に暮れている。しかも彼はラーラの味を知ってしまった。あまりのかわいさに、さらに好きな気持ちは増していて、いまでは抱えた〝好き〟が爆発しそうなほどだった。

〝わたしをアデルの好きにして？〟

これからじっくり堪能できると思っていたのに、もくろみが見事粉砕して、とてもでないが平静を保っていられなかった。

「誰も僕に近づくな！」

アデルはおかしくなっていた。〝誰も〟の中には、大事なペットたちも含まれているのだから。もう、ラーラしかほしくない。思いが募れば、いらいらも比例して増していく。

ただでさえ不安定なのに、そんな中、わけ知り顔のヘンリーには妙な含み笑いをされるし、兄ローレンスには腫れ物に触るように気を使われる。そして、あろうことかこのところ毎日ふたりに紳士クラブに連れ出され、賭け事に参加させられるのだ。おかげで負け知らずのアデルはさらに財を増やすし、ヘンリーとローレンスの懐もかなり潤った。

そこでヘンリーに言われたことと言えば。

『すべてこの頼もしい兄たちに任せておけよ。万事うまくいくさ』

（どこがだ！　任せてなんておけるかよ）

金なんてどうでもいいのに増えていく。アデルがほしいのはラーラだけだ。

袖で目を拭うと、生地の色が濃くなった。

（……くそ）

そして、今日もベッドの中でもんもんとラーラを思っていると、部屋の扉が叩かれた。

ローレンスだった。

「その機嫌の悪さは、またラーラちゃんに会えなかったのか」

「うるさい、おれに近づくなと言っただろう！　今夜はどこにも出ないぞ！」

「それは残念だ。母上が言っていたぞ？　今夜開かれるマッカン子爵家の夜会にラーラちゃんも来るらしいのにな。でも、母上が言うには、ラーラちゃんの付添人《シャペロン》のコーデリアは、たくましい男が大好きだそうだ。つまり、筋肉に魅力を感じるタイプというわけさ。彼女にとって、私やアデル、ヘンリーのような細身の男は無価値だが、筋骨隆々の軍人なんかはまさに至高の存在だな。それがどのような結果を生むと思う？」

「……うるさい」

アデルはすぐさま身を起こして、白いシャツに袖を通しはじめていた。

「ヘンリーによれば、コーデリアは口から生まれたような女らしい。押しの強さも闘牛並みとのことだ。その彼女が相手を定めるとまずいぞ。その男が優遇されるからな」

「シャペロンごとき……アリング伯爵はゆくゆく僕にラーラをくれると約束している」

アデルは持ち前の計算高さと愛くるしい顔を駆使して、ラーラの両親アリング伯爵と伯爵夫人をうまく丸めこんでいた。ふたりの誕生日には、贈り物やカードをかかしたことがない。すべてはラーラを手に入れるためだった。普段の彼は気だるげでも、ラーラに関しては驚きのまめさを発揮してきたのだ。おかげで伯爵夫妻は、どこかとぼけたところのある娘や息子よりもしっかり者のアデルを信頼しているふしがある。

いまやラーラの愛犬ダミアンだってそうだった。すでにアデルは干し肉によって彼を完全に支配しており、ダミアンはラーラよりもアデルのことを主人と認識している。アデルは彼にとって従うべき絶対的なボスであり、対し、ラーラは守るべき大好きな愛玩的少女なのだった。仮に、ラーラとアデルのふたりがダミアンに手を差し出せば、ダミアンはアデルに従ってしまうだろう。アデルの鋭い金の瞳は、どこか従わざるをえない剣呑な闇を秘めているのだ。

「伯爵との約束？　ばかだな、そんな口約束など、既成事実があれば脆くも崩れ去る」

アデルはローレンスの穏やかではない言葉に眉をひそめた。

「知っているだろう？　貴族はなによりもスキャンダルを嫌う。他の男がラーラちゃんに手を出したり公衆の面前で接触したり接吻してみろ、本人や家がどうあれ世間の目が許さない。たちまち結婚にまで発展する。それほど噂は危うい面を持っているんだ。いまの立場で満足していたら寝首をかかれるぞ。私の知人も、それで予定外の結婚をするはめになったし、それを知るからこそヘンリーは結婚願望を持たないんだ。あいつが徹底的にデビュタントや処女を避けているのは、責任問題に発展させたくないからさ」

ほどなく危機感を覚えたアデルはローレンスに伴われ、マッカン子爵家の夜会に参加することになったのだった。


マッカン子爵家に対して、アデルはいい印象を持っていない。

かつて母により強制的に女装させられていた際、この子爵家の茶会で自分のドレス姿がおかしいと気づけたものの、マッカン子爵令嬢による下腹部への鋭い指摘は衝撃的で、トラウマになるほど傷ついた。それは人一倍矜持《きょうじ》が高いアデルにとって耐えがたいものであり、指摘をした令嬢ベアトリスには二度と会いたくないと思い続けたほどである。

けれど人の記憶というものは曖昧なものだ。傷つけられた者はずっと覚えていても、傷つけた者は簡単に忘れてしまう。女装していた少年をすっかり忘れていたベアトリスは、アデルに狙いを定めたようだった。しきりに声をかけられて、べたべたもされ、アデルの機嫌は下降の一途をたどっていた。

（くそ、いまいましい……こいつ、僕に耐えがたい屈辱を与えておいて）

おかげで、初対面のかわいいラーラに、『ブス』などと八つ当たりするはめになったのだ。知らずアデルのこめかみに血管が浮かぶ。

「わたくしと踊ってくださらないの？　アデルさま」

「あいにく僕は踊る気はない。兄と拳闘を見に行った帰りで疲れているからね」

それはうそだ。アデルはラーラに会いに出かけた以外は屋敷にこもりきりだった。話をふられたローレンスは、愛想笑いでベアトリスを窺った。

「ごめんね、つい白熱して私たちは拳闘場に長居してしまったんだ。応援しすぎてくたくたさ。どうか無愛想な弟を許してほしい」

こと夜会というのは厄介だった。爵位持ちのアデルは現在、結婚市場で堂々の一位に輝いているため、すべての婦人の視線をもれなく集めてしまうのだ。適齢期の娘を持つ貴族や未婚の令嬢が代わる代わる挨拶にくるし、あわよくばスキャンダルを起こして結婚に漕ぎつけようという策略に長けた輩もいるので、うっかり未婚の娘とふたりきりにならないように気をつけなくてはいけない。

先日も、紳士がひとり、胸をわざとはだけさせた金目当ての令嬢の餌食になったばかりだ。貴族は賭け事が大好きなため、内情は火の車の家も多く、自身の娘に全財産をかけてドレスを仕立て、娘の結婚に家の存続をかけている親がわんさかいるのだ。よって、アデルは夜会が大をつけるほどきらいであった。

アデルは近づいてくる狩人のような貴族をいなしながらラーラを捜した。

「メイシー伯爵さま、お久しぶりですわ。覚えていらっしゃいますかしら。先日バークワース公爵夫人の会に参加させていただきましたわ。わたくし、キャロラインです」

アデルはしなを作ってすり寄ってくる娘を、冷淡に一べつした。彼にとって、ラーラ以外の女はただの芋なのだ。

「母ならマッカン子爵夫人とともにいますよ。その辺を捜してみては」

ふん、とそっぽを向いたアデルは、ラーラを見つけようと大ホールをうろついた。

思えばラーラは、怖がりこそすれ、アデルを決して特別な目で見ない女の子だった。

一緒に池に入っても、アデルの股間を見たにもかかわらず、必要以上に騒ぐことはなかったし、『なぜ男のくせにドレスなの？　気味が悪いわ！』などと、ベアトリスのようなことも口走らなかった。それればかりか、『綺麗なドレスね。よく似合っているわ』と褒めてきたし、アデルがいじわるを言わないかぎり、負の感情を見せたりぶつけたりもしなかった。過去を思えば後悔しかない。でも、それ以上にアデルはラーラとの出会いをかけがえのない素敵なものと捉えている。

アデルがしんみりとラーラとの思い出に浸っていたときだった。いきなり黒い影に肩をぶつけられた。

「失礼」

短く謝ってきた声に、アデルははっとする。ヘンリーだ。

「ヘンリー、ラーラは？」

「あ？ アデル。ラーラならその辺にいるだろう。すまない、僕はいま忙しい」

「青い顔だな。なにがあった？」

アデルはヘンリーには比較的やさしい顔をのぞかせる。なぜなら彼はラーラの兄だし、けんかばかりしているこの兄妹は、なんだかんだ言っても仲が良い。ヘンリーはよく妹を「ばか」だと言うが、そこに愛情があるのを知っているし、ラーラも兄にきびしいことを言っておきながら、慕っていることも知っている。ラーラが大事なものはアデルも大事だ。

「僕はな、気味の悪いストーキング行為に悩まされているんだ」

「ああ、ラーラから聞いたことがある」

「今日も不気味なカードを入れられていたんだ。これから探偵のもとに行く」

「そのカードを見せてみろよ」

「見るのか？　気味が悪いぜ？」

　ヘンリーに渡されたカードには、〝ヘンリー、愛してる。近々あなたの傍に。ずっといつまでも……あなたのBより〟と書かれていた。続いて裏返してLOVE&SEXの血文字と赤い口紅のキスマークを見たアデルは眉間にしわを寄せる。

「特徴のある筆跡だな。特にこの〝E〟」

「すべてが特徴だらけだ！　……ああ、気味が悪い。そろそろ出るからまたな」

　立ち去ろうとしたヘンリーは、きびすを返す前にアデルにそっと耳打ちした。

「おいアデル、少しは恋の駆け引きを覚えろ。お前はラーラをいい気にさせすぎている。あいつ、贅沢を覚えると極上の肉しか食わなくなる猫のような女だぞ。肉をやってもいいが、たまには魚だったり、身のない骨だったり、やり方を変えろ」

　ひらひらと手を振るヘンリーの背中を見送ったアデルは首を傾げる。

（……恋の駆け引き？）

　それははじめて聞く言葉だった。アデルは女のなりのときには男に、男のなりのときには女にもてる人生を送ってきたため、これまで恋の駆け引きが必要なときはなかった。おまけに彼の興味の対象はラーラひとりだったから、体当たりで挑めばよかったし、そうするべきだと思っていた。

　アデルが深く考えをめぐらせていたそのとき、流れてきたカントリー・ダンスの曲にのせ、いかつい影と小柄な影が横切った。

彼は見てしまった。筋骨隆々の軍人バートと、愛しのララが踊る姿を――。

「あれ？　いまヘンリーがいたようだが。……うわっ」

能天気に弟に近づいたローレンスは、アデルを見るなり瞠目した。ララに関すること以外は普段はさほど感情をあらわにしない弟が、烈火《れっか》のごとく怒っている。

アデルが手に持つワイングラスは、ぴしりとひびが入っていた。

「おい、アデル落ち着けよ。な？　まずグラスを放そうか。粉々になるとまずい」

怒りに燃えるアデルが、なにをしでかすかわからないことをローレンスは知っている。

つい先日のことだ。ローレンスはヘンリーとともにアデルを連れて、少しばかり治安の良くない賭博場に行ったのだが、そこで勝ちすぎたアデルがごろつきどもに狙われた。不穏な空気にやはりと言うべきか、ごろつきどもが動物めいたうなりをあげて襲いかかってきた。ローレンスとヘンリーはたちまちうろたえたが、アデルはひるむことなく、いかついごろつきたちを三人、銀のステッキとこぶしで軽々とのしてしまった。相手はナイフを所持していたにもかかわらず、だ。曰く、ララに会えなくてむしゃくしゃしていたからちょうど良かったとのことだった。

中性的な美しさを持つアデルは、見た目は細身に見えても、たくましい筋肉男とわたり合えるほど強い。それをこのとき知ったのだ。

ローレンスは思う。

ツノガエルのクリストファーがスティーヴの餌食になったと知ったとき、この弟はどんな反応を見せるだろう？　怒るだろうか……。スティーヴに？　それとも自分に？　両方？

いま、クリストファーの代わりを務めるカエルを、余裕を持って三匹輸入しているところだが、途中で香辛料を積むため、船が着くのはおそらくあと二週間はかかってしまう。ばれることなく、時間を稼がなくてはならない。

ローレンスは汗をにじませながら、おそるおそるアデルの視線を目で追った。

そして、弟の怒りの原因を突き止めたとき、合点がいった。

ラーラがバートとカントリー・ダンスを踊っているのだ。

（なんてことを……ラーラちゃん）

しかしながら、ローレンスには、ラーラの踊りのパートナーのバートとは関わりたくないわけがある。悪いとは思いつつ、そろりそろりとカード室に向かった。

×　　×　　×

あくる日のラーラは長椅子にうずくまり、朝から思い悩んでいた。

昨夜の夜会でバートと立て続けにカントリー・ダンスを三曲踊ったのだが、それをヘンリーに伝えたところ、『ばか!!』とこっぴどく怒られた。

最初はなぜ怒られたのかわからなかった。昨夜は、伯母のコーデリアに『いいこと？　バートと三回踊らなくてはだめよ』としつこく言い聞かせられていたからだ。ラーラだって踊りたくなんてなかったけれど、伯母が睨みをきかせていたから逃げられなかった。

兄に怒ったわけを問えば、女性が三度も相手を変えずに踊るその意味は、相手の男と深い関係、もしくは婚約の用意があると周囲に知らしめるようなものだということだった。

おかげでにわかに「アリング伯爵令嬢が結婚か？」と噂がささやかれている始末だ。

しかも、ラーラは踊った後にメイシー伯爵のアデルに誘われたにもかかわらず、汗だくすぎる自分があまりにも恥ずかしくて思わず逃げ帰ってしまったのだ。そんなこんなで、ラーラは時の人となっていた。綺羅星の筆頭ともてはやされるアデルを振り、ただの筋肉バートを選んだ愚かな女と周知されたのである。

当然この結果は、他の令嬢やデビュタントたちに歓迎された。アデルはいま、国で一番人気の高い青年だ。強力なライバルである名門貴族のアリング伯爵令嬢が消えたのだから、適齢期の娘はみんな歓喜した。

アリング伯爵邸はヘンリーが怒っていることもあり、現在ぎすぎすしているが、伯母のコーデリアはこの結果にとても満足そうだった。

なぜなら、権力や財力になびくことなく、国のために命を賭して戦う貧乏軍人を選ぶ令嬢という設定が、彼女はたまらなく大好きらしい。実は伯母は、ロマンス小説をこよなく愛し、朝から晩まで読みふけるような、生粋のロマンチシストだったのだ。

「わたくしはラーラを応援するわ。まるでエリザベスとパウエルの恋だもの。素敵ね」

「ふざけるな！　なにがエリザベスとパウエルだ！　一体どこのどいつだ、そんなやつらは知らない。だいたい伯爵令嬢が、たかが男爵三男坊のしかも筋肉男と噂になり、結婚をささやかれるなど言語道断。最低最悪だ！　このままでは父上に申し訳が立たない」

ヘンリーは、伯母を追い詰めるために大声を出しているようだが、伯母はのんきに紅茶をすすり、右から左へと流している。

「ヘンリー、なさけのない子。あなたはラーラのたったひとりの兄です。『この僕がお前たち夫婦の生活を支え続ける』と男気を見せ、胸をこぶしで叩いて『万事任せておけ』とどうして宣言できないのです。これだから筋肉のない男は。まったく、小さな男だこと」

「ばかな！　そんなふざけた宣言などするはずがないでしょう！　伯母上、あなたは耄碌《もうろく》しているようだ。さっさと温泉地へ出戻ってはどうですか。五年ほど湯に浸かり続ければ、そのばかげた夢見がちな頭も少しは現実的になるでしょう」

「んまあヘンリー。あなたは放蕩のかぎりを尽くし、婦人を貶めているから愛がなんたるかを理解できないのです。愛はかぎりなく美しい。見てみなさい、この健気な妹を。彼女は身分より愛を優先させたのです。この汚れなき心！　乏しいあなたも見習いなさい！」

ラーラはヘンリーと伯母の言い合いに口を挟めずおろおろしていた。そして、大変なことになってしまったとも思っている。一旦発生した噂は消すのに時間がかかるのを知っているし、特に婦人の噂は尾ひれがついてしまうと聞いている。

（どうすればいいの……）

ラーラは昨夜、驚くほどバートに興味が持てなかった。なぜ、彼を好きだと思っていたのか、それさえいままでは謎で、まったくもってわからずじまいだ。

しかし、それよりも。

ラーラはアデルの誘いを断ったことを心底後悔していた。どうしてこんなに恥ずかしく思ってしまうのか……大好きなのに。

（せめて顔が赤くならなければいいのに、どうして勝手に赤くなるの？）

アデルのことを考えると、とたんに血がぐつぐつ騒いで、顔に集中していくかのようだ。いまだって、きっと赤くなっている。アデルの前では綺麗で完璧でいたいのに……。

ラーラは頬に手を当てながら、少し身体と頭を冷やしてこようと思った。

セントラルにある公園は、貴族の社交場のひとつだ。紳士や淑女は流行の衣装を見栄えよく纏い、自身の財力を遺憾なく見せつけ、時には最新型の馬車や馬を自慢げに披露する。そして、やれフィッシャー卿の馬車の腕前が最高だの、今日もレディ・コンスタンスが美しかっただの、噂話に興じるのだ。

公園には有力者が集うこともあり、皆、社交に忙しい。貴族たちはこぞって散歩して、出会いの機会を狙うのだ。目当ての貴人にお近づきになれば、いまの地位では出入り不可能な夜会に招待されたり、お茶会の参加資格を手に入れられる。人脈が広がるといいことずくめだ。有利に結婚話を進められたり、資金を融通されたり、さらに他の貴族の屋敷に招待されるなど、上流社会における地位向上の役に立つ。

ラーラはこの公園に、長年アリング伯爵家に仕えている召し使いとともにやってきた。王都に構える屋敷が公園にほど近いため、ラーラにとってここはなじみの場所だった。人の少ない時間を狙ってきたが、あいにく社交シーズンだ。着飾る貴族がちらほらいる。ラーラは大きめの道を避け、人目に触れないように気をつけた。

とぼとぼ歩くラーラは、頬に冷たい風がかすめたときに、いいことを思いついた。

「そうだわ」

いいことすぎて、思わず口走ってしまい、召し使いになんでもないと慌てて手を振った。

（アデルとは公園で会えばいいのよ。そうすれば顔が赤くなったとしてもすぐに冷えるし元の顔色に戻るはず。もう気にしなくてもよくなるし、ずっと一緒にいられるわ）

他人から見ればひどくくだらない悩みでも、ラーラにとって、顔が真っ赤になることは、いま一番深い悩みなのだ。それはお腹が「ぐう」と鳴るのに匹敵する。

そうと決まれば話が早い。ラーラは早速アデルを外に誘おうと思った。

「アニス、お屋敷に帰りましょう？」

ラーラがその考えに至ったのは、公園に入ってから五分後のことである。主の散歩が五分ぽっちで終わったことに、召し使いは驚いたらしい。

「もうお帰りになられるのですか？」

「そうよ。とても有意義な時間を過ごせたわ」

ふたりはきびすを返したけれど、そこにぬっと大きな影が現れる。

たちまちラーラの顔が引きつった。それは貴族がひしめくこの公園で、いま、最も会ってはいけない人だった。

「ラーラさん、奇遇ですね、散歩ですか？」

低い声。立ちふさがったのは、ラーラとの仲を噂されている軍人バートだった。

ラーラの身体はかちこちにこわばり、汗がだらだら流れていた。いま、彼女は夜会のときよりひどいあがり症を発症していた。混乱しきって泣いてしまいそうだった。なぜならいま、ラーラはバートが操る二頭立ての無蓋馬車に乗っていたからだ。

もちろんラーラは乗りたくなどなかったし、緊張しながら彼に『遠慮します』と断った。けれど、バートはしつこくラーラを言いくるめ、彼女があがり症であわあわしている隙をつき、勝手にアリング伯爵家の召し使いを屋敷に帰し、ぐいとラーラの背中を押して、こうして隣に乗せたのだ。以前の、バートに恋していた頃のラーラであれば、天にも昇る気持ちだろう。けれどいまの彼女にとって、この状況は地獄でしかない。

馬車は公園内をぐるぐる回っていて、物見高い貴族たちは馬車を眺めて噂話をしている。バートの行動は、ラーラに夢中であると皆に広く知らせる行為だし、また、隣におとなしく座るラーラも、バートを受け入れていると思われても致し方ないものだった。現に、居合わせた貴族すべてが、ふたりの婚約発表は近日中にあるだろうと踏んでいた。

「バ、……バートさま、もう、降ろしてくだ…さい。屋敷に帰りたいわ……」

ラーラはぶるぶると震えながら言った。しかし、馬車を操るバートは、前方を見据えるだけで、パニック状態にあるラーラの様子に気づいていないようだった。

「まだ時間はあるでしょう。ほら、私はなかなかの腕前なのですよ。気持ちいいですね」

気持ちいいどころか風が冷たくて凍える。ラーラの顔は火照るどころか凍てついていた。

当初、無理やり馬車に乗せられ、観念したラーラは気持ちを切り替え、彼に結婚できないとはっきり伝えるつもりでいた。しかし、そんな余裕は一秒たりとも生まれてこない。

どうやらバートはスピード狂らしい。他の馬車に、絶対自分を追い越させないし、幅寄せまでして相手を威嚇し、追い抜いた。遅い馬車には、巧みな手綱さばきで後ろから「どけよ」とばかりに煽るし、自分が先頭に立たないと気が済まないようだった。

競争心を持たないラーラはバートが御す馬車がただただ怖かった。馬車に乗っている間、バートの生い立ちや戦争での武勇伝を聞いたけれど、あまりの恐怖でそれらはすべて耳を素通りしていった。とにかく、ぎりぎりの隙間で他の馬車を追い抜くとき、心臓がきゅうと潰れるほどひやひやして、気が気でなかった。

ラーラはこの日、バートが大嫌いになると同時に、アデルの良さを再確認して、さらに大好きになったけれど、事態は予想外の展開を迎えるのだった。


「大変なことをしてくれた！」

叫んだのは兄のヘンリーだ。ラーラは返す言葉が見つからない。本当に大変なことをしでかした。

ラーラが公園で暴走馬車に乗っているさなか、アデルが伯爵邸に来たらしい。ご丁寧にも伯母のコーデリアは、ラーラとバートのありもしないロマンス話をつらつらと彼に語ったとのことだった。間違いなく下地は伯母愛読のロマンス小説だろう。ヘンリー曰く、その後公園で、馬車で走る姿をアデルとともに見たそうだ。

さらに、紳士クラブに行ったヘンリーは、ラーラとバートの噂話を聞いたらしい。もう、言い逃れができないほどに、ふたりの婚約は確実視されていたそうだ。

「そんな……いやよ」

じわじわと紫色の目が滲んだが、兄は同情など一切見せず、冷ややかに睨んだ。

また、ラーラもそうされて当然だと思った。自業自得だ。

「なにがいやだ、浅はかな行動をとったお前が悪いんだ！　どうするんだこの現状。いいか、もしお前がバートではなく他の男と婚約なり結婚してみろ。お前はあわれなバートをたぶらかした上に虫けらのように捨てて乗り換えた悪女として名を轟かせるはめになる。やっぱり金か、資産かなどと面白おかしく噂され、がめつい女として周知される。よほどのことがないかぎり女が悪くなるんだ。そういうものだ社交界は。わかっているのか！」

伯母は優雅にコーヒーをすすりながら、激怒するヘンリーをたしなめた。

「恋に障害はつきものと言いますけれど……ヘンリー、そう邪魔立てするものではありません。一度走り出したら最後、愛の馬車は誰にも止められないのですよ。ええ、誰にも」

「だまってください！　だいたいあなたがこじらせたも同然だ！　余計なことばかりしゃ

がって……つまみ出されたくなければ今後は一切何もしないことだ！」

「なまいきな！」と、かーっと頭に血が上った伯母ががみがみと言い返している間に、しょんぼりしたラーラはとぼとぼと自室に戻った。

足もとには、「クウゥゥ……ン」と愛犬ダミアンがすり寄ってくれて、そのぬくもりが救いだとラーラは思う。

これからどうなるのか、まったく未来が予想できずに、考えれば考えるほど泣きたくなってきてしまう。ラーラはぽふりとベッドに転がり、クッションに顔を埋めた。

そもそもラーラがアデルに対して恥ずかしがったことが原因だ。

自然と胸で手を組んで、神さまにお祈りをする。

(神さま。もう、恥ずかしがらないから、どうか……バートとの結婚だけはいやです)

うっ、うっ、と肩を揺らしていると、知らぬ間に辺りは暗くなっていて、どうやら自分が眠ってしまったのだと気がついた。

消えた燭台のろうそくを継ぎ足す気力さえ湧かず、動かず横になっていた。

買ったばかりのデイドレスはくしゃくしゃだ。けれど、しわなんてどうでもよかった。

(アデル……)

まなじりから、ひっきりなしにしずくがこぼれる。

ついには、「わあああん」と自分のばかさ加減を恥じながら泣き声をあげた。

どうして自分はこうなのだろう。ただ、アデルが好きなだけなのに。でも、どんどん事態はこんがらがって、望みの方向とは逆になる。

めそめそしていると、扉が二度叩かれたのがわかった。

「おい、泣いているのか」

ヘンリーの声だ。

「……泣いてないわ」

「泣いているだろう、廊下まで聞こえている」

「泣いてなんか……」と、ラーラは手の甲で涙を拭う。

「アデルが来ている。会うか？」

ラーラはぐずぐずに濡れる目を見開いた。ぼたぼた頬を伝い、熱いものが落ちていく。

この顔を絶対に見られたくないと思った。けれど、それよりもラーラはアデルに——。

「会いたい」

蝶番《ちょうつがい》の軋みとともに扉が開いたけれど、にじんだ目ではよく見えない。その上、部屋は暗がりだ。袖でごしごしこすっても、ひっきりなしにあふれてくる涙は拭いきれず、アデルがよく見えない。

「アデル……」

よろよろと立ち上がったラーラは、黒い服のシルエットを頼りに、その身体にぴょんと飛びついた。

「アデル、会いたかった！」

「ばか！　僕だ。なぜ僕に抱きつくんだ!?　アデルはこっちだろ」

なんと、ラーラが飛びついたのはヘンリーだった。

「いやっ」

「ふざけるな、いやなのは僕のほうだ！」

ラーラがヘンリーを押しやろうとすると、横から強く抱きしめられた。これこそラーラが焦がれたぬくもりだ。

ラーラは頬をぐりぐりとその胸に押しつける。いままでとは違う平たい胸だ。硬い胸。クラヴァットが顔にさわさわと当たり、ラーラはそれをぎゅうっと握る。

「アデル！」

「ラーラ……ずっと会いたかったんだ」

「わたしも、会いたかった」

しゃくりながら伝えると、「ふん」と兄が鼻を鳴らす音がする。

「ことごとくアデルを門前払いにしておいて、どの口が」

「ヘンリー、邪魔するな！」

「おいアデル。言っておくが、あのばばあがいるんだ、セックスはするなよ。お前たちの軽はずみな行動がこの僕の身に重大な危機をもたらすんだ。したら最後、絶対にお前たちを許さないし別れさせる。つまりラーラと筋肉を婚約させるということだ。いいな！」

「しつこい。わかっていると言っただろう」

「僕はお前たちを少しも信用していない。いいか、ふたりきりの時間は十分だけだ」

「わかったから早く出て行け」

ラーラのまぶたにやわらかいものが触れ、ちゅ、ちゅ、とついては離れをくり返す。アデルが涙を吸っている。その間に扉が閉じた音を聞いた。ヘンリーが出て行ったのだ。

ラーラは、何かを言いかけたアデルより先に口を開いた。

「アデル、ごめんなさい。わたし……」

金色の髪からのぞく同じ色の瞳。化粧をしていない男の顔。それでも変わらず美しい。ようやくまともにアデルの顔を見られて、ラーラはぎゅっとすがりつく。

大好きなアデルだ。

「ごめんなさい。わたし」

「門前払いにしたこと？」

「……それもあるし、今回の騒ぎのこと……すごくすごくばかだった。わたし」

続きを言おうとしたところで、ラーラの声はアデルに食べられる。

しっとりと唇同士をつけ合って、アデルは息を落とした。

「会えなくて狂いそうだった。ねえラーラ、君は僕のものなんだ。約束して？」

「ばかなわたしを許してくれる？」

「僕はラーラが僕のものでさえあればいい。ねえ、君は僕のものだよね？」

「アデルに会いたかったの。でもわたし、ばかだから恥ずかしくなって……」

「ラーラ、まずは答えて？　君は僕のものだよね？」

はたと止まったラーラは、アデルを見つめる。彼の瞳にひどい泣き顔の自分が映り、ラーラはこくんと頷いた。

「わたしはアデルのものだわ」

「うん、君は僕のものだ」

ぱくっと噛みつかれるように唇を貪られ「僕のラーラ」とささやかれる。また角度を変えて口が塞がれ、それは激しいものだった。息もできないほど苦しいけれど、ラーラは胸がはちきれそうになるほど幸せだ。せつなくて苦しくて、でもこれが恋なのだと思った。

「アデル……好き。大好きよ」

「……僕のほうがラーラが好きだ」

(ううん、わたしのほうが好きだもの)

どちらからともなく口を吸い合い、キスしていると、ラーラは身体がうずくのを感じた。アデルとぴったりくっついて、どろどろにひとつになって溶けてしまいたくなった。

あの日みたいに。

「ラーラ、いまの問題がすべて解決したら……僕だけのものになってくれる？」

「もうとっくにアデルのものだわ」

「うん。君は僕だけのもの」

ぎゅうぎゅうと抱きしめ合って、唇同士をすり合わせていると、世界にたったふたりだけしかいないような気になった。強く、強く、アデルだけを感じる。

しかし、甘い世界が破られるかのように扉が開く音がした。

「おいこら、離れろくそガキども！　セックス手前じゃないか。戯《たわむ》れはおしまいだっ！」

「うるさいな」

むくりとラーラから離れたアデルは不機嫌そうだった。眉をひそめる。

「なんだよ、まだ十分経っていないだろ！」

「ばかめ、とっくに経っている。もたもたするな。アデル、行くぞ！」

「ふざけるなよヘンリー……絶対経っていないだろ！」

「減らず口を叩くな。お前は噂を覆すんだろう？　優先すべきは他にある」

くそ、と悪態をついたアデルは、名残惜しそうに、ラーラに触れるだけのキスをした。

「ラーラ、待っていて。君を僕だけのものにするから」

# 9章

昨夜、ラーラはアデルに会えて、この上なく幸せでうれしかったけれど、あくる日には現実を思い知らされた。

折り目正しい執事が銀のトレイに載せてラーラに差し出したのは、封緘《ふうかん》された手紙だ。

最初は何気なくペーパーナイフで開けた手紙だったが、文面を見るなりラーラは瞠目して固まった。そこには、〝MARRY　ME〟と書かれており、その雄々しい筆跡は『私と結婚するよな？　……逃げられると思うな』と、ラーラを脅迫しているような気がした。

「きゃっ」と思わず投げ出した手紙の差出人はバートだ。どうしてこんなことになるの！と叫びたくなったけれど、すべて愚かな自分が引き起こしたことだった。

「いやよ……受け取れないわ」

「お嬢さま、まだございます。こちらを……」

執事がラーラに見せたのは、銀で作られた精緻な小箱だ。それが開かれると、中にはラーラの瞳の色を模したような、アメシストのブローチがきらめいていた。

「バートさまより、今日の夜会でお付けになってほしいとの伝言を賜っております」

真珠で縁取られたそれは安いものではない。男が結婚を考える娘への贈り物としてはじゅうぶんだった。

卒倒しそうになるラーラの傍で、伯母のコーデリアは胸に手を当て、感嘆の声をあげた。

「んまあ！　早速そのブローチにあわせて今夜のドレスを選ばなくては。檸檬色がいいわね。あなたの白い肌を引き立てるし、なによりその目とブローチがより引き立つわ」

「待って伯母さま、わたしは」

「ボンネットの手入れも怠ってはだめね。それともドレスと同じ檸檬色のりぼんを髪に巻くほうがいいかしら？　それとも白いりぼん？　ああ、忙しくなるわっ」

ラーラの話も聞いてくれず、伯母は大きなお尻を振りながら「忙しい、忙しい」と出て行った。残されたラーラは、震える手のひらにのるブローチを見下ろした。

いくら男女の機微に疎いラーラでも、高価な贈り物をされ、それを夜会で付けろという意味はわかる。今夜、ラーラはバートに皆の前で求婚されてしまうのだ。

断ってしまえたらいいが、そう簡単にはいかない事情がある。

バートの求婚を無下にすれば、ラーラは血も涙もない鉄の女として周知される。そしてアデルを選ぼうものなら、バートがいながら他の男にも目をつけ、淫らに誘いをかけたふしだらな女とレッテルを貼られる。どう転んでも非難の的だ。世間は女性に生きづらくできていて、ましてやアデルは伯爵で、ラーラのせいで評価が地に落ちていいはずがない。

(どうしよう……。わたしは、アデルと離れ離れにならなきゃいけないの？)

ラーラはアデルが大好きだ。でも、だからこそアデルに不幸になってほしくない。それでいて彼と離れたくないし、離れる勇気もその気もない。一緒にいたい。どうしても。

(わたしって、きっとすごくわがままなのね。恐ろしい悪女だわ)

「こんなわたし、疫病神よ」

ぐすぐすと洟をすすっていると、下を横切る影がある。ラーラの愛犬ダミアンだ。

手を伸ばせば、べろべろと長い舌が這う。慰めてくれているようだ。

「ダミアン……」と、床に膝をついたラーラは、大きなダミアンに抱きついた。

「本当に取り返しのつかないばかなことをしたわ。人って不便。だって、絶対にやり直しができないんですもの。後悔ばっかりしてしまう。わたしって、なんて愚かなの」

ラーラがベッドに横になり、うだうだ悩んでいると、こんこんと窓が叩かれる音がした。

億劫そうにそちらに目を向ければ、とたん彼女は驚きのあまり飛び起きた。

そこにはアデルが立っていたのだから。

ラーラは自身のしわをたくわえたドレスを一旦見下ろして、すぐさまアデルを見上げた。

彼が「こっちにおいで」と手で合図をしたので、ラーラは一も二もなく駆け寄った。

「アデル！」

窓を開けると、アデルはくすくす笑った。

「ドレスのまま寝ていたの？　しわしわだ。……あれ、泣いていた？　目が赤い」

「あのね、大変なことが起きているの」

「なにが起きたの」

アデルはラーラの手を持ち、エスコートするように部屋の中に入ってきた。すぐに肩に手が置かれ、ちゅ、と唇が重なる。ラーラは彼の甘いキスがありがたくてうれしかった。

「ねえラーラ、すべて言って」

ラーラが言いにくそうに今日の出来事を伝えると、アデルの顔色が怒りに染まった。

「ふざけたやつだな。君は僕のものなのに。やつの手紙とブローチを渡して。いますぐ」

指示通りにラーラがバートから届いた手紙とブローチを渡せば、アデルはそのふたつを見もせずに自身のポケットに押しこんだ。

「ラーラ、今夜のアッシャーの夜会は参加するよね？」

「参加するわ。そこできっと……」

ラーラは求婚されてしまう自分を想像し、がっくり肩を落としてうなだれた。それを察したのか、アデルが手を固く握りしめてくれた。

「僕に考えがある。ダミアンを借りるよ」

その言葉にラーラは何度も目を瞬いた。

「だめよ、ダミアンはわたしにしか懐いていないの。ヘンリーはいつも噛まれたり吠《ほ》えられているわ。昨日もヘンリーのお気に入りの帽子を噛んでだめにしてしまったの」

「大丈夫。ダミアンは僕にも懐いているさ。——見て」

アデルは指を軽く口に含んで「ピィー」と笛《ふえ》を鳴らした。すると、タッタッタッと軽快にダミアンがやってきた。ダミアンは、アデルがポケットから出した干し肉を貪ると、しゃんとお座りをして、主人を見る目でアデルを仰いだ。

ラーラはぽかんとダミアンを見た。こんなに凛々しいダミアンを見るのははじめてだった。

「ダミアン……」

「今日はお前にとっておきのものをやる。僕とラーラからの贈り物だ」

そう言って、アデルはラーラが渡したバートのアメシストのブローチを取り出すと、ためらいなくダミアンの首輪に装着した。すると、きらきらといやに気品高い首輪になった。

「アデル、それは……」

さすがにラーラが戸惑うと、アデルはラーラの口に唇を寄せた。

「こんな安物、ラーラには似合わないよ。僕がちゃんとしたものを贈るから」

「でも……」

「準備があるからもう行くよ。じゃあ、夜会でね」

アデルはもう一度ラーラに口をちゅっと押しつけると、ダミアンに顎をしゃくり、ともに窓から去って行った。

「アデル」

ラーラは彼らの姿が見えなくなっても外を眺めた。

冷えていた身体がぽかぽかと熱を持っていた。

アデルが会いに来てくれたからだろうか。ラーラの心は不幸のどん底から一気に天国へと駆け上がり、幸福を感じた。そして勇気も漲ってくる。なんだってできそうだと思えるほどに。


「んまあ、ラーラ、ブローチをどこにやったのです！　せっかくいただいたのに、この子ったらっ！　なんて愚図《ぐず》なの！」

当然バートがくれたブローチが無いことに、伯母は大層怒ったけれど、ラーラはうつむき加減で終始「ごめんなさい……」をくり返した。

最近うじうじすることが多かったので、伯母もヘンリーと同じくラーラの相手は面倒でうっとうしいのだろう。すぐに切り替え、アメシストのブローチの代わりにシェル・カメオを付けられた。

いつも通り器用な召し使いがラーラの髪を複雑に結い上げ、花と真珠の粒をあしらった。檸檬色のドレスもしっかり着付けられ、真珠の首飾り、絹の長い手袋をはめれば夜会の支度は完成だ。

ラーラは気が重かった。けれど、アデルが残した『じゃあ、夜会でね』の言葉に希望を見出していた。助けてほしいと望んでもいいのだろうか、ずうずうしくはないのだろうかと悩み、そして最後にまたうなだれた。最大の問題はやはりバートだ。

(どうすればいいの)

「ラーラ」

扇をもじもじいじっていると、ヘンリーが小さく声をかけてきた。

「お前、今夜は何もするなよ」

意味がわからなくて首をひねると、ヘンリーは「察しが悪いな」と説明をはじめた。

「夜会で何もしゃべるなということだ。いままでお前が余計なことを言ったりしでかしたりしたためにこじれにこじれてきただろう？　お前の言動は愚かの極みとしか言いようがない」

自らの行動を思い起こせば頷くしかなかった。すべての行動が浅はかで、裏目に出ている。

「お前はな、僕に多大な迷惑をかけている。アデルにもな。ついでにローレンスにもだ。

ちびのお前ひとりのせいで、三人の紳士がてんてこまいだ。お前の想像以上に僕たちは奔走している」

「……ごめんなさい」

「そうだ。責任を感じて、今夜はいまのようにずっとうじうじしていろ。得意だろう？」

「それは…………得意だけれど」

「うまくやれ」

「がんばるわ」

ラーラはヘンリーの言う通り、夜会に向かう馬車の中からうじうじしていた。それを伯母は気に入らないらしく貶していたが、兄は従順な妹に満足したらしく、ラーラをかばってくれた。

おかげで馬車の中はヘンリーと伯母による互いの罵倒《ばとう》合戦となっていたけれど、伯母の注意が兄ひとりに注がれていたから、ラーラは内心ほっとした。伯母がラーラに話しかけるとしたら、ロマンス色を足したバートのことばかりだからずっとうんざりしていたのだ。

アッシャーの夜会の会場についてからというもの、ラーラはうつむき、伯母から距離をとるように動いた。一緒にいればすぐにバートのもとに誘導されるとわかっていた。

ひそかに頼りにしていたヘンリーは、早々にカード室に向かっていった。というのも、兄は最近伯母の策略で婦人を紹介されてしまうから、夜会はカード室に逃げこんでいるようだった。

ヘンリーの指示通りにずっとうじうじしているのは、とても疲れることだった。なので、ラーラは大きな花瓶に隠れて息をひそめていた。

心の中でずっとアデルを呼んでいた。バートよりも早くアデルに会いたいと願った。

でも、神さまはいじわるだ。思えばいままで生きてきた中で、ラーラの思いどおりに事が運んだことはないかもしれない。

ぬっとこちらに伸びた影は――。

豊かな筋肉をたたえたバートのものだった。

ひく、とラーラの喉が鳴く。バートは笑顔だけれど、目はまったく笑っていなかった。こげ茶色の目だ。ラーラには、その目が底知れぬ穴のように見えた。

「ラーラさん、こんなところにいらしたのですね。捜しましたよ」

彼の視線はラーラのカメオに落ちていた。ブローチがないことに腹を立てているのかもしれない。怒られることを覚悟して構えたけれど、咎めの言葉はなかった。

「踊りましょうか」

怖かった。

剣呑なまなざしに射すくめられ縮みあがったラーラは、断りの言葉を紡げなかった。

踊りの間、ラーラは緊張しきって頭の中はぐちゃぐちゃだった。間違いなく正しいステップは踏めていない。それでもダンスは終わらずに、この苦痛の時が永遠に続いてしまうのではないかと思って吐き気を催してきた。

ラーラは、どうしてバートが自分に求婚したのか、なぜ接近してきたのかわからなかった。

それに、ラーラがバートに想いを寄せていたときには、少しも興味を持たれていなかったのに。鏡に映る自分は、胸はぺたんこだし、下手をすれば十四歳と言っても信じてもらえてしまうほど子どもじみているからだ。彼は、どちらかといえば、アデルの扮したアラベルのような妖艶で大人っぽいタイプがお似合いだろう。

（どう考えてもわからないわ……）

アデルは、ラーラをかわいいだとか絶世の美女だとか言って褒めたたえてくれるが、正直、ヘンリーの意見のほうが正しいと思っている。なぜなら泣いた後で鏡を見たら、目も当てられないほどぶさいくで、腫れ上がった顔の自分に驚いたほどだったからだ。

そんなぶさいくな自分にアデルはためらいもなく「かわいい」とくちづけしたのだ。そして抱きたいと言ってくれた。好きとはそういうことではないだろうか。相手がどんな容姿でも受け入れられるし、ずっと好きなまま。それこそ愛だ。

ヘンリーとバートに比べて、アデルの愛は崇高さが違うのだ。もちろんラーラの思いも崇高だ。なぜなら心の底からアデルを愛していると言えるから。それはもう生涯変わらない。きっと……。

おそらく、このバートという男は兄と同じく放蕩者だ。

ラーラは間違いだらけのステップをたどたどしく踏みながら、しかしふと気がついた。あまり自分では認めたくないけれど、ラーラはちびだし胸も小さく色気がない。まるで少年のような体型だ。そんなちびなラーラを相手に、男らしい筋肉を兼ね備えた男が放蕩したいと思うだろうか？　いや、思わない。ならば、大きくたくましい紳士がいま一体なにを思うのか――。まったく想像できないので、ラーラは同じ放蕩者の兄を思った。そう……ヘンリーならラーラを「くそガキ」だと思うはずだ。そして、それはバートもだ。

導き出された答えを踏まえ、ある考えに行き着いたラーラは、かっと目を見開いた。

この男が狙っているのは財産だわ！

愛のない結婚を望んでいるのだ。そんな結婚をしたら最後、毎日ブスだとののしられ、きっと名前の代わりに「おいブス」と呼ばれるようになる。それはさすがに我慢がならない。ラーラは泣いてさえいなければ、そこそこかわいいと思うのだ。

ラーラはだんだん腹が立ってきた。なぜ金目当ての男に自分がびくついていなければならないのだと思った。

闘争心を燃やすラーラだったが、かといって、最近はひどくめそめそし慣れているため、強気は保っていられない。現状を思い起こせば、目線は勝手に下を向く。

ラーラはサテンの靴先を眺めながら、知らずアデルに助けを求めた。


「ラーラさん、私と結婚してください」

その言葉が紡がれた瞬間、アッシャー邸の大ホールは騒然となった。

二曲立て続けにバートに手を取られて踊らされた後にこの事件は起きた。

最初、バートが目の前でひざまずいたとき、ラーラはあまりの窮地にくらくらとめまいを覚えた。紳士が婦人にひざまずくときは、求婚と相場が決まっているからだ。

とうとう逃げられず、断れず、流され続けてこのざまだ。誰の助けも得られない。きらびやかなシャンデリアが光をきらきら落とす中、ラーラは真っ暗な絶望の淵に立っていた。

その上、伯母の声がラーラをさらに奈落の底へ突き落とす。

「んまああ、お似合いだわ！　わたくしは大賛成よ！　なんて素敵なカップルなのっ」

先ほどまでカントリー・ダンスの曲を奏でていた楽師たちは、ご丁寧にも曲調を変え、しっとりした愛の歌を流しはじめる。会場内のすべての目がラーラとバートに注がれた。

ラーラは泣きたくなってきた。答えははじめから決まっているけれど、いまから言う言葉によって、ラーラはバートどころかアデルとも結ばれなくなるだろう。これからラーラは、男を期待させるだけさせて、手のひら返しで手酷く振ったあげくに恥をかかせたという血も涙もない鉄の女のそしりを受ける。そんな評判の悪い女は、社交界の綺羅星のアデルにふさわしくないと公爵夫妻も判断するだろう。

ドレープを美しく描くドレスの中で、脚はあわれにがくがく震えた。ラーラの頭には、アデルが「彼女が僕の妻になる人だよ」と、見知らぬ娘の手を取る光景がよぎった。

このときラーラは、自分以外がアデルの妻になるなんて、死ぬほど辛いと思った。

(アデル……好きよ)

「……ラーラさん？」

求婚したのに、だまったままのラーラにしびれを切らしたのだろう、バートがラーラの手を取った。もちろんイエスですよね、と言わんばかりの期待にあふれた顔でのぞかれる。

周りの貴族もラーラの様子がおかしいと気づいたようで、ざわざわとざわめき出した。

そのときだ。

「ひどいですわ！　バートさま！」

観音開きの扉が開かれた入り口で、大きな声があがった。その人物が悠然とこちらに進み寄って来ると、会場内はどよめきに沸く。

銀色の美しい髪、そして、白い生地にため息が出るほど精緻な銀刺繍が施された、芸術品とも言えるドレスを纏う淑女――レディ・アラベル・ド・ブールジーヌ。

社交シーズンのはじまりに幻のように現れ、人々を虜にし、そしてこつぜんと行方をくらました謎多き貴婦人。しなやかな肢体を包む見事なドレスや髪型は、彼女の美しさを引き立てていて、どこから見ても絶世の美女だとしか思えないほどだった。感嘆のため息がそこかしこから聞こえる。

それは、後にも先にも異様な光景だっただろう。

小さなレディの前で筋骨隆々な軍人がひざまずいて求婚し、その男に一分の隙も見当たらない美女がすがっている。奇妙な男女の修羅場だ。物見高い貴族たちはこの三人を輪になるようにして取り囲む。ただ、流れる旋律は依然として愛の曲。

ラーラだけは、このアラベル・ド・ブールジーヌの存在に、心の底から歓喜して、いますぐ彼女に飛びつきたくなっていた。

アラベルは、ちら、とラーラに目を向けて、かすかに形のいい唇の端を持ち上げる。

「バートさま、わたくしとあのような情熱的な夜をお過ごしになったのにひどすぎます。わたくしは……あなたさまだからこの身を捧げたのです。なのに、わたくしではなく別の婦人をお選びになるなんて。わたくし……わたくし……恥をしのんで駆けつけるしか」

レースの豪奢なハンカチを目にそっとあてがい、アラベルは肩を震わせた。

周りの者には、しくしくと美しく泣いて見えるであろうが、ラーラだけは知っている。

昔アデルは、大人たちの同情を引き出そうとこんなふうに嘘泣きしていた。肩が震えているのは、騙されるばかな大人に対して笑いをこらえていたからだ。かつては父と母を、親戚を、そして公爵夫妻を騙すアデルに何度も何度もくやしい思いをしてきたけれど、いまはこんなにも頼もしい。感極まって、ラーラまでぷるぷる震えてきた。

そうだった。性格の悪いアデルは自分の利になるのなら、平気で嘘をつくし周りを欺《あざむ》く。ラーラは、自分のためにアデルが芝居を打っていることに感動した。ラーラを守ることを、アデルは自分の利だと判断してくれているのだ。悪魔だけれど、天使みたいだ。

「わけがわからない、なんなんだ！」

バートは目を剥いた。こめかみには太い血管が浮かび、怒りがあらわになっていた。しかし、時すでに遅く、この一大スキャンダルに周りの貴族の目はらんらんと好奇に輝いていた。伯母はバートが放蕩者だと思いこみ、顔から湯気が出るほど怒りにわなないている。無理もない、ロマンチシストな伯母の夢はこっぱみじんに粉砕されたのだ。

「誰だお前は、私は知らない！　まったく身に覚えがないぞっ！」

「バートさま……わたくしをお捨てになるの？　おねがいよ、わたくしを捨てないで。あなたさまのたくましい身体から離れるなんて……わたくし、なんだっていたしますから」

「頭がおかしいんじゃないか？　私は知らないと言っているだろう！　第一私は――」

はたと言葉を止めたバートは、ラーラの手を引っ張った。

「ラーラさん、今日は帰りましょう。このようなおかしな女がいては話になりません！」

「でも……」

「あら、おふたりで帰らせるわけにはまいりませんわ。だってわたくし……」

アラベルは妖艶にまつげをふさりと上げた。凄絶に輝く金の瞳が現れる。

「だって、ラーラ、わたくしたちは親友ですものね。あなたはわたくしの言い分を、もちろん聞いてくださるはず。いつだってそうですわよね？」

ラーラが「うん」と、おずおずと頷けば、大ホールはどっと沸き、それからというもの、貴族たちの口は留まることを知らないでいた。ひとりの男が親友同士であるふたりの淑女を弄ぼうなど言語道断、扇情的《センセーショナル》すぎる話題だからだ。

騒ぎに乗じて、ラーラはアラベルに手を引かれ、一気に出口を目指して突き進む。途中、いつの間にか現れたヘンリーとローレンスが、周りの邪魔な貴族を押しのけ、脱出の手助けをしてくれた。

バートは押し寄せる群衆にたじたじになっていて、やがて取り囲まれて見えなくなった。

ラーラは良心がじくじくうずいてバートのほうを振り返ったけれど、その瞬間にアラベルに抱え上げられた。そして、軽々とバークワース公爵家の馬車に乗せられ、同時に慌ただしく発車する。

「バートさまは大丈夫かしら……」

窓の外を心配そうに窺うラーラに、足をぞんざいに組んだアラベルは、不機嫌に吐き捨てた。

「ふん、あの男の自業自得だ。それにあの筋肉は無駄に鍛えたわけではないだろうからね。少々取り囲まれても押しつぶされてくたばることはないさ。跳ね返せるよ」

「でも……貴族の噂は大変なものなのでしょう？　だから」

「君が心配することはない。だってあいつは――……ああ、これ以上あいつの話など時間の無駄だ。ラーラ、来て」

それから、石畳をひた走る馬車の中で行われたのは、深い深いくちづけだ。唾液がもうどちらのものかわからないほど、とろとろにひとつに溶け合うキスだった。

アラベルに、ぎゅうと抱きしめられ、ラーラもぎゅうと抱きしめ返した。纏っているドレスがひどく邪魔だと思うほど、もっと彼にくっつきたかった。

(大好き)

「……はあ、ラーラ、危なかった。間に合ってよかったよ……。ごめんね、母が僕の着付けに夢中になりすぎて、駆けつけるまでだいぶ時間がかかってしまった」

「素敵なドレスだわ。……えっと、アラベル」

「アラベルじゃない。僕は、君の夫のアデルだ」

「夫？」

ラーラがきょとんとすると、すぐさまキスが再開されて、その激しさに息が上がった。

「は。んぅっ」

「僕は君の夫になると決めていた。昔から君を妻だと思っている」

「え……？」

「君の両親の許可はずっと前にもらってあるんだ。ヘンリーも知っているよ。……ねえラーラ、君も僕を夫だと思って。僕たちは、近いうちに本当の夫婦になるんだから」

「アデル……」

真摯な瞳で見つめられる。

「君は誰のもの？」

ラーラは彼を見返しながら、首を動かし、こくりとつばをのみこんだ。

「アデルのものだわ」

「そうだ。だから僕たちはひとつになるべきなんだ。もう、誰も邪魔できないようにね。今後、一切誰にも邪魔などさせないと決めた。今夜、僕は君が誰のものか徹底的に教えこむつもりだよ。……いいよね？」

頷いたラーラの耳もとで、彼はささやく。

「ラーラ、あれを言って。聞きたい」

「いま？」

「うん。いま言って」

以前、はじめての行為のさなか、何度も何度もアデルにねだられた言葉がある。

どきどきする胸を両手で包み、ラーラは言った。

「わたしを……アデルの好きにして？」


公爵邸の玄関ホールで家令に出迎えられたのち、ラーラはずるずるとアデルの部屋に引きずりこまれ、それはすぐにはじまった。

ラーラは甘い嬌声をあげ続けるはめになる。

唇がぷっくりと腫れるほどにキスされて、ラーラがぐったりすれば、すぐにベッドの上に倒され、あっという間にドレスを剝かれて、一糸纏わぬ姿になった。ラーラのつんと尖った小さな胸は、アラベル姿のアデルにたっぷり時間をかけて貪り尽くされる。それはやけに執拗で獣のように激しいものだった。

「ああっ、……ん。あ！　アデル……もうだめ」

「ん？　もうひりひりになった？」

「なったわ。アデルはここばかり」

アデルは、何らかの使命を帯びているかのように、以前から必ず最初にラーラの胸の先が痛くなる寸前まで、やわやわ触れたり、爪弾いたり、吸ったりしゃぶって甘噛みしては愛でてくる。

「どうしていつも、ずっとここなの？　ほぐしすぎだわ」

アデルはラーラの胸を、獲物を狙う鷹の目つきで見つめるのだ。

「ラーラの乳首が昔から好きなんだ。お願い、もう少し舐めていい？」

「だめよ。今日はもう触っちゃだめ。でもなんで昔から知っているの？　見せてないわ」

「ラーラが寝ているときに見ていたよ。七歳のときから触っていたし」

過去にさかのぼって考えて、ラーラは息を詰めてしまった。お昼寝するとき、必ずアデルが隣に来て一緒に寝ていたし、お泊まりのときも常に一緒だった。

「ラーラは一分で寝る子だからね。舐めてもぜんぜん起きなかった」

「勝手にほぐしていたの!?」

「ほぐすと言うか……ねえ知ってる？　ここ、僕が触れるとかわいく反応するし色も形も変わるし、それに触れれば触れるほどラーラの感度がよくなるんだ。僕が毎日育てるよ」

確かに桜色の胸はアデルに弄ばれると色も形も変わって熟した実のようになる。それに、ひりひりするまでは、アデルに触られるのはとても気持ちがよくて好きだ。

「じゃあ……明日また好きにしてもいいわ。でも、今日はもうだめよ」

「わかった」

アデルは名残惜しそうにラーラの両方の胸先にキスをして、ゆっくりと身を起こした。

「少し待っていて。着替えてくるから。化粧も落としたい」

アデルはアラベルの姿のままだった。

「わかっているよね、ラーラ。僕はいまから男として君を抱くよ。激しくなってしまうと思う。でも、ラーラは僕の妻だから、全部受け止められるよね？」

そんなことを言わないでほしかった。言われたとたんに、ぼんと心臓が爆発しそうなほどラーラの鼓動は飛び跳ねた。

「でも……アデル、その……やさしくしてくれる？」

「もちろん。僕はラーラを愛しているからやさしくする。たっぷり時間をかけるよ。たくさん気持ちよくもする。でも、僕もたくさん気持ちよくなりたいな。いままでかなり我慢してきたんだ。ぜんぜん、まったく足りない。今日からは僕が満足するまで僕のペースにあわせてもらう」

ぞく、と背すじに寒いものが走るけれど、それはアデルの熱いくちづけで霧散した。

長い銀の髪がラーラにかかる。

「ラーラ……かわいい。僕がどれほど君を好きかわかる？」

「ん。なんだか、すごく愛されている気がする」

「気がするじゃなくて、すごく愛しているんだ。それをいまから身体に直接伝える」

アデルがもう一度キスをして、「待っていて」と部屋を出て行くと、ラーラは急に裸でいるのが恥ずかしくなり、毛布にぐるぐる包まった。

(どうしよう。なんだか怖いわ)

水の音がちょろちょろ聞こえて、ラーラはさらに深く毛布にもぐった。アデルがいまなにをしているのか、手に取るようにわかるのだ。

顔を洗って化粧を落としているのだろう。髪も身体も拭いている。自然に耳をすましてしまう。

しゅるしゅるとした衣擦れの音はガウンを着ている最中だ。そしてその下は――。

想像するだけで、ぶわっと身体が熱くなり、汗が滲むのを感じる。

ラーラは肩で息をする。全身がまるで心臓に支配されたかのようだった。

「どうしよう……昨日たくさん食べたから、お腹がぽっこり出ているわ」

ラーラはどうしてもお腹を見せたくなかった。なぜなら前回アデルが中に入っていたとき、彼はしきりにお腹を触ってきたからだ。どうもラーラのおへそが大好きらしいのだ。

もしもぽっこりしたお腹に気づけば、彼は何を思うだろうか。

(いやよ、絶対に見せられない。きっと、お腹と一緒に脚だって太くなっているわ)

美しいアデルに、こんな美しくない身体、醜さが際立つだけだ。

（嫌われたくない……）

ラーラは慌ててベッドの傍机に手を伸ばす。早くこの醜いお腹を隠さなければ。

そこには昨日アデルが着ていたであろうガウンが置いてあり、それを羽織ってくしゅくしゅと腰でひもを蝶結びにする。

（やっぱり、屋敷に帰ろう）

そう心に決めてベッドから降りれば、アデルのガウンはラーラには大きすぎて、毛足の長いじゅうたんの上にころりと転んでしまう。すると、アデルがつけている香油の香りが漂った。

ガウンにつくアデルの匂いを嗅いでいると、生地の感触が生々しく肌に伝わって、まるで彼に抱かれているような気になった。

なぜか下腹の奥がうずうずしだし、その上さっきの愛撫で濡れていた脚の間が、とろとろとさらに潤ってくるのがわかった。ラーラの身体は、アデルとひとつになりたがっている。

（わたし、はしたないわ……）

「ラーラ？」

物音に気づいたのだろう、扉を開けたアデルが顔をのぞかせる。彼は最初は笑んでいたけれど、自身のガウンを着て床に転がるラーラに目を見開いて、そして細めた。

「……何をしているの？」

声が一段低くなる。濡れた髪をかきあげる彼は、途方もない色気と艶を撒き散らし、ラーラをひどく動揺させた。瞬きひとつ、まつげの微細な動きですら、ラーラの胸を締めつける。

女とは違う男のアデルだ。

たじろぐラーラを軽々と抱き上げたアデルは、至近距離で見据えてきた。

「何をしているのか教えて。どうしてベッドにいないの。なぜガウン？　説明して」

アデルの迫力に、ラーラは彼が怒っているのだと思った。

どうしよう、とうつむいて、うじうじしていたけれど　ラーラは勇気を出してアデルを見返した。ぎらぎらと燃えたぎるまなざしだ。背中にじわじわ汗が浮く。

「気に入らない。どうしてだまっているの。ガウンを着ている理由は？」

「……ごめんなさい」

「だめ。そんなことを言わせたいわけじゃない。謝るくらいなら僕にキスして」

「アデル……」

「早く。君のキスがほしい」

ラーラはどきどきしながら、アデルのすべらかな頬を包み、自分の口をふに、と彼の唇に当ててみた。そして、ぺろぺろとダミアンがしてくれるように舐め回す。すると、ラーラの後頭部を支えたアデルは、ラーラの唇を貪り出して、熱い吐息を吐き出した。

「は……。ラーラ、好きなんだ。好きすぎて狂いそう」

何度も何度も熱烈なキスを降らせる。

「大好きだ。愛しているから、お願いだから僕を拒まないで」

このとき、ラーラにはアデルが自分よりも幼く見えた。

胸がせつなくうずき出し、もう彼に何をされてもいいと思った。

「拒まない。だって、わたしはアデルのものだもの。大好きよ」

「うん、僕も大好きだ。……ねえラーラ、君は僕だけのものだよ」

悩ましげに言う彼に、ラーラはいまこそ告げるべき言葉を紡いだ。

「わたしをアデルの好きにして？」

とたん、どさりとラーラをベッドに押し倒した彼は、「好きにする！」と宣言し、またラーラの唇にむしゃぶりついた。

「犯罪だ。なんて犯罪級にかわいいんだ。ラーラ、好きだ！」

布越しに硬くいきり立つ彼が脚に押し当たり、ラーラの頬はりんごのように赤くなる。

とても、大きい。

「――は。アデル……」

「ん?」

ラーラはどきどきしすぎて、話題を逸らさなければと思った。懸命にひねり出す。

「アデルはいい匂いだわ。いつも香油……なにをつけているの?」

「いまそれを聞くの?」

「ん……、とてもいい匂い」

「フランキンセンスだけど。僕は君の匂いの方が好き。ねえラーラ、匂いを嗅がせて? 早く舐めたい」

言いながら、アデルがラーラの腰ひもを解いてくるから、慌てて彼の手を押さえた。

「どうして? 裸同士の約束でしょう?」

「でも、今日はだめ。わたし、ガウンを着たままするの」

「え、わけを言って」

「……お腹がぽっこりしているから」

アデルは、「それはいつもだよ」と言いながら、無理やりひもを解いてきた。

「あっ、だめよ。本当にぽっこりしているの。とてもじゃないけれど、見せられないわ」

ひもを失ったガウンはあわれにはだけて、軽々アデルに抜き取られた。纏うものは何もなく、いともたやすく裸になる。

「やだ、幻滅されちゃう。脚だって太いもの」

「太くない。幻滅なんてしないよ。何をいまさら恥ずかしがるの？　さっき君の裸を見たばかりだ。かわいいお腹だったし興奮した。それに、君のお腹は昔からぽっこりだ」

「そんな……、あっ」

強引に脚を割られて秘部がさらされる。ぐっと顔を寄せたアデルがそこにくちづけた。やだ、だめ、と言ってもやめてもらえず、そればかりか、あわいをぱっくり開かれて、そこに沿って舌が這わされた。

「あっ！」

「ラーラの匂い、好き。最高」

くちゅくちゅと花びらを食まれて、ラーラは、いや、いや、と首を振る。

「や。……あっ。汚いわ」

「前から何度も舐めているのに？　こうして」

「ん、あっ。だって」

「僕は汚いなんて思ったことがない。すごく好きだな。色も、このかわいい形も味も」

アデルは鼻頭を持ち上げて、ラーラに視線をあわせてきた。その口もとは、とろりと艶めく液でべたべただ。見ているといたたまれなくなってくる。

「ねえ、この毛、あとで剃るね。つるつるにしたい」

ラーラが目をまるくすると、アデルは見せつけるように恥丘の薄い下生えをついばんだ。

「毎日僕が管理する」

「そんな……だめよ」

「だめは聞かない。剃るよ？　そのほうが僕のものって感じがする」

困惑したラーラが脚をぷるぷるさせると、太ももの内側にそれぞれじっくりキスされる。

そして、赤い花が咲く。

「ラーラは一生僕のもの」

アデルはラーラの脚や腰が動かないよう腕を絡ませ、舌でねっとり秘裂をなぞった。

「ここは僕しか見られないし触れられない場所。わかった？」

「んっ」

「そろそろはじめるよ。限界なんだ。いっぱい気持ちよくしてあげる」

アデルの金色の瞳が妖しい光を帯びた刹那、ラーラはびくんと背を反らせた。彼が花芽を吸ったのだ。

「あ！　激し…」

「愛しているんだ。たくさん達って？」

アデルはいつになくラーラを求め、燃え尽くすように激しく貪った。

かつてないほど濃厚な愛撫を受けて、すぐにラーラの毛穴という毛穴から汗が噴き出す。しっとり濡れた身体に手をゆっくり這わされて、アデルは満足そうに「汗っかきだね」と口にする。彼は自身がもたらす官能でラーラが乱れるのがうれしいらしい。

裸で仰向けにされているラーラはめくるめく悦楽に、くねくねと腰をくねらせる。アデルはラーラの股間に顔を埋め、愛液があふれるたびに、ずるずるとすべてを飲み干した。

「あ。……あっ。ん……っ」

ラーラの爪先がシーツをすべり、ぴんと伸びて震える。もう、どれほど達したのかわからないほど果てさせられた。

余裕なく息を荒らげるラーラの胸は、大きく縦に揺れている。その赤くぷくっと腫れた胸先を、アデルは目で追っている。彼がラーラの胸が大好きなのは、痛いほど伝わった。

「はあ、あ。……うぅ……」

「ラーラ、もっと達って」

「んっ、んっ」

「じゃないと僕が入らない。ほら、いくよ」

アデルは長い指をぐちゅんとラーラの秘部に入れ、内側からくちゅくちゅと快楽の粒を刺激する。そして上から舌で挟んで、くりくりといじめ抜く。熟れさせられた花芽の包皮は剝かれて、抗えきれない快感に、ラーラは翻弄されていく。

「は。あ……あっ！　う。……もう、だめっ！」

淫靡な舌の動きに反応し、びくんとラーラは身をよじる。大きな波がやってきて、達する間、お尻が浮いた。そのあわいにとろとろ流れる液は、アデルの舌に掬われて、綺麗になった。

「あ、すごくひくひくしてる。僕がほしい？」

「んっ」

ラーラのまなじりからしずくがこぼれる。それは汗か涙かわからない。

お腹の奥はぐつぐつ煮えていて、強い飢餓を覚えた。あのぐりぐりとした刺激がほしいのだ。アデルを渇望して、もう、耐えきれなくなっていた。

「アデル……きて？」

「ラーラ」

息を荒くしたアデルは、ラーラの下腹から移動して、顔の位置にやってきた。すぐに唇を貪られる。

火照った身体に、アデルが纏う冷えた絹のガウンが心地いい。ラーラは喘いだ。

「早くきて、アデル。奥……」

「ラーラ、好きだよ」

「わたし……も、好き。アデル」

「ねえ、もっと僕におねだりして。なんて言うんだった？」

ラーラは奥への刺激が待ちきれなくてふるふるわなないた。取り繕ったり、振る舞いに気をつける余裕はもうない。

「いっぱいして？　アデル」

「いっぱいするだけでいいの？」

「あ。……ぐちゃぐちゃに、いじめて？」

「僕が満足するまでやめないけれど、いい？」

「ん。わたしを……アデルの好きにして？」

ラーラの顔の両側に手をつき、身を起こしたアデルは、にたりと笑った。それは妖艶な笑みだけれど、闇を纏って仄暗い。

膝立ちの彼は、自身のガウンのあわせを鷲摑みにすると、それをぐいと力のかぎりに開いた。すると、引き締まった胸板があらわれる。贅肉など一切存在しない、しなやかな体軀だ。

ラーラはその男らしい身体に魅せられる。女のアデルは美しいけれど、男の姿も息をのむほど綺麗だ。けれど視線を下げたその瞬間、ちょうどアデルが腰ひもを解いたため、視界にとんでもないものが映りこんだ。

それは、筆舌に尽くしがたいものだった。アデルの下腹部にそびえるのは、優美な彼にはまったく似つかわしくない凶悪なものだった。

どくどくとした血管をまとわりつかせた太く長い巨大な物体は、ラーラを欲しているのか、先からとろりとよだれをたらす。

（なに、これ……）

恐れ慄《おのの》いたラーラは身をこわばらせ、後ろに下がろうとするけれど、にんまりと微笑むアデルは、無情にもラーラの左右の太ももをぐっと大きく開かせた。

「あ……だめ……。だめよ、大きすぎるわ」

「うん、これを見ればラーラは怖がると知っていたよ。僕はすごく大きいらしいから」

けれど、アデルの手は一向にゆるまず、それればかりか巨大な先をしきりにラーラの秘部に押しつけて、自らの先走りとラーラの艶めく液をすり合わせる。

「だ、だめ。待って、裂けちゃう」

ぽっこりお腹どころではない。その物体の太さはラーラの腕ほどあるのだ。あまりにも大きすぎる。でも、逃げたくても、たくさん果てたため身体に力が入らない。

「大丈夫、裂けないよ。ラーラはこれが大好きなんだ。前もちゃんと入ったし、ずっと善《よ》がっていたでしょう？」

大好きなわけがない。悪魔の象徴にしか見えないのに。

「今日も気持ちよくなろうね」

あまりの恐怖にラーラの喉が、ひく、とひきつれた。その物体の影がラーラに映りこむ。

「アデル、待って！　心の準備ができていないのっ」

「そんなのいらない」

「必要だもの……待って」

「待たない。入れるよ」

アデルに腰を押さえられたラーラは、万事休すだと思った。たちまちアデルの金の瞳が血に飢えた獣のようにぎらついたのだから。

しかもそれは突然だった。いきなりアデルは腰を進めた。

先がめりめりとラーラの秘裂に食いこむさまは壮絶だった。凶暴でグロテスクな猛りが襲い来る。ラーラは「ひっ」と瞠目したきりだ。

しかしながら、あれほどアデルが執拗にほぐして快楽を植えつけたのだ。ぐぐ…っ、とそれが肉々しく侵入してくるたび、失神しそうなほどの官能を植えつけ、ラーラを貫く。

「あああ、あっ……。ん！　う！」

とんでもなく気持ちいい。顎を上げ、胸を反らしたラーラの胸先はぴくぴくと震える。

それはぱくりとアデルに食べられて、ちゅくちゅく吸われた。

いじられすぎた頂はひりひりするのに、その感覚が飛ぶほど身体の奥が淫猥《いんわい》にうごめいて、頭の中が白くなる。ラーラの中は、ぎちぎちとアデルを咥えて放さない。

「……ん。ラーラ、すごく……気持ちいい。最高だよ」

ぐっと腰を押し出すアデルが、最奥に到達したのがわかった。そのとき、かちっと何かがはまった。

気が狂いそうになるほどの刺激が脳天を突き抜ける。

「ああ――！　は、……あっ！」

「あ。……わかる？　君の中が僕をしぼっているんだ。……すごい。――くっ」

額に玉の汗を浮かべたアデルは、苦しげにまつげを伏せた。

「僕のね、大きいから……君に届くよ。完全にひとつになれるんだ。気持ちいい？」

「ふ。あ、気持ち、いいわっ。……あ。あんっ」

もうたまらないとばかりに、アデルの唇がラーラの唇に当てられた。ちゅっ、ちゅっ、と、互いにキスし合い、ふと離れて見つめ合い、今度は深く重ねる。

「ラーラ、愛してる。……君は？」

「――んっ、愛してるっ」

「本当に？」

こくりと頷き、ラーラは「本当よ」と、また頷いた。

「もう一度言って？」

「愛しているわ……」

それでは足りないような気がして、唇を尖らせたラーラは、彼にちゅっとくちづける。

「アデル、愛しているの」

「ん……僕のほうが、愛してる」

ぎゅうと固く抱きしめられて、ふたりの身体が、隙間などないほどにぴたりとくっついた。すると、アデルが深々とため息をついた。

「肌、吸いついて気持ちいい。すべすべ。ずっと裸でくっつきたかったんだ。こうして」

アデルがいかにも幸せそうな顔をするから、ラーラはせつなさを募らせる。

「アデルのほうがすべすべだわ。すごく、気持ちがいいもの」

「ううん、君のほうがすべすべ。やわらかいな。すごく気持ちいいよ」

ふたりは抱き合いながら、すべすべを感じるべく肌をすり合わせていたけれど、いつしか互いに快感を拾い集めてゆさゆさ腰を動かした。軽く動かすだけでも、得も言われぬ鮮烈な感覚が生まれ、ほどなく下腹が同時にぴくぴくうごめく。

「あっ、……あ！　んっ」

「――ラーラ、達きそう」

余裕なく唇を重ね、一緒に甘い声を食べ合い、唾液ごとくちゅくちゅむさぼった。ラーラの中が蠢動《しゅんどう》している間に、熱い飛沫が飛び散って、どくどくと身体の奥に熱がじんわり広がった。

「あっ。いっぱい……」

「……うん、気持ちいい」

「前と、同じ。……ん。どくどくしているわ」

「君が好きだからたくさん出た」

　ラーラは恥ずかしそうにはにかんだ。

「好きだから、たくさんなの？」

「そうだよ。僕がラーラを好きすぎて、愛しすぎているからペニスも肥大する。大きさは想いに比例しているんだ。だからもう怖がらないで。できれば大好きになってほしい」

「ペニスだなんて言っちゃだめ。はしたないわ」

「はしたないかな。じゃあ、ラーラが名前をつけて？」

　アデルの唇がこちらに寄せられて、キスを受けている間に彼女は身体の中のそれについて考える。達したために、先ほどよりも嵩《かさ》が落ち着いているようだった。

「そうね、……ん。じゃあビリーにするわ」

「えっ？」

「あのね、さっきのビリーは大きすぎるから、少しだけ縮めてほしいの。いまくらいのこのサイズ感がちょうどいいわ。お腹の中でおさまりがいいもの。ね、わかった？」

「は？　待って。そんなの無理だ」

「そうなの？」

残念そうな顔をしたラーラに、アデルは噴き出した。

「当たり前だよ、無茶だ。ラーラは胸の大きさを自由自在に変えられないでしょう？　どんなにがんばっても小さいままだ。それと同じで僕のサイズは変わらない。わかった？」

ラーラはちくりと胸に痛みを覚えた。

「どうしよう。わたしったら失礼なことを言ったのではないかしら。わたしの胸と同じでアデルの欠点なのに、大きすぎるなんてひどいことを……おねがい、傷つかないで」

「欠点かな？　むしろ僕は大きくてすごくよかったと思うよ。おかげでラーラの奥に届くし気持ちよくなれる。ラーラのことも気持ちよくできるから。それからね、ラーラの胸も欠点じゃない。僕はこの胸が大好きだ。――あ、いま。わかる？」

この「わかる？」というのは、ラーラのお腹で力を取り戻していくビリーのことだ。

「あ……、大きくて硬くなったわ。奥に……」

「うん、勃起したからはじめようか」

「え？　待って」

制止するよりも早く、待ちきれないアデルは動き出していた。ずるりと先端がぎりぎり出ない程度まで腰を引き、またずんと奥に突き入れる。奥と先がくっつけば、しびれて息苦しくなるような刺激が生まれて、ラーラの身体はびくんと跳ねた。

気持ちいいけれど苦しい。

「あっ！」

「ラーラ、好きだよ」

「ん！　ん！」

アデルの律動にあわせてラーラも動き、ぐりぐりと先を子宮に押しつけられる。

「ま、って……アデル。激し、すぎるわ。……んっ」

「仕方がないよね、ラーラがかわいすぎるから。いっぱいしよ？」

水音をぐちゅぐちゅと立てながら腰を振るアデルは、ラーラのぽっこりしたお腹を愛おしそうに撫でた。

「ねえラーラ、たくさん出すから、尽きるまで付き合って」


行為が終わりを迎えたのは翌日の昼にさしかかろうとするときだ。

といっても、正しくはアデルが力尽きたわけではなく、ラーラの兄ヘンリーがバークワース公爵邸を訪ねてきたからだった。

激しい行為に翻弄されたラーラは、アデルがこっそりラーラのために仕立てたドレスを着せられて、兄に連れられ帰路につくことになった。

応接間に通されていたヘンリーは、疲労困憊の様子の妹を見たとたん絶句した。

ラーラは肩を貸さないと歩けないほどの状態だ。その上うつらうつらと船を漕いでいて、いまにも寝てしまいそうだった。対し、アデルはこれまで以上に満ち足りているのか肌がつやつやしていて、まるでアデルが、ラーラの養分を吸い尽くしたかのようだった。

「なんだこのぐったり具合は」

そのヘンリーの質問には、行為を邪魔された上、ラーラと離れ離れになることに拗ねているアデルではなく、また、寝ぼけまなこのラーラでもなく、関係なさそうなローレンスが答えた。

「野暮だな、聞くなよヘンリー」

「なにが野暮だ！　おかしいだろう？　一体どれほどセックスしたんだ！」

「待てよおい、セックスだと!?　真っ昼間から何て卑猥なことを言うんだ。取り消せ」

「こんなにぐったりするのはおかしいだろう！　だいたい僕はセックスを禁止していたはずだ！　妊娠など考えただけでぞっとする。ローレンス、お前にも言い含めてあったはずだ。このくそガキどもが盛《さか》ったせいで、僕が結婚させられたらどうしてくれるんだ！」

ローレンスは小声で「それは無理だ。ヘンリー、仕方がないじゃないか」とぼやいた。

「仕方がないだと!?　そんなわけがあるか！」

怒れるヘンリーは、ローレンスの首もとをクラヴァットごとひねりあげたが、ローレンスは取り乱さずにやれやれといった顔だ。アデルとラーラに聞こえぬように声をひそめて言い含める。

「私だって気をつけたさ。でも待ってくれ、私ひとりに任せるなどどう考えてもおかしい。聞く耳を持つはずがないだろう？　相手はヘビのようなアデルだぞ。どれほどラーラちゃんを思っているのか想像してみろ。もう一度よくよく考えるんだヘンリー。私に太刀打ちできたと思うか？　本気で？　だとしたらお前は大ばかの考えなしだ」

アデルの本性を想像したのだろう、ぶるりと身を震わせたヘンリーは、それ以上追及するのはやめたようだった。

「とにかくラーラは連れて帰る」

「なぜだヘンリー、納得できない」

「なにが納得だ！　お前たちはまだ結婚してないんだぞ！」

不満顔のアデルがラーラの肩を抱くと、ラーラはぐったりと身を預けた。その肩を、アデルが愛おしそうにさすれば、ヘンリーは、「ちっ」と下品に舌打ちする。

「この期に及んでいちゃつくな。僕の未来を左右しやがって」

黒い髪をぞんざいにかきあげるヘンリーに、アデルは諭すように言った。

「僕たちは愛し合っているんだ。なぜ離れ離れになる必要がある。このままここで過ごして夫婦になる手続きをすればいい。それに、今日明日にも僕の屋敷が完成する。ラーラの荷物はすでに買い揃えてあるんだ。何もいらない、ここから移ればいいだけだ」

「例のいかがわしいメイシー伯爵邸か」

「なんだそれは、いかがわしくなどない。僕とラーラの愛の巣だ」

ヘンリーは鼻をひくつかせ、アデルをぎっと睨んだ。

「なにが愛の巣だ！　性欲の塊のようなお前が一緒にいてみろ、結婚前にもかかわらず、ラーラは直ちに妊娠する。考えなしのお前たちが交尾にふければ、この僕に厄災が訪れるんだ。そんなとばっちりありえない！　お前たちは結婚するまで会うのはよせ！」

「何をいまさら。もう妊娠しているかもしれないじゃないか」

飄々と言うアデルに、ヘンリーは奥歯を噛みしめる。

「だまれ、とにかく今日はこのばか娘を連れ帰るからな！」

去り際、それはそれは大変だった。ごねたアデルがラーラの手をなかなか放そうとしなかった。それにしびれを切らしたヘンリーと、どこかあきらめ顔のローレンスが待ちくたびれている中、ラーラとアデルは空気を読まずに唇を重ね合う。深いキスだ。

「おいっ、くそガキども！　まだ性懲《しょうこ》りもなくキスだと!?　ふざけるな！」

ヘンリーのがなり声が飛んでも、なかなかキスは終わらずに、ふたりはその後五回もくちづけを見せつけたのだった。

# 10章

窓辺で頬杖をつくラーラは、ふうとため息を吐き出した。

アデルと心が通い合ったいま、離れているのは辛かった。結ばれたばかりの恋人たちは、いつも一緒にいたいと望むもの。それはラーラも変わらない。

彼とのキスを想像すると、心はふわふわたゆたって、浮き足立つのがわかった。

（アデル……好きよ）

けれど、ヘンリーにアデルのもとへ行くのは固く禁じられてしまい、兄は先手を打って「あいつの馬車は出すなよ?」と馬丁たちに厳命した。よって、公爵邸への移動の手段が見つからず、ラーラは目をぬすんでこっそり行くのをあきらめた。

ラーラは手持ちぶさたになっていた。愛犬ダミアンは、アデルのもとに行って不在だし、誘える友だちもいないから、それはそれは退屈だった。ため息をついてしまうのは仕方のないことだろう。だからラーラはまた、深々と息をつく。

（そういえば、アデルはどうしてダミアンを貸してほしいと言ったのかしら？　ダミアン

はトリュフを探せるほど鼻は利かないし、結構ものぐさなのだけれど）

思えばバークワース公爵邸で、ダミアンの姿を見ていない。もしもララを見ていたら、彼は尻尾をちぎれるほど振りながら駆けてくるはずなのに。

うろうろと歩き回るララは、ほどなく自室の扉が叩かれる音を聞いた。

「おい、ララ」

ヘンリーだ。

「なあに？」

「お前に手紙だ。玄関ホールに落ちていた。……グレッグはなにをしているんだ？」

グレッグとは執事の名前である。

ララの部屋に入室してきた兄は帽子と外套、それから乗馬鞭を握っていて、いまから出かけるようだった。

「受け取れ」

「出かけるの？」

差し出された封書を手にしたララに、ヘンリーはふんと鼻を鳴らした。

「文通に興じる気楽なお前と違って、紳士は常に忙しいものなんだ。行動ひとつとっても家の利になるように動く必要があるし大変なんだぞ。言っておくが、遊びに行くわけじゃない」

兄の『遊びに行くわけじゃない』は、たいてい遊びに行くときに使われる。それをララは熟知している。

「ずるいわ、ヘンリー。わたしに禁止ばかりするけれど、自分は好き放題しているもの」

「聞き捨てならないな。僕のどこが好き放題だ。制限はお前より数え切れないほどある」

ララは、受け取った封筒を見ながら「すべてが好き放題だわ」と言った。

「なんだと？」

「ねえヘンリー、この封筒おかしいわ。封緘紙《ふうかんし》で封はしてあるけれど、差出人が書いてないもの。わたしの宛名は書いてあるのに」

「配達人が届けたものではないな。相手が直接持ってきたんだろう」

「それにね、わたし、誰とも文通をしていないから、相手に心当たりがないわ」

「そんな手紙など見なくていい。開けずに捨ててしまえ。じゃあ僕はもう行く。いいかばか娘、僕の許可なしにどこにも出かけるなよ？」

指をさされてまで「出るな」と念押しされて、ララは気を悪くした。

（わたしったら、まったく信用がないのね）

ヘンリーが出て行けば、ララは長椅子まで歩いてそこに腰掛けた。兄の指示通りに手紙を捨てかけたが、いつもは気にならないのに、なぜかその手紙が気になった。

光に透かして、よくよく中身を確認したのち、ララはペーパーナイフで切りこみをいれ、早速手紙を取り出した。そして目を走らせる。

（これって……）

〝ラーラさん、折り入って話があります。本日午後一時、セントラルの公園にてお会いできませんか。楡《にれ》の木の下で待っています〟

（……今日？　ずいぶん急なのね）

貴族の面会の約束は、よほど親しい間柄でないかぎり、余裕を持って数日前にはとりつけるものである。そのためずいぶん不躾と言っていい。

普段のラーラならば行かないと判断しただろう。しかし、彼女はとても暇だった。

傍机にある置き時計に目をやれば、ちょうど午後十二時を指している。

（一時なら、じゅうぶん間に合いそうだわ）

それからほどなく姿見に映りこんだのは、地味なビロードの黒いお仕着せに、首もとにレースのクラヴァットをつけた少年だ。

小柄な少年は、くるりと鏡の前で回転する。

（これなら出歩けるわ。誰もわたしだって気づかないはず）

もう、公園での噂にこりているのだ。学習したラーラは、小姓になりすまし、三角帽《トリコルヌ》の角度を変えて顔が影になるよう整えた。

（すぐに帰ってくるから平気よね）

窓辺に立ったラーラはそっと窓を開け放ち、外へ飛び出した。

×　×　×

「ばかな！　あいつ、どこへ行った!?」

時刻は午後四時――アリング伯爵邸。

ラーラの不在に気づいたヘンリーは、ばたばたと屋敷中を見て回る。

街でファッジを買ったため、ラーラに届けてやろうと一旦帰ってみたのだが、部屋はもぬけの殻だった。どこを捜してもラーラはいない。

執事をはじめとする召し使いに聞いても、誰も姿を見ていないという。

それからは、伯爵邸にいる者総出でくまなく捜したのだが、やはりどこにもいなかった。

だんだん空が赤く色づいていくとともに焦りも増した。

(大変だ、うそだろう？)

ヘンリーは蒼白だ。汗まで額に滲ませる。

バークワース公爵邸からラーラを連れて帰る際、アデルに固く約束させられたことがある。責任を持ってまたヘンリー自身がラーラを屋敷に連れてくるように、そして、ラーラを絶対に危険な目にあわせないようにと、大げさにも血判まで無理やり押させられた。

「おい、ラーラ！」

と、呼んでも返事は返ってこない。

「くそっ、面倒な！　あいつふざけるな……冗談じゃないぞ、僕は血判まで押している」

「ヘンリーさま」

困り果てるヘンリーのもとに、召し使いがやってきた。

「なんだ、あのばか娘が見つかったのか」

「いいえ。ですが、おそらくラーラさまは居室の窓より外へ出られたのだと思われます。窓の下の土に、足跡がございました」

「なんだって、窓から!?」

はっと気づいたヘンリーは、ラーラの部屋に駆けこんだ。小姓の服を確認したのだ。そしてその一式は綺麗さっぱり消えていた。

「くそっ！　あいつ、少年のなりで出歩いてやがる。なんて手のかかるばかなんだ！」

このとき、ヘンリーはひとつの答えを出していた。いつもラーラは、アデル会いたさに小姓の姿に扮していた。それに、恋人同士が逢瀬を禁じられたなら、さらに想いは増すものだろう。ラーラはまだ十六歳であり、夢に夢を重ねるめでたい思考の年ごろだ。

（さてはあいつ、アデルに会いにいきやがったな！）

ぎりっと奥歯を噛みしめたヘンリーは、乗馬鞭を握りしめて屋敷を飛び出した。

一日が終わりを迎え、夜の帳《とばり》が下りつつあった。

ヘンリーが、バークワース公爵邸に辿り着いたときには辺りは暗闇に包まれていた。

最初彼は、ラーラをこらしめようと鼻息を荒くしていたが、重厚な樫の扉が家令によって開かれ、玄関ホールで偶然にローレンスに出くわすと、その勢いは消え失せた。

「え、ラーラちゃん？　来ていないが」

「本当か!?」

「嘘なんてついてどうする。本当さ。なにがあった？」

首を傾げる親友に、ヘンリーはラーラがいま屋敷にいないことを早口で説明した。するとローレンスはたちまち青ざめる。

「嘘だろう!?　やめてくれよ！　アデルに知られたらどうする。ラーラちゃんはひとりでどこへ行ったんだ？　しかももう夜。こうしてはいられない、早く捜さないと！」

「おい、声がでかい。聞かれたらどうするんだ！」

しかしながら、ローレンスだけではなくヘンリーの声も大きいものだった。広い玄関ホールにはもちろん声がこだましていた。ほどなくして、かつん、かつん、と足音が聞こえた。

「まずいぞ……」

思わず生唾をのみこんだ。

ゆったりと床に影が映りこみ、ふたりは背すじを凍らせる。ぎぎぎと音が鳴るのではないかと思えるほどに、ぎこちなく振り向き、そこにいたのは。

「どういうわけだ？」

それは、美麗な容姿に似合わず、怒りを孕《はら》んだ低い声だった。

「ラーラがいないだと？　どこへ行ったんだ！」

瞬く間に、ヘンリーはアデルに首もとをひねりあげられていた。王都でいま流行りの凝ったクラヴァットの結び目はぐしゃぐしゃだ。

アデルは細身の見た目に反してかなり力が強いのだ。そのままぎりぎりと持ち上げられれば、ヘンリーの靴の先が床から浮いた。

「く、苦し……」

「待てアデル、ヘンリーが窒息してしまう。落ち着け！」

「これが落ち着いていられるか！」

「ヘンリーに怒るのは後だ。なんにもならない。まず私たち三人でラーラちゃんを捜そう」

こめかみに血管を浮かせていたアデルだったが、どうやらローレンスの言う通りだと思ったらしい。ヘンリーの首を絞めていた手をぱっと開いた。

「ヘンリー、一から説明しろっ」

「言っておくが僕のせいではなくラーラが勝手に出たんだからな。僕は被害者だ！」

不満げなヘンリーは、ぶつぶつと口を動かしながら、くしゃくしゃな首もとの結びを解いた。紳士というものは、靴をぴかぴかに保ち、服のしわに注意を払いつつ、クラヴァットの結び目にこだわりを見せてこそなのだ。

ヘンリーのクラヴァットが、あたかも滝のように綺麗に仕上がるのは、ちょうどアデルに説明をし終えるのと同時だった。

「本当にそれだけか」

「ああ。僕にはあのばか娘がどこへ行ったのか見当がつかない。いままで何も告げずに出たことがないんだ。ましてや供も連れずに……はあ、あいつ、何を考えているんだ？」

そんなヘンリーに、アデルはずいと一歩近づいた。

「ラーラはああ見えて保守的なんだ。突飛な思いつきで行動はしない。ラーラなりの理由やきっかけがあるはずだ。人が訪ねてこなかったか？　それとも手紙や伝言といった……」

ヘンリーは、「手紙」とつぶやき、指を鳴らした。

「差出人が書かれていない手紙をもらっていたな。捨てろと言ったが、まさかあいつ中身を見たのか？　……いや、あいつが見るはずはない。なぜなら」

ラーラが差出人の書かれていない手紙を見ないのは、過去のアデルのせいだった。かつてラーラはアデルから無記名の封書を送られたことがある。その中のカードには、蛾《が》が押し花のようにあしらわれており（アデルとしてはアート作品だったらしい）、屋敷にラーラの悲鳴が轟いた。ラーラはそれがトラウマになり、あらゆる手紙に対して用心深くなったのだ。

「ラーラに手紙か」

考えをめぐらせている様子のアデルは、いきなりヘンリーの上着のポケットに手を突っこんだ。両方ともだ。

「おい、なんだ？」

目をまるくするヘンリーに、アデルは「やはりあった」とつぶやいて、カードを一枚取り出した。そのカードを見るなり、ヘンリーは卒倒しそうなほど慄いた。

「――くそっ、いつのまに！」

ヘンリーが目にしたのは、もはやおなじみの、赤い口紅による大きなキスマークと〝LOVE&SEX〟の血文字だった。いまいましいあの〝B〟のカードだ。

「うそだろう？　心当たりがない……一体いつ入れたんだ！」

悶えるヘンリーの傍で、アデルは涼しげに表の文面を読み上げた。

「〝ヘンリー、愛してる。私たちの甘い門出をラーラに祝ってもらいましょう。ひとりで来てね。来ないと彼女の無事は保証できない。待っているわ。……あなたのBより〟」

　ヘンリーとローレンスが絶句するなか、アデルは唇の端を綺麗にあげた。

「とうとう動き出したか」

「はあっ!?　アデル、何か知っているのか？」

　アデルは金色のまつげを伏せて、「まあね」とカードを握りつぶした。

　探偵に頼んでいるものの、まだこれといった進展がないというのに。

「どういうことだ？　お前、何を知っている？」

　ヘンリーがうろたえていると、アデルは指を軽く咥えて、「ピィーー！」と鋭く笛を吹いた。するると、暗がりからとぼとぼと大きな黒い影が歩いてくる。

　その姿を認めたとたん、ヘンリーはさらにうろたえた。

「お前……ダミアンじゃないか。それに……」

　ララの愛犬ダミアンが、アデルの指示におとなしく従っている。それだけでも驚きなのに、いつもは勇ましいダミアンがしょんぼり暗い顔をしている。無理もない、ダミアンの身体には、アデルのニシキヘビ、スティーヴがぐるぐると巻きついているのだから。

　その姿は、まるでヘビに支配されているようだった。スティーヴは、ダミアンの背に収まりのいい具合に自身の身体を落ち着けて、顔をダミアンの頭にのせている。心なしか満足そうだ。

ローレンスが震えながら一歩前へ進み出る。

「アデル……なんてことを。ラーラちゃんのダミアンをいじめるなんて……」

「いじめる？　そんなわけがないだろう」

アデルが干し肉をダミアンに差し出すと、ダミアンは、もぐ、もぐ、と静かに口を動かした。あきらかに落ちこんでいる様子だ。しかも、筋骨隆々の身体はやつれて見える。

「どこからどう見てもいじめじゃないか！　早くスティーヴを外してやれよ！」

「は？　なにを言っている。僕のペットとラーラのペットは仲良くするべきだろう。いずれは一緒に暮らすからね。少しずつふたりを親友に変えているんだ。一蓮托生《いちれんたくしょう》だ」

「おい、言っている意味がさっぱりわからないぞ！　犬とヘビだ、親友になれるもんか！」

騒ぐローレンスを尻目に、アデルはダミアンに向けて手のひらをかざした。

「ダミアン、わかっているな？」

金色の、険しい光を宿す瞳を、ダミアンは鼻先を上げて見つめる。

「僕の先に行け！」

「ワン！」

すると、ダミアンはスティーヴを巻きつけたまま、猛烈な速さで、はっ、はっ、と駆け出した。家令は心得ているのか、重厚な樫の扉をわずかに開けて、ダミアンとスティーヴが通れるように整える。

夜闇に消えゆく二匹を、ヘンリーとローレンスはあっけにとられたまま見送った。

ヘンリーにはなにがなんだかわからない。いつもダミアンに威嚇されてきたから余計に。

「……信じられない」

「おい、ぼうっとするな。僕たちも出るぞ」

アデルの声に、兄ふたりは怪訝な顔をする。

「説明してくれ。どういうことなんだ？」

アデルはぞんざいに金色の髪をかきあげた。

「僕はラーラが狙われると思っていたし知っていた。だから傍で守りたかったんだ。ヘンリーが無理やり連れ帰るなどというから、結果を見てみろ。このざまだ。血判まで押させたのに……役立たずにもほどがある！」

「はあ？　知っていたってお前、なぜ僕たちに何も言わないんだ！」

「決まっているだろ、敵を泳がせて二度と起き上がれないようにぶちのめすためだ。それにはお前たちは邪魔だ。無駄な動きが多すぎる。あと、隙も多すぎて見ていていらつく」

「聞き捨てならない。無駄な動きも隙もないだろう！」

「どの口が言っている。散々〝B〟のカードをポケットに入れられておきながら」

言いながら、アデルはヘンリーを睨みつける。

「説明は向かいながらする。とりあえず行くぞ」

× × ×

時はさかのぼり、まだ日が高い位置にある午後一時。

ラーラは手紙の約束の時間に遅れること十分、セントラルにある公園にやってきた。

あいかわらず貴族たちはそれしかすることがないのか、散歩をしながら噂話に花を咲かせたり、自慢の衣装や最新型の馬車を得意げに見せびらかしているようだった。

ラーラは現在噂の真っ只中にいる。夜会での騒動は、憶測に尾ひれがついておかしな噂になっていた。けれど、お仕着せ姿の小姓に扮しているいまは注目されることなくのんきに歩くことができていた。石畳をこつこつしながら、風が気持ちいいわ、などと余裕で思っていられるほどだ。

小姓の格好は、なぜか自分ではない誰かになれたような気がして、あがり症もなりをひそめて、平静でいられた。アデルに対するトラウマが彼と結ばれたことで薄れつつあるのも大きいだろう。

指定された楡の木は公園でも有名な大木で、それは奥まった位置にある。途中、石畳ではなく土が露出した道が続くため、ぬかるんでいる場合、靴や服が汚れるのを嫌う貴族はまず来ない。この日は前日に雨が降っていたため、道は水たまりができてぐずぐずだった。

ラーラはつま先立ちになりながら、ぴょこぴょこ水たまりを避けていく。けれどうまく避けられているとは言いがたく、絹の長い靴下には泥が少し跳ねていた。

空は雲ひとつなく澄んでいてすがすがしいのに、やはり辺りは誰もいなかった。鳥が一羽、空間をひとりじめするかのように、贅沢にすうと飛んでいく。

ほどなく見えた楡の木の下には、約束通り、人がひとり立っていた。

ラーラは認めたとたん、歩調を速めた。すると、相手はこちらに気づいたようだった。

「あの……お待たせしてしまって……」

ラーラが三角帽《トリコルヌ》を外すと、さあっと黒い髪が風にのる。相手の目がすっと細まった。

「それは小姓の格好ですね。かわいらしい、お似合いですよ」

頭から足の先まで舐めるように窺う視線を、ラーラはおずおず見返した。

栗色の短い髪、少したれ目の凛々しい顔立ち。そして、たくましい筋肉。

それは、海軍の軍服を着たバートであった。

「来てくださってありがとうございます」

ラーラは手紙の差出人が彼だとわかったから、来ないわけにはいかないと思った。

彼女とて、考えなしにここへ来たわけではない。それでも人から咎められる行動だ。しかしラーラは、ことバートに関しては、良心がずきずきとうずくのだ。

まず、バートがラーラに求婚したのは、彼に思わせぶりな態度をとったからだろう。おそらく「こいつはいける」と思わせてしまったのだ。たとえ彼がラーラの資産目当てだとしても、以前ラーラはバートのことが好きだったたし、話しかけられようと必死だった。ラーラが浅はかな態度をとり続けたために、結婚話が進んだし、そして求婚の際のアメシストのブローチは、いまやダミアンのものだった。この事実はおそらく罪となる。

その上結婚したくないラーラを救うため、アデル扮するアラベルが芝居を打ってくれた結果、バートは『二股男』のレッテルを貼られ、評判は地に落ちた。ヘンリー曰く、『あいつ、最低でも三年は結婚できないだろうな』とのことだった。しかしながら当のラーラはアデルと身も心も結ばれて、ラーラは幸せになったのだ。だから手紙の指示に従おうと思った。

バートの不幸を礎に、幸福の絶頂だ。

(ごめんなさい……)

ラーラはうつむき加減の顔を上げた。

けれどもかける言葉が見つからず、口をもごもごするだけだ。

すみませんと謝ることも、評判大丈夫ですか？　と聞くのも、どちらもできないことだった。それに、理由を問われて素直に話せば、アラベルが男という事実に結びつく。

やはり小狡《こずる》く、素知らぬ顔を通すしかないだろう。卑怯者だとわかっていても。

「あの……お話って？」

おそるおそる問いかければ、バートの唇は弧を描く。

「ここではなんですから移動しましょうか」

「えっ……」

紫色の目を見開けば、がんじがらめにされるようなまなざしを返される。

「私たちは、残念ながらもう結婚は無理ですからね」

ずき、とラーラの胸に痛みが走る。見上げたバートの顔は静かだ。表情らしい表情は見えない。

「ですから私はしばらく出征しようと思うのです。ねえ、ラーラさん。最後に私と共にコーヒーを飲んでいただけませんか？　一杯だけでいいのです。その思い出をもらい、私はあなたをあきらめます」

ざあ、と風が吹き抜ける。

一瞬迷った。けれどラーラはその願いを断れなかった。

×　×　×

「なんだと？　馬丁がいないのか」

厩舎に向かったアデルは想定外の事態に陥った。馬丁頭は父の用事で、もうひとりの馬丁は母の用事で、そして残りの馬丁は風邪で寝こんでいるらしい。

恐縮する召し使いを手でいなし、アデルは迷いなく無蓋馬車を選ぶと、ローレンスに向かって顎を持ち上げる。

それだけで兄は理解したようだった。ローレンスはこの三人の中でもっとも馬車を御すのがうまい。

「ローレンス、とりあえずバウケット・ストリートだ」

「アデル、どういうことか説明しろ」

馬車がゆっくり発車したとき、ヘンリーが怪訝な顔で言った。

「何も知らないのは気分が悪い」

御者台のローレンスも「そうだぞ。私たちにも説明するべきだ」と同調する。

アデルは自身のポケットから封書をひとつ取り出して、ヘンリーに「読めばわかる」と手渡した。

それは、バートがラーラに出した手紙〝ＭＡＲＲＹ　ＭＥ〟の求婚だ。アデルはラーラから受け取ったまま返さずに持っていた。

「は？　バートのラーラへの手紙？　これでなにがわかると言うんだ」

「よく見ろ」

だが、じっくり見てもわからないようで、アデルは察しの悪さに眉をひそめた。そしてポケットに手を突っこんで、ヘンリーにくしゃくしゃなカードを見せつける。

ヘンリーが、いかにもいやそうな顔をしたのは当然だ。それは先ほどの〝LOVE&SEX〟のカードであった。

「よしてくれ、気味が悪い」

「以前ヒントをやったのに、本当にわからないのか？　この〝MARRY　ME〟と〝LOVE&SEX〟を見比べてみろ。この〝E〟は特徴的だろ？　まったく同じだ」

ヘンリーは交互に見て、「本当だ……」と力なく言った。

「どういうことだ？」

驚愕するヘンリーは、頭の回転が鈍くなっているらしい。アデルは単刀直入に言った。

「差出人は両方バートだ」

「はっ？　冗談でもやめろ！　なんでバートが」

「こんなときに冗談を言ってどうする」

続いてアデルは先ほどのカードの文面を抑揚なく読み上げる。

「〝ヘンリー、愛してる。私たちの甘い門出をラーラに祝ってもらいましょう。ひとりで来てね。来ないと彼女の無事は保証できない。待っているわ。……あなたのBより〟」

「やめろ！　読み上げるな！」

「お前、あの筋肉からよほど愛されているんだな。あなたの〝バート〟より、とはな」

そう、バート――まさしく〝B〟だ。

「くそっ。アデル、ふざけるな！」

「ふざけるものか。僕は先日、賭博場でバートのサインを確認した。あいつの綴りは〝BART〟ではなく〝BERT〟と書くからな。やはり同じ特徴的な〝E〟だった」

「はあ!?　むしずが走る！　お……男同士だぞ？　禁忌だ！」

ヘンリーが、帽子がずれるのも構わず黒髪をかきむしっていると、それまでだんまりしていたローレンスが振り向いた。その顔は蒼白だ。

「……おい、アデル。まさか行き先はバートのもとじゃないだろうな？」

「バートのもとに決まっているだろ」

「いやだっ！」

いきなり立ち上がったローレンスが御者を放棄するものだから、アデルは慌てて放たれた手綱に飛びついた。

「ばか！　なにをやっている！」

なんとか手綱を操作して、乱れることなく馬車は行く。

「僕たちを殺す気か!?」

「私はバートのもとになど、断じて行かないぞ!!」

「なにをとち狂ったことを言っている、理由を言え！」

アデルの問いかけにローレンスは膝を抱えて縮こまり、がたがたと震え出した。

「ろ……六年だ。私は、六年もバートに……ああ、おぞましい！　名前など呼びたくない っ。私はあの筋肉男に六年も狙われ、ずっとヘビのように付きまとわれていたんだ！」

　それにはヘンリーが目を剥いた。

「どういうことだ⁉　僕はお前と一緒にいたがバートなど見ていないぞ」

「それほどやつは狡猾なんだ！　ずっと狙われ……無理やりキスされたこともある。し、舌を……おえっ、おぞましい！　私は鍛えていないから、やつの筋肉の前にはなすべがなかった！」

　ローレンスは両手で顔を隠してしまった。

「なにが起きたかは……これ以上は死んでも言えない。もう、私は結婚して逃げるしかなかった。バートは女嫌いなんだ。だから私は結婚した。……ああ、言っておくが、いくらセックスレスでも、私は妻を愛している」

　ヘンリーは親友の肩に手を置いた。

「落ち着けローレンス。やつに狙われているなど知らなかった。だがなぜ僕にだまっていた？　知っているなら言えよ。ラーラがやつを好きになった時点で言えたはずだ！　はじめからなぜ僕に言わない？〝B〟のカードにも察しがついたはずじゃないか！」

「カードのことは本当に知らなかったんだ！　お前は女遊びが激しい。〝B〟なんて女はごろごろいるだろ。まさかあの男がBだなんて思わなかった。それから……ラーラちゃんのことは……すまない、言えなかった。言えば私のおぞましい過去が露見してしまう。宗教的にも禁忌だし、誰にも知られたくない過去なんだ。死ぬまで隠し通したい過去だ！　もちろん裁判なんて冗談じゃない。私のことまで明るみに出てしまう！」

「ローレンス」

アデルは無表情で馬を御しながら言った。それは通常、誰もが聞きたくても、聞くに聞けない言葉だ。

「お前、尻を掘られたのか？」

ローレンスはこれ以上開けないくらいに目を見開いた。

「ほ……、兄になんてことを聞くんだ！　掘られてなんかいない！　断じて違うっ！」

「無事ならいいじゃないか。大げさだ」

「いいはずがないだろう！　私は精神的に大打撃を受けたんだ！　あの日の傷は、一生消えない。いいか、私はあの強靭な筋肉で羽交い締めにされて縛られた。そして、あろうことか、あいつに果てさせられたんだ！　縮みあがったさ！　それだけではない。やつに執拗に後ろの穴に入れろとせがまれた。男に入れるなど冗談じゃない！　その場はなんとか逃げ延びたが、このままでは絶体絶命だと感じて、私は急いで結婚したんだ。やっとあの男にあきらめてもらえたのにこちらからのこのことやつのもとに向かうなんて最悪だ！」

ローレンスの悲痛な叫びに、ヘンリーは気の毒に思ったらしい。首を横に振る。

「僕も危うくお前と同じ道をたどろうとしていたというわけだ。あの筋肉に太刀打ちできる者など、やつと同じ軍人くらいだろう。ぞっとする。僕も同じ目にあおうものなら闇に葬るしかなかった。家名を背負っているんだ。嫡男の矜持が露見を許さないからな」

「わかってくれるかヘンリー。そうなんだ、私はだまって泣き寝入りするしかなかった」

ヘンリーは腕を組んで考えこむと、眉間にぐっとしわを寄せた。

「だがおかしい。僕はバートに気に入られるようなことは何もしていないし、接点がない。確かに酒樽から助けてもらったが……それ以前からしつこくカードが届いていた」

「甘いぞ。私だってあの筋肉と接点がなかったさ。なのに六年も粘着されたんだ！　あいつはじめじめとした物陰からこちらを窺い、虎視眈々と機会を狙う陰気なくずだ！」

「ローレンス……お互い辛いな」

ふたりが慰め合っている間に、馬車はバウケット・ストリートを通り過ぎていく。

やがて貴族が住まう華やかな地区から中間層が住まう地区へと移動する。

「そろそろだ、支度をしろ」

アデルが振り向きもせずに言った。

「ええっ、私たちも行くのか？」

「当たり前だ！　……ああ、確実にわずかな戦力にもなりえないローレンスは残ってもいいが、ヘンリーは必ず来い」

「ぼ、僕だってなりようがないぞ……自慢じゃないが腕力はゼロに等しい」

「お前は必須だ。忘れたのか？」

アデルは記憶しているカードの文面を淡々と読み上げた。

「ヘンリー、愛してる。私たちの甘い門出をララに祝ってもらい…」

「やめろっ！　読み上げるな！」

「まずはヘンリー、お前がひとりで行くんだ」

ヘンリーは、片手でぴしゃりと両目を覆った。

「……うそだろう？　僕ひとりだと……？」

「うそなものか。まずはあの筋肉にララの無事を保証してもらわないと困る」

ほどなく馬車は速度を落としつつ、こぢんまりした路地裏に入っていった。

そのときだ。三人は甲高い女性の声を聞く。

「きゃあああああっ!!」

それはララの絶叫だ。

「ララ！」

馬車から飛び降りたアデルは、計算や計画など放棄して、声のほうへと駆け出した。

×　　×　　×

二十分ほど前のこと。

ラーラは重たいまぶたを持ち上げた。どうやら眠ってしまっていたらしい。

寝ぼけまなこで（ここはどこ？）と考え、すぐに思い至って、はっと目を見開いた。

ラーラはバートの家にコーヒーを飲みにやってきた。穏やかに時は流れて、終始彼はにこにこしていた。

何を話したかは覚えておらず——過去の戦闘の話を聞いた気もするけれど——なぜ寝てしまったのかわからない。

そのときは日も高く明るかったのに、しかし、いまは暗がりのなかぱちぱちと暖炉が燃えるだけだった。この暗さは夜だと思った。

「どうしよう。わたしったら……寝てしまうなんて」

屋敷の誰にも、言付けていないのだ。

（みんな、心配しているわ）

むくりと起き上がれば、いつもと感じが違った。小姓の服装だから婦人の服より動きやすい。けれど、両手を縄で縛られていて、ラーラは「ん？」と首を傾げた。

「どうしてかしら？　手が……、バートさん？」

バートの名前を呼んでも、返事はなく静かだ。

立ち上がろうとしたそのとき。縄がラーラの首に犬のようにかけられていて、うっ、と喉が締めつけられた。

「これは……？　どうして」

ラーラが外すべくもがいていると、錆びついた蝶番の音とともに扉が開けられた。

「ラーラさん、起きたのね」

野太い声だ。そして燭台を持つバートの顔が闇に浮かび上がる。ラーラはその顔を見て目をまるくした。あろうことか、彼は真っ赤な口紅をつけていた。

「どうして口紅をつけているの？」

口に出すつもりはなかったのに、うっかり声に出していた。

「今日はこれからヘンリーさまがいらっしゃるの。おめかしして出迎えなくちゃね」

バートは昼間と同じ勇ましい軍服姿だというのに、口調と口紅がちぐはぐだ。

「バートさん、どうしてそんな婦人のような言葉遣いをしているの？」

アデル扮するアラベルは声も口調も女性らしかったけれど、バートの場合は声が低めで男を隠そうとはしていないのに、言葉遣いだけが婦人のようだから違和感がある。

「私の言葉遣いは、本当はこうなのよ」

「そうなのね」

友人が極端に少ないラーラは普通というものがいまいち測れない。異常と決めつけるのは早計だろう。きっと人それぞれなのだわとラーラは自身を納得させた。

「いまからヘンリーが来るのでしょう？　わたしを迎えにきてくれるのね。夜になってしまったから怒られちゃうわ」

その言葉にバートは腹を立てたようだった。ぎっと横目で睨まれる。

「なにを言っているの？　迎え？　まさか。ヘンリーさまはあなたの迎えではなく、私に会いに来るのよ」

「どういうことなの？」

「あなたは私たちの立会人なの」

なにに立ち会うのだろうか。ラーラはぱちぱち瞬いた。

「よくわからないけれど、そういえば聞き忘れていたわ」

ラーラはすっと顔の前に手首を出した。

「どうして縛ってあるの？　首だって動いたら締まるからいやよ。わたしは犬ではないのですもの。解いてくれる？」

「は！　解くわけがないでしょう。あなたの自由はヘンリーさまが到着するまでないの」

「それはおかしいわ。約束と違うもの。バートさんはわたしにコーヒーを一杯飲むだけと言ったわ。それは……眠ってしまったわたしも悪いけれど、でも、縛るのは絶対に変よ」

「……あなたって、前からばかだとは思っていたけれど、本物のおばかさんなのね」

おほほほほとバートは口もとに手を当てて、腰をくねっとひねった。まるで女性だ。

「ばか正直に私に騙され、薬入りのコーヒーを疑いもせずに飲み、そしていま、監禁されているのに気づきもしない。のんきなものよ」

ラーラは顔をくしゃりと歪める。

「これって監禁なの？」

バートは燭台をテーブルの上に置き、自身は長椅子に脚を組んで座った。

「手首と首に縄がかけられていたら、誰もがそう思うし気づくものよ。あなたって、呆れるほどに箱入り娘なのね」

それまで薄ら笑いを浮かべていたバートだったが、いきなり笑みをかき消した。

「本当におばかすぎていらいらするわ。こんな愚か者が麗しのヘンリーさまの近くを長年うろついているなんてね。神さまはなんておばかな選択をなさるのかしら」

「騙したのね……」

ラーラはかっかと頭に血が上るのを感じた。子どもの頃からいやというほどアデルに騙されてきたため、騙されるのは大嫌いなのだった。

「どうしてわたしが監禁されなくちゃならないの！」

「決まっているじゃないの。ヘンリーさまと私が結ばれるためよ」

「どうしてそうなるのか、わけがわからないわ」

　バートは「ふん」と皮肉げに唇の端をつり上げた。

「そもそも低俗なあなたに高尚な関係を理解してもらおうなどとは思っていないのよ」

「結ばれるって？　ヘンリーとあなたが？」

「そうよ。あなたが立会人になって、私たちは熱い接吻を交わすのよ」

「熱い接吻？　ヘンリーと？　だめよ、神の理《ことわり》に背く行いだもの」

「神など恐れていないわよ。あなたはね、接吻を目撃し、その後は儀式を目にするの」

「儀式って？」

「セックスに決まっているじゃないの」

「それは、無理だわ……男同士ではできないじゃない」

「無知ね。後ろの穴をお忘れなく」

　ラーラは想像したとたん、真っ赤になって、ぷいとそっぽを向いた。

「立ち会いたくないっ！」

　バートは「きーっ」と人の声ではないような奇声をあげた。

「いらいらする！　なんてわからず屋なの。立ち会いたくなくてもあなたは立ち会うの。縛られていることを忘れているの？　監禁されているのよ？　少しは怖がりなさいよ！」

「だって……いやだもの。見たくないわ」

「見たくなくてもあなたは見るのよ！」

「いやよ。ヘンリーにそんなひどいことをしないで」

「崇高な愛の儀式をひどいことですって!?」

バートは怒りのためかぶるぶる震える。

「あなたが拒否しようがもはや関係ないのよ。いいから立ち会いなさいよ!」

「いやよ、立ち会いたくない」

その後、五分ほどふたりは「立ち会いなさいよ!」「いやよ」のやりとりをした。

最初に音をあげたのはバートだった。ラーラはいやに頑なで、押し問答に負けなかった。

「ラーラ、いいからお聞きなさい。私とヘンリーさまは性別を超えて愛し合っているの。あなた、愛は男と女のもとにだけあるものと勘違いをしているでしょう? 違うの。男と男の中にこそあるのよ。詳しくは神聖隊《ヒエロス・ロコス》を調べてみることね」

「神聖隊?」

バートはうっとりと遠くを見つめた。

「そうよ。神聖隊は古代ギリシアの最強の精鋭部隊なの。三百名しかいないのよ? 彼らは男と男の恋人同士がペアになり、愛する者を守るために戦い抜いたの。互いに背中を預け合って、相手を死なせないために奮戦したのよ。レウクトラの戦いにおいて神聖隊は劣勢でありながら見事ペロポネソス同盟軍を打ち破ったわ。これぞ崇高で究極の愛の形ね」

「バートさんは神聖隊に憧れていたから軍人さんなの?」

ご明察とばかりに、ぱちん、とバートは指を鳴らした。そして人差し指でさされる。

「なかなか鋭いわね。そうよ。うっかり陸軍ではなく海軍を選択して間違えてしまったけれど、私ね、ゆくゆくは神聖隊に入りたいの。いまでも毎日、鍛えることを怠っていないわ。理想はヘンリーさまと背中を預け合うことね。私たち、互いを守るために戦うの」

「それは無理だと思うわ」

「なぜよ。わけを言ってみなさいよ」

「ヘンリーに軍人や神聖隊は無理だもの。力がすごく弱いの。細いし筋肉がないのよ。それに、バートさんと愛し合うことはまずないわ。ヘンリーは女性の恋人が何人もいるけれど、男性の恋人はひとりもいないから……。それに、こんなことは言いたくないけれど、残念ながらあなたのこと、筋肉ってばかにしていたから好きじゃないと思うの。どちらかといえば嫌いなのではないかしら」

「なんですって！　いまなんて言ったの？　もう一度言いなさいよ！」

ラーラは筋骨隆々のバートが、くわっと威嚇してきても、少しもひるまなかった。

「ヘンリーは、バートさんのことは好きではないわ。たぶん……嫌いよ」

ラーラはいきなり髪を鷲掴みにされた。

「きゃっ。なにをするの、痛いわ」

「こんなおばかな口は、こうよ！」

ばしん！　と部屋いっぱいに音が響き、瞬間、ラーラは床に倒れた。

びんたをされたのだ。

本当は、頬に手を当ててさすりたかったけれど、手が縛られているため不可能だった。

ラーラの頬は赤くなり、紫色の瞳はみるみる滲んだ。叩かれたのは、人生初だった。

「……うぅ、痛い」

いじわるだったかつてのアデルにも、ヘンリーにも叩かれたことがないのに。

ラーラの前で、腕を組んだバートは仁王立ちになっている。

「あなたが悪いのよ！」

「だからって、叩くのはひどいわ……」

「あなたがわからず屋だからよ！　反省なさいっ！」

ラーラの目からぽろぽろと涙がこぼれる。

「痛いわ……」

「この弱虫！　ちょっと叩かれたくらいで軟弱なのよ。いいこと？　あなたはヘンリーさまの妹だから、私は手加減しているし、うんと甘くしているのよ。わかっているの？」

うっ、うっ、と泣くラーラを、バートが睨みつけていたときだ。家の扉ががさがさと何者かに揺らされているのにふたりは気づいた。

「なにかしら……」とバートが言えば、ラーラも「気味が悪いわ」と言う。がさがさの他にも、ぎっぎっと爪でかく音がするからだ。

「ヘンリーさまかしら」と、バートが希望的観測を述べれば、ラーラはつんと鼻を上向けて、「それはないわ」と一蹴する。

「あなた、うじうじと弱気なくせになんだかなまいきねっ」

ラーラとバートはじりじりと見合っていたけれど、音は大きくなるばかりで、一向に鳴り止まず、とうとうバートは我慢の限界を迎えたようだった。「うるさいっ！　誰よ、いらいらするわ！」と肩をいからせて扉のほうへ向かった。

すると、今度は分厚い板に外から、がん、がん、と体当たりされているようだった。

「なんなのよ、おやめなさい！」

バートは荒々しく扉を開けた。

瞬間、「ひぃぃぃっ！」と彼の悲鳴があがった。

「なんなの？」

「グルルルル……」

「ばっ、……化け物よ！」

ラーラは何が起きたのかわからなかった。ぐっとのびをしたけれど、部屋に垂れ下がる薄布が邪魔で見えない。

「キマイラだわっ！」

バートがしぼり出すように野太く叫び、それからラーラのもとに全速力で駆けてきた。

そして、ラーラを盾に、後ろに隠れてぶるぶるしている。

「私だめなのよ、化け物って。怪物のたぐいはすべてだめなの……」

「えっ……」

「りんごを食べているようだわ……。いまのうちに早くどこかへやってちょうだい！」

キマイラとは、ギリシア神話に出てくる怪物だ。ライオンの頭とヤギの胴体、そして毒ヘビの尻尾を持つ。口からは火炎を吐き、山林を燃え上がらせて、人々をたびたび恐怖に陥れるという。

心なしか、しゃくしゃくと咀嚼《そしゃく》の音がする。

ラーラはきょろきょろと辺りを見た。手は縛られているし、首も縄をつけられているため身動きできない。どくどくと、うるさく心臓が脈打った。

「バートさん、早くわたしの首と手の縄を外して」

バートは素直に応じてくれたけれど、もたもたしている。

「おねがい、早く」

「だ、だめだわ、手が……手がこわばって……結び目が」

そのとき、はっ、はっ、と荒い息を聞いた。

ラーラはがたがた震える。怖かった。影がどんどん近づいてきて、禍々しい気配がした。

薄布越しに見える影。大きな獣の頭だ。その後ろで、ゆらゆらとゆらめくのは太いヘビのシルエット。まさしく毒ヘビの尻尾だ。

「うそよ……」

（本当にキマイラだわ！）

ラーラがぶるぶると縮こまっていると、いきなり薄布からこちらに飛び出してくるものがあった。

どん、と勢いよくラーラはそれにぶつかられた。

「きゃあああああっ!!」

×　×　×

ラーラの悲鳴を聞いたアデルの中から、それまで考えてきたあまたの計画が吹き飛んだ。彼にとって、最も優先にすべきはラーラのことだけだった。バートの家は三階に位置しているから、アデルは一段抜かしで駆け上がる。幸い扉は開いていた。

「ラーラ！」

薄布をまくったアデルが見た光景は――。

なんと、口をくわーっと開けて、相手を威嚇し、舌をちろちろさせるスティーヴと、かたかた震えながら「あっちいけ！」と軍刀の切っ先をスティーヴに向けるバート。その近くで「いや……」と怯えるラーラ。そして、ラーラにひたすら「クウゥゥ…ン」と甘えて、大きな身体でまとわりつくダミアンだった。なぜか、スティーヴ対バートとラーラの図式になっている。しかも、第三者が見れば、完全に悪役はスティーヴに見えるだろう。

アデルは眉をひそめる。思ってもみない光景だ。

しかしながら近づこうにも、筋肉のバートは抜刀しているのだ。いきなり暴れ出してもおかしくはない。なにせ相手は血文字の狂人だ。おいそれとは近づけない。

「ラーラ、僕だ！」

先ほどの呼びかけは聞こえなかったらしいが、今度はラーラに届いた。

「アデルっ！」

かわいそうに、ラーラの頬には涙のすじができている。泣いていたのだ。アデルは早く彼女を抱きしめたくなった。

「ラーラおいで」

だが、ラーラは首を横に振る。その目をたどると、どうやらスティーヴが怖くてこちらにこられないようだ。

「怖くない、これはスティーヴだ。知っているだろう？　昔、君に紹介したよ」

「…………あのヘビ？」

「そうだ。ニシキヘビのスティーヴだ」

「こんなに……大きくなかったわ」

「あのときはまだスティーヴは子どもだった。ヘビは脱皮を重ねて大きくなるんだ。君に危害は加えないよ。誓って大丈夫だから傍においで」

ラーラは力なく首を振る。そのときアデルは気がついた。ラーラの首に縄がかかり、手首も縛られている。身動きが取れないのだ。ぐつぐつと血が燃えたぎるのを感じた。

「おい、バート。お前の軍刀をなんとかしろ！」

「いやよ！　大蛇に襲われるかもしれないじゃないの！」

アデルはバートの口調に絶句した。以前の男らしさがみじんもない。その上、バートの唇は赤くなっていて、何とも言えない顔だった。

おそらくヘンリーへのカードをまた書こうとしていたのだろう。この男はわざわざ紅を塗り、カードに自らのキスマークを残すといった自己顕示欲の塊のような人間だ。

「バート、取引をしよう。お前が軍刀をしまうなら、僕は指を鳴らさない」

「指？　なによそれ、ばかにしているの？」

「僕が指を鳴らせば、ヘビも犬も同時にお前を襲う手はずになっている。ああ、たかがヘビと侮っては困る。ヘビが本気で巻きつけば、人間は軽々と絞め殺される。犬もそうだ。喉笛を噛み切られるさまを想像してみろよ。痛いだろうな」

バートはばか正直に想像したのだろう、たちまち顔を土気色に変えた。

「ほ……本当に軍刀をしまえば指を鳴らさないわね？」

アデルは冷淡に、こちらに懇願の目を向けるバートを見返す。

「鳴らさない」

「言ったわね？　し、しまうから大蛇を少し遠ざけなさいよ」

その要求に、アデルが手を払う仕草をすれば、こちらを窺っていたスティーヴは、しゅるしゅると少し離れて、その場でとぐろを巻いた。

バートは震える手で己の腰に軍刀を戻し、それを確認したアデルはすぐさまラーラのもとに駆けつけた。

涙ぐむいじらしい彼女を強く抱きしめる。

ビロードのシンプルなお仕着せだ。少年の黒の装いは、ラーラの紫色の瞳と白い肌を遺憾なく引き立てる。

小姓姿のラーラも、舐め回してぐしゃぐしゃにしたくなるほどかわいいと思った。

(おれのもの)

背中をなでまわせば、安心したのか、ラーラはふう、と息をつく。

「アデル」

「ラーラ、大丈夫？　いま縄をほどくよ」

ラーラはこくんと頷いた。

「ん、アデル、大丈夫よ。助けに来てくれたの？」

「そうだよ。とにかく無事でよかった」

くちづけをしようとラーラを見下ろせば、なんと、彼女のまるい頬に叩かれた跡が見えた。すうとアデルの目が細くなる。

彼はラーラの唇を指でなぞり、腫れ上がる頬を包んだ。

「叩かれたんだね」

むっつりと口を引き結んだアデルは、だまってバートを見据えた。

「な、な、なによ」

最初は恐怖に動揺していたが、アデルを見返すバートの顔が、次第に赤く染まっていく。

「なによ………かっこいいじゃないの」

「よくもラーラを叩いたな！」

冷酷な顔つきをしたアデルは、手を自身の顔の横に掲げると、静かに指を鳴らした。

——ぱちん。

「……え？」

直後、バートの断末魔に似た悲鳴が、闇夜に轟いたのだった。

# 11章

その日の夜は、夜会が開かれるためか、行き交う馬車が多かった。道を埋め尽くすほどの賑わいだ。そのため、夜だというのにたくさんの物売りが車道で声を出す。

こんな日は、わずかな隙間を見逃すと渋滞にはまってしまう。その隙間を見逃すことなくローレンスは巧みに馬車を操った。

「ところであの筋肉をどうするつもりだ？」

無蓋馬車の中、ヘンリーの問いに、アデルは気だるげに髪をかきあげた。

あれからバートは、アデルが指を鳴らしたことにより、ダミアンにお尻をがぶりと噛まれ、全身をスティーヴにぎりぎりと締め上げられた。結果、お尻の外傷と、心因性のショックにより動かなくなってしまったので、町医者に連れて行った。今日はとてもじゃないが動けないらしい。

「あいつの処遇はとっくに決まっている」

「治安判事に突き出すのか？」

「まさか。そんな生ぬるいことはしない。それに、突き出せばローレンスをはじめとする被害者が明るみに出てしまうだろう。貴族にとって醜聞でしかないからな」

アデルの膝では、くたくたのラーラが頭をのせて眠っており、彼は愛おしそうに黒髪を撫でつけた。まつげがぴく、と動いたが、まだまだ起きる様子はない。

「ヘンリー、忘れているだろう。何のために僕が演技したと思っているんだ」

「覚えているさ。しかし、まさかアラベル・ド・ブールジーヌを演じきるとはな」

アデルのもくろみは、自身がアラベルの名前を借り、女装をしたときからはじまった。ラーラがバートに好意を寄せていると知ったアデルは、はじめからバートと噂になるつもりだったのだ。やつの評判を地に落としてしまえば、決して伯爵はなにがあろうともバートを選ばない。それがいかがわしい噂ならばなおさらだ。

その裏で、噂になる前から、アデルは背後から手を回し、外国のブールジーヌ家に結婚話を持ちかけていた。

先日の、バートによる二股事件も相まって、見事本物のアラベルは知らぬところで、あきらめていた結婚ができることになったのだ。これは僥倖《ぎょうこう》だと、アデルはそれはそれは感謝され、ブールジーヌ家より金を送られることになっている。金には興味がないのだが、なぜかこうしてアデルのもとには富が自ら寄ってくる。

「バートの家、ボルダー男爵家の財政は火の車らしい。結婚相手にアラベルを紹介したらひどく感謝されたよ。で、借金をブールジーヌ家にすべて肩代わりしてもらえることになったそうだ。喜んで三男坊を差し出すと言っていたな。安心しろ、ヘンリー、ローレンス。バートはめでたく外国生活だ。二度とこの国には戻れないだろう」

「アデル、見事だ。気分がいい。お前がひそかにそんな計画まで立てていたとはな」

馬車を御すローレンスが晴れやかに笑った。

「あのアラベルはあらゆる男に結婚を断られていたからな。開き直って十年以上お菓子に逃げていた。それがどうだ、バートという伴侶を得れば、少しは容姿に気遣うだろう。実にいいことだ」

続いてローレンスはヘンリーにちらと目を向けた。

「ヘンリーはアリング伯爵邸で降ろせばいいんだな？」

「ああ、そうしてくれ。今日は疲れたから早々に寝る。また明日会おうぜ」

その言葉に、アデルはラーラの頭を隠すように覆った。

「ラーラは降ろさないぞ。わかっているよな？　僕はお前の代わりにバートの件を片付けた。二度とお前はBのカードに悩まされないし、ましてや今夜、役立たずだと己の力のなさを思い知っただろう。すべて僕のおかげだ。今後、ラーラは僕に任せてもらう」

ヘンリーはやれやれと肩を竦めた。

「お前は僕が断れないようにいつも事を運ぶな。厄介だ。……はあ。明日、お前に特別結婚許可証を届けてやるよ。大司教のものだからどこででも結婚できるぜ。それで満足か」

アデルは口の端を綺麗に持ち上げた。

「朝だ。早朝届けてくれ。早く結婚したい」

「なんだと、早朝？　王都に住まう貴族が早朝に起きているはずがないだろ！」

「でもお前は起きろ」

「はあ？　ふざけるな」と、ぶつぶつ文句を述べたヘンリーが、アリング伯爵邸の車止めに停車した馬車から降りようとすると、執事とともに壮年のずんぐりとした男が現れた。

ふたりはヘンリーの帰りを待っていたらしい。

アデルが「誰だ？」と聞くと、ヘンリーは、「調査を頼んでいた探偵だ」と言った。

「ヘンリーさん、朗報です！　私のたゆまぬ努力の結果、ようやく調査が実を結び、〝B〟の正体を絞れましたよ。早速報告致したく参りました！」

意気揚々《いきようよう》と語る探偵に、ヘンリーはすげなく言った。

「もう解決した。君の働きは、遅く、そしてずいぶん鈍く不確かであると言っておこう」

ヘンリーはステップを踏みしめ、ローレンスとアデルに別れの合図を送った。

馬車が発車する間際、探偵の声が聞こえてきた。

「待ってください。犯人はバーブラ、ベリンダ、ブルック、ベリル、ビアンカのいずれかというところまで絞れているのですぞ。全員もれなく〝B〟です。ああ、ヘンリーさん！」

　ヘンリーは、愛想を見せずに屋敷に入ることにしたようだ。

　ほどなく馬車は、アリング伯爵邸の錬鉄の門をくぐる。

　ローレンスが走らせる馬車の隣には、はっ、はっ、とダミアンが並走していて、その身体にはスティーヴが巻きつき、おさまりよくダミアンの頭に顔をのせている。やはり心なしかダミアンはしゅんとしているようだった。

　アデルは二匹のこの関係性を大いに気に入っている。

　二匹は協力することにより、スティーヴは機動力を、ダミアンは、見た目からして強大な力を手に入れる。この相乗効果は計り知れないものがあるだろう。

「ローレンス、僕とラーラは、今夜からメイシー邸に行く。送ってくれないか」

　兄は見るからに顔を引きつらせた。

「はあ？　今夜から!?」

　そのローレンスをアデルは涼やかに流し見た。

「なんだ、僕はバークワース公爵家の次男である前にメイシー伯爵だ。自分の屋敷に帰って何が悪い」

「悪くはないが」

「明日、ヘンリーが早朝に特別結婚許可証を持ってきたら、すぐに召し使いを僕のもとに走らせてくれ。……ああ、それからしばらくお前にスティーヴとダミアンを預かってもらう。スティーヴにはネズミかカエルを、ダミアンには干し肉だ」

ローレンスは力強くぶんぶんと首を横に振る。

「いやだ！　どちらも最高に扱いにくいやつらじゃないか！　私を殺す気か!?」

「殺すわけがないだろう。僕はバークワース公爵になどなりたくないからな。ローレンス、お前が死ぬのは自身の嫡男を残したあとだ。絶対にその椅子を僕に寄こすな」

「待て、話題を逸らすな！　なぜスティーヴとダミアンを連れて行かないんだ！」

アデルはつんと鼻先を持ち上げた。

「ばかだな、聞くのか。僕たちは新婚だぞ。やることはひとつだ。誰にも邪魔させない。――あ、着いたな。ここでいい、止めろ」

ローレンスが「待て！」とアデルを引き止める間もなく、アデルはラーラを抱きかかえ、まだ伯爵邸についていないにもかかわらずひらりと降りてしまった。

「おい。待てよアデル！」


眠るラーラを抱きかかえて夜道を歩く彼は気分がよかった。

誰もいない道を歩いていると、世界にたったふたりしかいないと思える。

大きな月が輝いて、道が照らされているから、明かりがなくとも迷わず行ける。

空一面に光る星々は、今夜はいつにもまして美しく見えた。

浮かれている。普段は絶対しない鼻歌をも、歌いかねないほどだった。

それというのも、すべてがアデルの思いどおりに運んだからだ。

メイシー伯爵邸までの道すがら、石畳に長い影が映る。横抱きにしているラーラの影と
彼女を抱く自身の影と。アデルはそれを眺めていたが、ふいに闇に目を凝らした。

するとぶなの木の陰から「くくく」と笑う声がした。ほどなくゆらりと、黒ずくめの
ほっそりとした男が現れる。男は目深にくたくたの帽子をかぶっており、表情は窺えない。

「おや、おや、おや。気づくとはさすがですねえ」

それは以前アデルが場末の酒場でバートの監視を依頼した〝蜘蛛《スパイダー》〟だ。

「計画はすべて滞りなく終わりを迎えたとお見受けしますが」

「お前はバートがブールジーヌ家に入るまで見届けろ。いや、そうだな、結婚までだ」

「あなたほどの上客はいませんからね。喜んでお引き受けいたしましょう」

言い終えてすぐに蜘蛛の気配はかき消えた。アデルは立ち去る彼のかぎりなく小さな足音を聞きながら、腕の中のラーラを見下ろした。そっと彼女にキスをして、そして前の道を向く。

蜘蛛は実によく働いてくれた。アデルは彼の報告で、バートに関する情報をすべて把握できていた。やつの趣味や好物、トイレの回数など、知りたくないことすら知り得ている。

血気盛んなバートは、なにかと鼻血を出していたらしい。〝LOVE&SEX〟の血文字はこの血を利用して書かれたのだと蜘蛛から聞いてる。また、時々アデルがバートを追って、賭博場でやつの持ち金をこつこつ巻き上げたために、バートはいま質素な生活になっていた。ちなみにバートがラーラに贈ったアメシストのブローチは、自身の叔母に土下座して資金を借りたものである。

もともとアデルは、ラーラと出会い直すため、彼女がデビュタントとして王都に来るようアリング伯爵に働きかけていたが、予想外のことに伯爵は落馬、それでも強行したところ、今度は当のラーラがあろうことかバートに恋をしてしまった。ラーラは極度のあがり症だからとアデルは完全に油断していたのだ。

バートの乱入で、彼は計画をがらりと変えた。臨機応変に対応できる能力こそアデルの真骨頂なのだ。彼はラーラが絡まないかぎり、ひどく冷静で、そして冷徹に動ける。

その後の行動は早かった。アデルはバートの持ち金をすっからかんに変えた後、バートの実家、ボルダー男爵家に着手する。幸い、男爵もバートのふたりの兄も、この国の紳士の例にもれず賭け事が好きだった。アデルはヘンリーとローレンスに賭博に誘われつつも、行き先を巧みに誘導し、着実に男爵たちの資産をヘビのようにぎゅうと絡め取っていた。

こうして立ち行かなくなった男爵家に、親切面でブールジーヌ家との縁談をちらつかせれば、あとは手を入れなくても話は進んだ。そしてとどめが例の噂だ。すべてがアデルの思いどおりになっていた。

　ラーラと結婚してヘンリーと家族になるもくろみを砕かれたバートが、ラーラを攫うだろうこともアデルは予想していた。けれど、アデルはそれを止めるでもなく、逆にラーラを攫ってほしかった。女嫌いのバートはヘンリーを手に入れるため、彼女に危害を加えないと知っていたし、また、蜘蛛も近くに控えているため、ラーラの安全は保障されていた。以前、アデルが窓からラーラを訪ねたのは、身をもって、彼女にここから外に出られると教えこむためである。

　アリング伯爵には「まずは婚約からだ」と言われていたが、バートが動いてくれたおかげで、面倒な婚約や結婚の準備期間をすっ飛ばし、ラーラを手に入れることができた。

　今回のことにより、ラーラの心に巣くう邪魔なバートを、彼女の視界から一生消すことができる。周囲の大人には、アデルは頼りになると知らしめられたし、ラーラは一生自分のものだ。

　ただ、彼女がほしかった。昔から。

　アデルはすやすやと眠っているラーラを見つめる。目を開けている顔も好きだけれど、閉じている顔も同じほど好きだった。

　顔を下げ、ぷくりとした可憐な唇にくちづけると、ラーラはかすかに声を出した。

「……ん？」

徐々にまぶたが開き、紫色があらわになるさまを、アデルはじっと見つめていた。大好きな瞳だ。

「ラーラ、よく寝た？」

何度か瞬いた後、アデルを見つめ返したラーラは、ぎゅうと首にしがみついてきた。

「アデル、大好きよ」

「うん、僕もだ。ラーラ、好きだよ」

ふたりは自然と唇を重ねて、互いに熱を分け合った。けれど、彼は足を止めずに、ひたすらメイシー邸を目指す。

「ここはどこなの？　見たことがないわ」

「僕たちの屋敷に向かっている途中だよ」

「わたしたちの屋敷？」

顔を上げたアデルは、辺りを見回した。ざあっと風が吹き抜けて、茂《しげ》った木々がざわめいた。まるで海原の音だった。アデルはいつか、ラーラに海を見せたいと思った。

メイシー伯爵邸の敷地内、今夜は人払いをしてあり、誰もいない。彼女とふたりだ。

「どうしよう、わたし、外に出ていることを誰にも知らせていないの。ヘンリーに怒られるわ。伯母さまにも。……いまごろ、みんな心配しているわ」

「大丈夫、知っているよ。ヘンリーにも許可はとってある。早く屋敷に行こう？」

ぱちぱちと目を瞬かせたラーラは、時間を置いて頷いた。

「ええ、行きたいわ。今日はアデルのお屋敷にお世話になるわね」

(ばかでかわいいラーラ、もう屋敷から出すつもりはないのに)

アデルは何も言わずに微笑んだ。

「そういえば、改装しているって言っていたわね。完成したの？」

「うん、完成したんだ。早く君に見せたい。きっと気に入るよ」

アデルがふたたびラーラに唇を落とすと、すぐに彼女は応えてくれた。

屋敷内には、おびただしい数のドレスを用意している。小物も、宝石も。全部、全部、彼女には、アデルが手ずから選んだものを身につけてほしい。

けれど、ドレスを着る機会はあまりないだろう。アデルは、ずっとラーラとひとつになっていたいのだ。彼女を感じて、どろどろに溶け合い、愛を伝え続けていたい。

ここは、ラーラとふたりきり。そのための家なのだから。

「ねえ、ラーラ。あの言葉を言ってくれる？」

「え？　どの言葉」

「あれだよ」

またくちづけすると、彼女は照れくさそうに身じろぎした。アデルの言いたいことがわかったようだ。

ひとしきりもじもじしていたラーラは唇を引き結び、そして言った。

「わたしを、アデルの好きにして？」

アデルは、この上ないくらいに幸せそうに笑った。

「うん。ラーラ、好きにするよ」

メイシー伯爵邸の扉に手をかけたアデルは、熱く、熱く、ラーラを見下ろした。

（永遠に、おれのもの）

# あとがき

こんにちは、外堀鳩子《そとぼりはとこ》です。

この作品は読み返したくなるお話を書けたらいいなと思いながら書きました。結果、自分でも、編集さまの丁寧なご指導や校正などで何度も読み返す結果と相成りました。

作中、筋肉を貶《けな》していますが、もやしキャラたちの僻《ひが》みと受け止めていただけますと大変うれしいです。ちなみにわたしは筋肉が嫌いというわけではないのですが、編集さまはひかえめに言っても大大大好きだそうです。

個人的に、完璧な人よりも欠点ありな人が好きなので、キャラはみんな欠点持ちにし、右往左往させてみました。目の肥えた読者さまに楽しんでいただけるか、満足していただけるか、どきどきしていますが、アオイ冬子《ふゆこ》先生の素敵なイラストも、タイトルもデザインも大好きなので、しあわせだな、書いてよかったな、と現在ほくほくしています。

ちなみにローレンスが輸入したツノガエルのうち二匹は彼自身が飼育するはめになる予定です。

読者さま、本書をお手に取ってくださいましてありがとうございました。それから編集さま、アオイ冬子先生、本書に関わってくださいました皆々さま、この度は大変お世話になりました。感謝申し上げます。

外堀鳩子

ソーニャ文庫

この本を読んでのご意見・ご感想をお待ちしております。

◆ あて先 ◆

〒101-0051

東京都千代田区神田神保町2-4-7 久月神田ビル

㈱イースト・プレス　ソーニャ文庫編集部

外堀鳩子先生／アオイ冬子先生

# こじらせ伯爵《はくしゃく》の結婚戦略《けっこんせんりゃく》

2018年5月6日　第1刷発行

著　　者　外堀《そとぼり》鳩《はと》子《こ》

イラスト　アオイ冬《ふゆ》子《こ》

装　　丁　imagejack.inc

D T P　松井和彌

編集・発行人　安本千恵子

発 行 所　株式会社イースト・プレス
〒101-0051
東京都千代田区神田神保町2-4-7 久月神田ビル
TEL 03-5213-4700　FAX 03-5213-4701

印 刷 所　中央精版印刷株式会社


ISBN 978-4-7816-9624-9

Sonya ソーニャ文庫の本

**『女装王子の初恋』** 桜井さくや

イラスト アオイ冬子